大鱼文化传媒　大鱼文学

跟着天王当童星

一笑笙箫
YIXIAO SHENGXIAO 著

贵州出版集团
贵州人民出版社

图书在版编目（CIP）数据

跟着天王当童星 / 一笑笙箫著. -- 贵阳 : 贵州人民出版社, 2017.5（2020.3重印）
ISBN 978-7-221-12490-6

Ⅰ.①跟… Ⅱ.①一… Ⅲ.①长篇小说－中国－当代 Ⅳ.①I247.5

中国版本图书馆CIP数据核字(2017)第073697号

跟着天王当童星
一笑笙箫 著

出 版 人	苏 桦
出版统筹	陈继光
选题策划	杜莉萍
责任编辑	唐 博
特约编辑	蔡杭蓓
封面设计	颜小曼
封面绘画	Cain酱
出版发行	贵州人民出版社（贵阳市观山湖区会展东路SOHO办公区A座 邮编：550081）
印 刷	三河市华东印刷有限公司
开 本	880×1230毫米 1/32
字 数	255千字
印 张	9
版 次	2017年5月第1版
印 次	2017年5月第1次印刷 2020年3月第2次印刷
书 号	ISBN 978-7-221-12490-6
定 价	45.00元

目 录

第 1 章
娱记夏朵朵
001

第 2 章
户外亲子真人秀
014

第 3 章
节目录制开始
026

第 4 章
小乞丐与裴臭手
040

第 5 章
天王被掌掴
059

第 6 章
生病儿童夏朵朵
078

第 7 章
第二次录制节目
097

第 8 章
土豪我们做朋友啊
110

第 9 章
水果系小泳衣
122

第 10 章
夏朵朵，你想家吗
140

目 录

第 11 章
如何分辨影帝是否在演戏
155

第 12 章
朵朵桃花开
168

第 13 章
对不起我要回家了
183

第 14 章
夏朵朵失忆了
199

第 15 章
再次同居的日子
215

第 16 章
我不会忘记你
232

第 17 章
真的再见了
246

第 18 章
最美的情话
261

第 19 章
香瓜形戒指
272

第①章
娱记夏朵朵 »

才刚刚入夏,林江市又开启了暴雨模式。

暴雨冲刷的城市一角,潜伏在角落的人头蠢蠢欲动。

镜头已擦亮!定位已准确!录音已开启!

摩拳擦掌的狗仔们眼睛贼精地盯着一家五星级酒店的停车场出口,全体成员蓄势待发!

狗仔a在高度集中的空当,往周围扫了一眼:"靠,夏朵朵不见了!说好的潜伏呢!为什么淋雨的都是我们!她是不是躲起来不想淋雨了!快找找啊!"

狗仔b呵呵:"你是新来的吧?'夏躲躲'的名字你都没听过,她若躲起来,你用雷达都扫不出来!"

狗仔a有点悲愤,转移话题:"师兄,你觉得这次逮得住裴昊辰吗?听说他特别鸡贼啊,到现在为止,除了他自己跑出来刷负面值,都没人能跟得到他的消息,现在网上那些全都是假的,对不对?"

狗仔b刚一张嘴,一辆黑色的保姆车已经缓缓地从停车场开了出来。狗仔b虎躯一震:"上!"

哗哗哗，狗仔们犹如子弹般从四面八方弹射出来。

"请问一下，您和嫩模薇薇安是什么关系？"

"请问一下，您对于女性美的看法是怎样的……"

"裴先生裴先生，请问最近有传言说您给了那个嫩模一笔钱让她整成了您喜欢的样子这件事情是真的吗！？"

黑色的保姆车被围堵，各式各样的问题被抛出。而就在这边热闹非凡的时候，另一辆白色雪佛兰已经从另一个出口离开……

车内坐在副驾驶上的Aaron紧张地透过车窗贴膜看着外面，长长地舒了一口气："谢天谢地。"

开车的小杜也很小心，车子驶入公路，一路畅通无阻。

车后座，一身铁灰色西装的男人懒懒地靠着座椅，领结被随意地丢在一边，衬衫的最上面两颗扣子被扯开，露出了精壮的肌肤。

Aaron忍不住重复叮嘱："我跟你说过多少次公众人物的言论重要性，那种微博也是你可以参加讨论随便转发的吗？本来话题已经够敏感了，你是嫌自己太有名了是吗！？对！还有帮你管理微博的琳达！她太失职了！我要炒了她！"

裴昊辰微合的双眼一掀，目光没有一丝温度："唔，随你吧。"

这种不冷不热的态度明显表现出了当事人的不在乎，Aaron觉得心好累，但是身为金牌经纪人，他不得不继续重申："OK，这件事情我们先放一放，可是我必须要告诉你，我们马上要赶八点钟的那一场慈善晚会，我知道你很反感那样的场合，但是你要明白的是，现在最重要的事情是帮你洗掉那些莫须有的骂名，我不管你是逢场作戏也好怎么样都好，慈善晚会的所有活动我希望你都能够认真对待！"

"笃、笃……"

声音自裴昊辰搭在后车门扶手的指尖传出，他缓缓睁开眼，简简单单吐出三个字："甲壳虫。"

Aaron 快自燃了："我还毛毛虫呢！你到底有没有听我说话！"

他话音未落，开车的小杜颤颤巍巍地开口了："不、不是啊，你难道没有发现，后面有一辆甲壳虫跟了我们很久了吗？"

被跟踪了！？怎么可能！？

Aaron 瞬间进入高度警戒状态："跟它绕！"

小杜临危受命，认真点头——绕！

雪佛兰打了个转盘，刺溜一下拐了个弯儿，甲壳虫似乎有些猝不及防，一时间没有反应过来，直接驶进了红灯路口。

甲壳虫里，新来的小张伸着手指头指着保姆车拐弯的方向："朵朵姐！拐了拐了！"

开车的女人一双手搭在方向盘上，手指白皙修长，黑而长的头发扎成一束马尾，亮亮的大眼睛含着笑意："跟不丢。"

小张趴在车窗上遗憾地看着雪佛兰消失的方向："呜呜呜……都看不见了……"

话音未落，车子继续发动，夏朵朵目光低垂，落在手腕上一块黑色的电子手表上。城市的俯瞰图在手表的界面上变成绿色的荧光线条，上面还有两个红色的小红点分布在不同的地方。

这一头，甩开了甲壳虫的雪佛兰恢复了原本的路线，Aaron 摸了一把汗："现在的狗仔真是无处不在，这还是甩得掉的，遇上那些甩不甩……"

"快看！"Aaron 的话还没说完，小杜忽然再次惊讶地开口。

Aaron 从后视镜一看——又是刚才那辆甲壳虫！

这一次，裴昊辰缓缓睁开眼，转过头透过后车窗看了一眼后面的甲壳虫，目光在车牌号上扫了一眼，淡淡道："直接去会场。"

对，现在不能回去了，早点过去也有贵宾休息室，总之不要让狗仔跟到那边的新住址就行了,Aaron当机立断,他们再次改变了原有的方向。

可是这一次,甲壳虫却拐了一个相反的方向离开了。

小杜:"到底是不是跟着我们的?"

Aaron:"不管是不是,多个心眼总没错。"

另一边,小张一百个不明白:"朵朵姐,为什么不跟了啊?"

夏朵朵撇撇嘴:"被发现了呗,那个方向是去慈善晚会现场的,你要去吗?"

小张愁眉苦脸:"啊,多可惜啊!"还以为能查到这个天王级人物的小金屋,发现什么爆炸性新闻呢!

夏朵朵脸色臭臭的——她已经够隐蔽了,居然还被发现,这不科学!

车子驶离原有轨道没多久,夏朵朵的手机忽然响了,来电显示的是一个很清新脱俗的名字——工作狂魔夏大花。

夏朵朵看了一眼来电显示,整个人顿时正襟危坐:"小张,你接,就说我不在。"

小张被这个清新脱俗的名字震慑了一下,老实地滑了接听键,哪知道她还没有说话,一道冷清而又好听的男人声音已经劈头盖脸而来:"夏朵朵说她不在?"

小张想也不想就回答:"是的……"

夏朵朵:小张你的脑子都是屎填的吗!?

小张羞愧地把电话交还,心里因为这个冷清的男声激荡起的一点小涟漪都在夏朵朵快要飞出毒刀子的眼神里一点点消弭。

夏朵朵镇定地接起电话:"大哥。"

下一秒,原本冷清好听的男声瞬间暴走,怒吼声差点把手机震到地上:"你在干什么?现在给我回家,立刻!马上!"

夏朵朵想了一下,选择性地回应了前半部分:"我在开车。"

电话那头传来了深呼吸的声音："开车？正好啊！夏朵朵，我建议你现在猛踩油门对着路边的栏杆直接冲出去！不管你是缺胳膊还是少条腿，我费用全包马上治好你，顺便帮你把脑子里的屎都清一清！"

夏朵朵看了一眼通话状态中的手机，心虚地笑了两声。

小张抖了一下⋯⋯

夏恩华语气更冷："在你回来跟我解释为什么我的相亲对象是男人以前，这件事情我保留追究的权利！快给我滚回来！"

夏朵朵打了个喷嚏，她好像有点发烧，脑袋沉沉的，下意识地摇摇头让自己清醒。

在一旁等待她指示的小张心领神会，按下了挂断键。

通话结束。

夏朵朵："⋯⋯"

完了，大花要启动超级变态模式了⋯⋯

然而，就在这一分神间，一旁的小张突然发出令人脑子刺痛的尖叫声——

"朵朵姐！车——"

"刺——砰——"

昏迷前的那一刻，夏朵朵的脑子里只有一个念头——

夏大花的诅咒⋯⋯有毒！

夏朵朵做了一个光怪陆离的梦。

这个梦里，夏大花变成奥特曼里的大怪兽，她成了一只被怪兽追着跑的小可怜，夏大花一边追她还一边怒号："你回来！我保证不打死你——"

就在这时，夏朵朵身子一轻，居然被一个男人抱了起来，她瞪大眼睛，才发现自己变成小婴儿了！

抱起她的帅男人居然是裴昊辰，他慈爱地看着她，忽然解开了自己的衣服，胸前咕咚一下挤出两只和绯闻嫩模照里一样的"超级大馒头"，他还妖里妖气地说："你在追我吗？追到我，我给你喝奶奶……"

可怕的事情发生了，怪兽夏大花忽然出现在了裴昊辰身边，他的怪兽爪子搂着裴昊辰，一脸无奈地说："这孩子越来越难带了。"

人妖裴昊辰笑了笑，挤着自己的奶要喂她："来……张嘴……很新鲜呢！"

夏朵朵吓得浑身冒冷汗，"哇"的一声哭了出来！

"不要！"夏朵朵惊坐而起。

怪兽夏大花消失了，人妖裴昊辰也消失了，周围的摆设，很熟悉。

夏朵朵伸手揉眼睛，却意外地发现脑袋上有绷带。

一个冷冷的声音从房间门口飘了进来："还没死啊。"

站在房间门口的男人冷着一张俊脸，他身上穿着笔挺的手工定制黑色西装，上衣的口袋里还别了一枝玫瑰——还是早上出门的时候，夏朵朵亲自踮着脚给他别上的……相亲信物。

夏朵朵有点蒙。

夏恩华冷着一张脸走进来，手里的水杯和药重重地放在了她的床头柜边，语气冰冷，愤怒的嘲讽技能开到了最大："撞车好玩吗？我说你撞什么栏杆呢？直接往海里开多好啊！"

夏朵朵抿着唇，努力地抛开了那个恶心而又可怕的噩梦，皱着眉头理思路，可她刚一用心想事情，额头上的伤就开始痛。

"疼吗？"夏恩华双手环胸，垂着眼看床上的病号。

夏朵朵好委屈："疼……"

夏恩华冷笑，完全不跟她废话，直接宣布旨意："从现在起，三个月之内不准上班，爸妈这段时间不会回国，有一项科研还没有结束，另外我也会比较忙。如果你的头有任何不舒服，一定要第一时间告诉我。我会每天给你一通电话，不接的话，你可以试试看。"

话毕，他伸手就把她手上的手表给摘了。夏朵朵抬手就要抢，奈何夏恩华身手太好，他轻而易举夺过表把她按回床上："我劝你不要跟我动手，严格意义上来说，我现在很不冷静。"

夏朵朵立马扑过去闪泪花："大哥，我的好大哥！你不要这么残忍！这是我的饭碗啊！我要靠它赚钱发家给你养老的呀！而且不是你说荒废度日的人是国家的米虫吗！你现在是在纵容我成为米虫吗！？这是耻辱啊！"

夏恩华抬手扶了扶鼻梁上的金丝眼镜，对着夏朵朵扬了扬唇，声音冷得就像是从冰山上撬出来的寒冰："如果你觉得是……那就是吧……呵呵。"

夏朵朵浑身一颤，自觉地松手缩了回去……

听说，夏恩华在实验室看着因为药物而痛苦死去的小白鼠们的时候，就是这个眼神……

最后，在夏恩华的叙述中，夏朵朵得知自己的情况并不严重，下雨路滑，好在那条道上车不多，当时及时刹车，没有人员伤亡，小张也只是受了点惊吓和轻伤，夏朵朵算是受伤最严重的伤员。

总之，夏恩华给她请了假，她现在必须安心休息。

夏朵朵眼珠子一转，又开始闪泪花，夏恩华直接无视："吃药！"

夏恩华给了她一堆药，上面全都是外文，但是每包药都用便利贴写上了中文标注着。

他还是有点担心夏朵朵脑袋上的伤，看着她吃下药，才冷着声音问了一句："感觉怎么样？"

夏朵朵用软软的声音回答："心好暖……"

夏恩华："你被撞傻了吗？我问你的头！"

夏朵朵脑袋一耷："也很好……"

夏恩华从去医院找到她确认她的安危，再到解决所有纠纷问题，送小张回家，到最后带着这个不省心的妹妹回来，中途就没有歇过，他也很疲惫："按时吃药，每天早晚各一次。"

犯了错的夏朵朵永远比正常时候要软萌一百倍，她会眨眼，会服软卖萌，还会摇尾巴。

"遵命！"夏朵朵二话不说，还煞有介事地敬了个礼。

确定了夏朵朵没事，夏恩华就得走了。

他是夏家夫妻最得意的儿子，也是最得意的学生，这些年一直在医药科研这一方面深造，忙得脚不沾地，是一个"屡过家门而不入"的杰出好青年。

杰出好青年今天好不容易抽空休息两天看看妹妹，就在被设计和一个男人相亲以及妹妹的车祸中度过，真是想想就很糟心。

等到夏恩华走了，夏朵朵立马就不安分了，当即打电话回公司，哪知全公司都知道她要休假三个月！

夏恩华貌似还严格勒令，如果夏朵朵回去上班有任何车祸后遗症，那就会被认定为工伤，他作为家属，一定不会善罢甘休。

夏恩华是公司老大的朋友，谁都得给面子，这也是夏朵朵为什么一直顺风顺水的原因，于是乎没人敢让她接着上班，反倒劝着她多休息休息。

夏朵朵觉得没意思，和同事小沈聊了几句，忽然想起来一件事。

"对了，我不能上班了，我跟的几份资料先拿给你吧。"

小沈："成，不过朵朵姐你别累着了，我来拿吧。"

夏朵朵和小沈约好了，看时间早先洗了个澡换了身衣服，然后才把资料整理了一下，出门送资料。

夏家这栋小洋房买在"都华别苑"，无论是安保设备还是各种功能设施都很完善，住在这里面的都是非富即贵，还有些明星也在这里置办了房产。

可是夏朵朵以她的专业发誓，她从来没有在这里嗅到过八卦的味道……

小沈是坐计程车来的，到的时候已经有点晚了，她没有磁卡，连小区的大门都进不来，所以夏朵朵是走到门口去给她送资料的。

等到小沈走了，夏朵朵准备回去。

可是不知道是不是因为今天下了雨气温低了，还是因为她车祸真的撞伤了脑袋，转过身的那一刻，脑子居然嗡嗡作响！

　　夏朵朵有点晕了，她敲了敲脑袋，转身刷了一下卡，一步三晃地往前走，惹得门卫小保安多看了她好几眼。

　　夏朵朵是准备回家的，可是脑袋忽然变得重重的，视线也变得模糊，浑身都开始发烫，就像要烧起来了一样，夏朵朵有点怕了，难受的感觉瞬间席卷了全身，等她稍微清醒一点的时候，她发现自己不知道为什么走出小区了。

　　方向走错了？难道她刚才不是出了小区给的资料吗？再刷一次卡，就应该是进去了啊……为什么出来了呢？

　　这样高档豪华的小区讲究的就是一个清净隐私，这会儿空无一人的马路上只有夏朵朵一个人趿着拖鞋往前走……

　　方向已经分不清楚了，头也晕晕乎乎得不像话，夏朵朵觉得浑身烧得发软，都不知道自己这样走了多久。

　　就在她迷迷糊糊地抬头张望，发现前面是一个转弯处的时候，她的心脏猛然一跳！

　　难受！很难受！

　　手上已经空了，磁卡钥匙不知道什么时候不见了……

　　夏朵朵捂着心脏走到路中间，忽然腿下一软，整个人倒在了路中间……

　　呼吸声仿佛被放大，周围的声音渐渐地消失，夏朵朵在一阵火烧般的痛苦中缓缓闭上了眼……

　　时间一分一秒地过去，黑色的保姆车越过弯道快速开过来的时候，被马路上的不明物体吓了一跳！

　　"刺——"

　　车子在离那个不明物体一步之隔的距离停了下来！

　　裴昊辰手里的红酒泼了一脸，怒火直线上涨："搞什么？"

　　Aaron跳下车查看，惊叫出声："昊辰，撞到人了！"

　　裴昊辰低声骂了一句："什么情况？"

"是个孩子,四五岁的样子……"

好像有什么可怕的事情在不知道的时候发生了……

Aaron在外面打电话。

房间里,一身铁灰色西装的裴昊辰跷着二郎腿歪着身子坐在单人沙发里,英气俊美的一张脸上,表情已经臭气熏天。

他的对面,裹着一件成人兔子睡衣套装的女娃娃正呆愣愣地看着他……

夏朵朵已经傻掉了,她僵硬着脑袋第N次扭过头看了一眼客厅里落地古钟的玻璃面,玻璃反射出来的,依然是那个手短腿短,一张小包子脸的萌货!

夏朵朵哭了,哭得很伤心……

把时间推移到十分钟以前,夏朵朵刚醒来的时候——

她从昏迷中醒过来的第一个感觉是——痛!

浑身上下酸痛无力,就像是被七七四十九个大汉暴揍过后那般痛!

然后,她缓缓睁开眼,眼前就出现一个高大的身影立在床边,而立在床边的男人,居然是裴昊辰!

清晰明了的噩梦顿时蹦入脑海。

夏朵朵的第一个反应是:这噩梦这么长还有续集!?

第二反应是:跑啊!

说跑就跑!

夏朵朵咕噜一滚就到了床边,可是身体的异常让她差点直接滚到床底下!

好不容易滑下来站稳了,不对的事情又来了!

为什么床这么高!?

为什么她这么矮!?

这个视线角度不对啊!

然后,噩梦再次上演,和裴昊辰长着一样脸的男人走过来,把她抱起来了!

虽然这里没有变成怪兽的夏大花,可是夏朵朵十分惧怕下一刻这个和裴昊辰长得很像的男人会解开衣服弹出俩大馒头逼着她喝奶!

她吓坏了,小嘴一瘪,一双大大的眼睛瞬间盈满泪花,"哇"的一声哭了出来。紧接着,两只白嫩嫩胖嘟嘟的小爪子"吧哒"一下抵住了裴昊辰精壮的胸膛,她一边哭一边号叫:"我不喝——"

而这一幕刚好被领着私人医生进来的Aaron看见,他目瞪口呆,飞快地跑过来抢走裴昊辰怀里的小萌妹,用那件明显大了很多的兔子睡衣把她包好放在沙发上,转头质问裴昊辰:"你在干什么?!"

夏朵朵惊恐地看着抱着自己的男人,确定他不是变成怪兽的夏大花。

私人医生为夏朵朵做了一个检查,最后得出的结论是:感冒,略微发烧,额头撞伤,可能会有轻微脑震荡。

就在私人医生为夏朵朵检查的时候,她就从大钟的玻璃门上看到了自己的样子……

她为什么会变回小时候的样子!?

夏朵朵惊呆了。她一会儿看看玻璃里的自己,一会儿看看面前正准备给她打针的医生,一会儿又看看一边脸色臭臭的裴昊辰和拿着一只小熊在哄逗她的Aaron,世界好像都变得不真实了……

裴昊辰受够了,他把还在卖萌的Aaron扯到一边谈话。这一边,夏朵朵默默地看了一眼忙着调药剂的私人医生,小胖爪子不动声色地摸走了茶几上的一根注射器,飞快地跑到裴昊辰身边。

Aaron看到跑过来的小萌货,已经顾不上和裴昊辰讨论问题的严重性了,因为这个小不点实在是太萌太可爱啦!

下一秒,Aaron眼睁睁地看着这个漂亮可爱的小萌物举起了手里的针筒,用一种抗日英雄对着敌人投手榴弹般的力度,对着裴昊辰结实美好的臀部——biu!

裴昊辰:"嗷——"

Aaron：……

夏朵朵：天哪！他会痛！这不是梦！

然后……没有然后了……

来历不明的四五岁小孩，身上除了一件格外大的兔子睡衣，什么都没有，额头上还带着伤，简直就是天上掉下来的麻烦！

裴昊辰最近绯闻缠身，现在报警又或者是私下处理掉这个孩子，若一个不当稍微有点风声走出去，他们都不敢想那些狗仔能为了热点把事实歪曲成什么样子，唯一能肯定的是，会被歪曲得要有多不堪入目就有多不堪入目，而关于裴昊辰和这个孩子之间的关系，一定会更乱！

Aaron送走了医生，忽然来的电话让他不得不出去接听，于是乎，客厅里就只剩下了裴昊辰和挂着鼻涕条的萌娃静坐对峙。

确切来说，裴昊辰只能用一个屁瓣瓣，因为另一半，它有点疼……

夏朵朵是名副其实的大美女，就算倒退十几年，那也是白嫩可爱的小萌货，她的发质软，黑亮却稀少，小时候夏恩华永远都只是给她梳两条细细短短的小毛辫。

可是现在，她乱糟糟的头发耷拉着，身上大大的兔子睡衣包裹着她，额头上带着伤，略微肉肉的粉嫩小脸上，黑白分明的大眼睛乌溜溜又童稚十足。

Aaron还在接听电话，裴昊辰却已经受不了被这个萌娃娃用一种"你要是过来我就喊人了"的眼神盯着，率先打破沉默。

"你叫什么名字？"

夏朵朵的内心OS：这一定不是真的……

裴昊辰侧过脸深吸一口气，然后回过头继续问："你家在哪里？父母呢？"

夏朵朵吸吸鼻子，表情凝重：夏大花！一定是他！是他给我吃了奇怪的东西！

裴昊辰的耐心已经用尽了，他霍地站起来，原本帅气的站姿因为那略微疼痛的屁瓣儿而显得有些僵硬且抽搐……

他走到她面前，用严厉且无情的语气说道："你是傻子吗？"

夏朵朵的注意力终于集中在了裴昊辰的身上。

车祸——吃了夏大花的药——变小孩！

等她理顺了这件事情的来龙去脉后，心里顿时犹如火山喷发，精密地计划起来——

变成小孩＋发生意外＝捡到一只巨星！

捡到一只巨星＋死不开口＝赖着他！

死赖着他＋天然伪装＝绝世好机会！

绝世好机会＋一手新闻＝走上业界巅峰！

在以前——

走上业界巅峰＋人生辉煌＝给爹娘和夏大花养老！

那么现在——

走上业界巅峰＋人生辉煌＝给爹娘养老以及可以买一堆奇怪的药喂给夏大花报复他！

夏朵朵的眼神顷刻间亮了起来，睁着一双大眼睛炯炯有神地看着裴昊辰，就像是看到了新世界的大门……

这里只要还是地球，家一定有机会回去，可是裴昊辰不是什么时候都有机会接近的啊！所以现在……是个很好的机会啊！

裴昊辰的感觉……很不好！

夏朵朵看着他的这种眼神，就像是拿着肉骨头走在街上被野狗盯上了……

就在两人僵持不下的时候，Aaron终于打完电话，兴冲冲地走进来了："有办法了！有办法了！"

第❷章
户外亲子真人秀 >>>

事实上，Aaron 的计划还没说完，就已经被裴昊辰打断了。

裴昊辰一脸黑线地指着沙发上挂着鼻涕条的小包子："你要我带她上节目？想都别想！"

Aaron 顺着裴昊辰指的方向望过去，就看到还裹着脏兮兮兔子睡衣的小萌货正捧着一杯温热的牛奶对着吸管猛嘬。

Aaron 的心瞬间就融化了，在和裴昊辰说话期间还能分心对着朵朵压低声音温柔地问："好喝吗？"

夏朵朵又嘬了一口，用力一点头，那忽闪忽闪的大眼睛满是诚挚的光芒，轻而易举地就把正在蓄胡子要做真男人的 Aaron 化成了一汪水，好想把她抓过来亲一口！

裴昊辰也冷冷地望过去，语气不可谓不冷漠："安静点喝行不行。"

夏朵朵萌萌的小脸转向裴昊辰，脸色也瞬间一沉，嘴角仿佛被人牵了线一般分别朝两边下垂，然后，她居然不轻不重地哼了一声，一口含住吸管，飞快急速地喝起来！

Aaron 看呆了：喝东西的样子也这么可爱！

裴昊辰的三叉神经和其中一个屁瓣，又开始隐隐作痛……

话题回到夏朵朵的处理问题上。Aaron的处理来自于他刚刚接的那个电话。电话是湖东电视台打来的，由于近期各大综艺节目都偏向了人气火爆的真人秀节目，湖东电视台准备着手制作一个大型户外亲子真人秀节目。

因为尚且还是国内的首创，所以湖东电视台认为在节目初期需要有噱头的明星加盟，往业内扫一圈，目光就盯住了裴昊辰。

Aaron说这是个好机会好办法，并不是病急乱投医。裴昊辰是他一手带起来的，所以裴昊辰的脾气他最清楚。因为之前的微博事件，裴昊辰现在也是各种绯闻丑闻缠身，甚至已经到了对他人格上的一种否定，所以现在已经不是靠着其他的热点吸引网民眼球就可以解决问题的，洗白才是当务之急！

参加这个节目，有很多好处。

第一，原本这一次的亲子活动是父亲带着孩子参加，裴昊辰却连女朋友都没有这也是众所周知的，但凑巧的是，裴昊辰最近参加了很多慈善活动，对于很多贫困地区的失学儿童都有资助，电视台那边表示的是——是不是可以让裴昊辰带一个自己资助的小孩参加。

这样看来，电视台那边也是知道裴昊辰的现状，主动献计来了。

这就关系到他们刚刚捡的这只小萌货了。

私下处理，的确不妥当，与其被人抓拍到然后各种胡乱写，不如大大方方地把人推出去，带着这小萌货上节目。Aaron考虑的是和电视台那边协商，将裴昊辰的第一期暂定为嘉宾，小萌货上了电视，家人找来了，谣言自然不攻自破。

这小萌货八成是被拐卖又或者因为意外和家人失散的——哪有人家会把想要丢掉的孩子养得这么水灵灵惹人爱的！所以带着这小萌货去，绝对比私下处理更好。

第二，也涉及到了为裴昊辰接的一部电影。电影是明年开拍，也是裴昊辰关键的转型之年，是一部关于亲情的片子，整个电影的制作团队资历雄厚后台强大，虽然在国内，这一类的片子票房并不叫好，但是他们已经有信心准备让裴昊辰凭着这部电影去冲国际大奖。

所以，现在带着一个现成的小道具去参加活动，难道不是一个很好的预热方法吗！？

综上所述，Aaron 的态度很坚决：去！一定要去！

裴昊辰窝在沙发里，长腿交叠，一边听着 Aaron 的念叨，一边用眼睛匕斜着那个小豆丁。

而另一边，连喝牛奶都喝得很有存在感的小夏朵朵心里也在嘀咕——都说裴昊辰人很傲，很冷，很不喜欢遵循那些既定的规矩来，所以他十一岁出道，却用了十年时间才真正崭露头角。一直到现在成为天王巨星，还得靠他遇到了现在的金牌经纪人，被发掘一手带起来。所以就算他再怎么目中无人，对于经纪人还是有起码的耐心和尊重。

这一点，倒是千真万确的。

咦？这算不算第一手资料！？

好棒！已经有收获了呢！

夏朵朵很快估计了形势并且做好了定位——一定要和 Aaron 建立坚不可摧的革命关系！

Aaron 说得口都干了，最后还是苦口婆心地加了一句："干这一行，你得有一个很强的适应性，你就得跟那水龙头里的水一样，甭管盛你的是夜光杯还是夜壶，你都稳稳地装在里面。多元化地发展自身实力对你以后的人生不会有坏处……"

说着说着，Aaron 觉得自己的衣角好像被扯了扯，他扭过头，就看到小萌货用两只胖手捧着她没喝完的牛奶递给他……

Aaron捧心：完了完了完了……又要融化了……

Aaron接过夏朵朵手里的杯子，一手把小萌货抱起来放在自己的腿上，然后亲自拿着牛奶杯子，将吸管对着她："你喝。"然后看了一眼裴昊辰，"看看这小家伙，多合适！"

裴昊辰的目光更加冷了，他只看到一个得意扬扬的小东西对着他，就着手里的牛奶杯，一口嘬住吸管，响亮地猛吸！

裴昊辰：这示威一样的态度是怎么回事？

夏朵朵：感觉自己已经站在胜利的小高地了呢！

时间已经很晚了，Aaron和裴昊辰也最终达成一致——先以嘉宾的身份参加，看看"小道具"的问题能不能解决，"小道具"的问题能解决，他们也可以免去娱记的一顿瞎编，"小道具"的问题解决不了，再考虑是继续参加节目还是把"小道具"归为小孤儿处理，不过那都是后话。

总而言之，夏朵朵就要住下来啦！

这边协商完毕，Aaron和裴昊辰免不得再一次将注意力放到一杯牛奶喝了一个晚上的小萌货身上。

这年头奇葩的事情太多了，两个男人也不是没脑子的人，保不准有人想用孩子来给裴昊辰泼脏水故意陷害。所以在确定了方案之后，他们还得仔细研究一下这只小萌货。

私人医生说伤势都是真的，不像是人为的，孩子也确实在发烧。况且看孩子的样子也才四五岁，就算有什么阴谋，让这种孩子来，未免也太冒险了。

Aaron把粉丝送给裴昊辰的一只小熊拿在手里逗她："小朋友，你叫什么名字啊？"

夏朵朵一脸呆萌，心里却在飞快地计算：这是在摸底吗！？

"我叫朵朵……"

Aaron笑得一脸褶子："朵朵啊……那你的家人呢？"

作为一只专业狗仔，夏朵朵深知"多说多错"的道理，干脆瘪着嘴巴什么都不说，一双大眼睛亮晶晶的，仿佛随时都能盈满泪水，对周围的一切也都充满了防备！

"不怕不怕！叔叔是好人，叔叔带你去找爸爸妈妈好吗？"Aaron抱着小萌货放在腿上安抚。

医生诊断她有轻微脑震荡，看起来又这么小，裴昊辰和Aaron商量了一下，决定还是先了解一下这一片区域有没有什么失踪案或者其他意外。

夏朵朵不说话，Aaron笑得如冬日暖阳般温暖："不怕不怕！这里很安全，你很快就能回家！不怕不怕啊……来，这个小熊好可爱。"

夏朵朵：这就过关了？好像也没有那么难嘛！

裴昊辰还在泡澡，但是夏朵朵还需要好好安置。没过多久，裴昊辰的助理按照吩咐带着一大堆小孩子的东西赶了过来。

进门看到哭兮兮的夏朵朵，小杜吓了一跳："这这这……这是谁的？"

Aaron："捡的！"

小杜到底是女人，比裴昊辰更适合照顾夏朵朵，好在别墅很大，小杜给男朋友打了电话，然后在男朋友的无限委屈与危机感中，在楼下收拾了一间房给夏朵朵住，自己也跟着住下来。

小杜是Aaron的侄女，做事利落废话又少，算是近几年裴昊辰唯一满意的助理，而Aaron要去准备和电视台那边好好沟通参加节目的相关细节。

等Aaron走了，小杜也要给夏朵朵洗澡了。

小杜也是要结婚的人了，帮夏朵朵拧鼻涕条的时候她也不像别的小孩那样哭闹抗拒，小杜心里早就生出了无限的爱怜："好乖啊。"

夏朵朵睁着大眼睛看了一眼小杜，抿着唇一笑。

小杜：啊啊啊，要融化了！

就在小杜把夏朵朵抱着往浴室走的时候，一楼的浴室门忽然就开了……

裴昊辰穿着棉长裤，裸着上身走了出来……

小杜和夏朵朵同时一个抖擞——好棒的身材！

裴昊辰这边的别墅一直以来都只有他一个人住，所以虽然房间在二楼，但他已经养成了随心所欲的习惯。

这种一走出浴室门就被一大一小用一种欣赏展品的眼神看着，他顿时浓眉微蹙，声调也冷清至极："干什么？"

小杜最先反应过来，她是知道裴昊辰的脾气的，再好看的男神，脾气这一关太极品了也不是一般人能消化的。她眼神一瞟，在瞄到呈惊呆状的朵朵以及那红润的小嘴嘴角淌出的一丝晶莹的时候，几乎条件反射地伸手挡住朵朵的眼睛！

裴昊辰杀伤力的下限已经囊括到四五岁这个年龄了吗！？好可怕！

小杜："咳咳……叔叔让我过来帮忙照顾她……现在……要给朵朵洗澡……"

裴昊辰皱着眉，手里的毛巾还在擦拭着头发，正准备走到客厅，步子忽然一滞！

裴昊辰缓缓转过头，目光精准地锁定到从小杜的手掌后面探出一颗小脑袋的人……

小杜接收到裴昊辰冰冷的目光，顿时汗流浃背，偏头一看，差点失手把手里的夏朵朵摔到地上！

这个小天才！小杜不过是伸手挡着她的眼睛，她居然还探脑袋！？

真的这么好看吗！？

小杜感觉到了裴昊辰的不悦，这回直接把手罩在夏朵朵的小脸上，压低了声音："小祖宗，你在看什么？"

小东西的视线虽然被遮住了，但裴昊辰的不适并没有因此消去，他随手指了指别墅一楼东边的客房："把那间房收拾给她，从今天开始，她的吃喝拉撒洗都在里面，不要让我在别处看到她的痕迹！"

小杜之前收拾的是南边角落的客房，那只是小单间，裴昊辰指的那一间有自带的卫生间，看起来似乎是比之前的房间要好，只是离他的房间更远。这才反映出了他好像真的不是很喜欢这只小东西。

这么可爱，为什么不喜欢呢？

……

Aaron是第二天七点钟杀过来的。

除了他之外，居然还有一个电视台那边的沟通人员。

他们来的时候，夏朵朵还在呼呼大睡。Aaron把裴昊辰从床上挖了起来，跟他商量起上节目的事情。

综合了各方面的因素，经过初步讨论，定下的方案是，先作为特邀嘉宾签约，参加第一期的节目录制，联合为朵朵找家人的内容一起。与此同时，台里也准备了之后作为全程参加的正式嘉宾的合同，这个则是根据第一期播出后的反响再做定论。

当然，这件事情只是内部的商议，一切还要等他们这边协商敲定。

Aaron靠在门边对着面无表情刮胡子的裴昊辰耐心劝导："你仔细想一想，他们当第一个吃螃蟹的人，也不敢把这只螃蟹买得太大，现在初期的计划是四期，后期根据效果好坏再考虑要不要加长，而且播出时间和录制时间也是错开的，耽误不了你多少时间。"

说到这里，他不得不强调："从现在开始，我希望你能努力营造你性格上的另外一面，作为男人，以及作为父亲的那一面！要知道，成熟男人的魅力远远比青黄不接靠一副皮囊的小男生要更有味道！小东西是不是还在睡？现在他们的工作人员还在外面，你好好表现！"

裴昊辰拧开水龙头洗了一把脸，伸出一根手指头抵开挡在门口的Aaron，迈着长腿走了出去。

有时候，一条路不管走到什么阶段，该演的都不能省。

在Aaron的监督下，裴昊辰下楼对工作人员说了一个稍等，转过身面朝角落客房的那一刻,他的脸色一沉,直冲冲地进了房。

因为室内一直有冷气,夏朵朵身上盖了一床薄薄的空调被,像一只蚕宝宝一样。房间里的窗帘还没拉开,光线暗沉。裴昊辰不管那么多,走到床边一把拉开窗帘,有力的手臂像挖掘机一样一把将床上的小东西连人带被给抄了起来……

夏朵朵还在呼呼大睡,身体忽然被一个硬邦邦的东西箍住,整个人悬空,她一双眼睛带着无限的茫然惺忪缓缓睁开,立马就对上了面前一张英俊得不像话的侧脸。

为、为什么又被抱起来了?

夏朵朵探着脑袋往下看,就看到自己荡在空中的小脚,以及箍在自己白嫩的小屁股上的……一只手臂!

夏朵朵:摸、摸到了!

那一瞬间,夏朵朵茫然的大眼睛猛地聚焦,她扬起一只小胖手,对着裴昊辰的俊脸——啪!

裴昊辰被拍愣了,关键是……谁能告诉他这个小东西力气为什么那么大!

"呜哇!"软软的哭声就像远远而来的汽笛,在酝酿到了一定程度之后炸开!

如果不是外面还有人,裴昊辰毫不怀疑自己会把这团肉球直接砸到地上!

"怎么了!?"小杜和Aaron同时凑过来,看到的就是在裴昊辰怀里哭得天崩地裂的夏朵朵。

"辰哥,你快把她放下来!"小杜过去接手。裴昊辰已经没这个耐心,直接把人丢在了床上!

谁知道刚一降落,夏朵朵就惊慌失措地缩在床上,红红的眼睛,脸上还挂着眼泪,她还有模有样地用两只小胖手捂住了自己的屁股,坚贞的眼神里写满了不知名的控诉。

客人还在外面等着，小杜看着面色不善的裴昊辰，赶紧凑到夏朵朵身边低语安慰："怎么了？怎么哭了？"

其实夏朵朵捂住自己小屁股的那一刻，已经清醒了！

不对！好像误会什么了呢！

大人抱孩子，不都是拖着小孩子的小屁屁吗！她、她刚才是不是打人了！？

怎么办！好像闯祸了！

为什么！为什么这么不理智！

夏朵朵心里泛起了无限的悔意浪潮，裴昊辰阴沉的臭脸让她心里抖了一下，然后她伸出自己的小胖手拉住小杜的衣服："有鬼……有鬼在打我的屁股！"

有鬼！？小杜作为一个即将结婚的女人，也有带侄女的经验，她马上抱住小东西轻抚她的背："哪里有鬼了？根本没有鬼啊，朵朵是不是做噩梦了？"

夏朵朵觉得小杜也是一个很有必要建立感情的战友——多会为她的bug找理由啊！

她当即重重一点头，认认真真地看了周围一眼，像是在确认环境，接着软着小嗓子认认真真地说："我做梦了！梦里有个鬼，他在打我！"

好像是怕他们不信，夏朵朵扶着小杜的手转了个圈，红着脸把自己的小屁股对着裴昊辰，伸手打了自己两下："就像这样，这样打我……"

"嗤——"

一旁传来了一声冷笑，夏朵朵和小杜都望了过去，就看到了……比鬼还可怕的裴昊辰。

夏朵朵无声地咽了咽口水，强装镇定。

Aaron看了一眼外面，低声催促："好了好了，没事就好，收拾一下赶快出去。"

小杜连连点头，还不忘安慰夏朵朵："没有鬼没有鬼，梦里面都是假的！

你看那个叔叔那么好看,怎么会是鬼呢?"

夏朵朵瞄了一眼冷冷看着自己的裴昊辰……

骗鬼!这臭脸,你看什么看!还看!

无论怎么样,客人不能放着不管,小杜带着夏朵朵快速地去洗手间洗漱。五分钟之后,裴昊辰就顺利接手了已经洗刷完毕的夏朵朵,把她放在自己腿上招待客人。

那边的工作人员是主要负责和艺人交涉工作的,除了和经纪人交涉,他们也希望从艺人的生活状态中窥见一二,各自心里有个底。

派来和裴昊辰交接的工作人员是一个二十多岁的年轻男人,姓陈,客气地自称小陈。

小陈:"那么如果确定,节目的相关消息都会由我负责和您这边沟通,你们有任何问题可以第一时间告诉我,我们这一次是很有诚意地邀请您。"

小陈说这话的时候,眼睛不住地往裴昊辰腿上坐得端端正正的小女孩身上瞟——好可爱的小姑娘!她和裴昊辰什么关系?

漂亮可爱的小姑娘此时此刻也很煎熬——

她明明有最好的位置最好的角度,可是她却不能正大光明地拍照!心痛到无法呼吸!

最后,经过几番交涉,双方初步达成了协议。先作为特邀嘉宾参加第一期节目的录制,后期如何可进一步再调整。确定前期交涉工作完毕后,工作人员走了,裴昊辰一秒变脸,丢开了小朵朵回房。

演戏毕竟不是长久之计,看着乖乖坐在沙发上,除了早上给了裴昊辰一巴掌就再也没有出过状况的小朵朵,Aaron 慢慢凑过去把她抱起来。

夏朵朵的内心有点煎熬:这样拖着人家小屁股的抱抱姿势好羞耻!换一个好不好!

Aaron 直接抱着夏朵朵上楼,还在笑着逗她:"朵朵,你喜不喜欢那个叔叔啊？"

夏朵朵忽闪着大眼睛，软软的嗓子说着："叔叔好看，我喜欢……"

好腼腆！好软！

夏朵朵心里的小人在吐口水：喜欢他！？我瞎啊！我是个注重内在的人好吗！还不如我们家大花酷炫呢！

Aaron满意地拍拍她的脸："你乖乖跟着那个叔叔出去玩，等你出去玩了，你爸爸妈妈就会看到你，然后就来找你了，好不好？"

夏朵朵忽然觉得Aaron多了几分"叔叔给你讲人生道理"的猥琐气质，她大概明白这是要她跟着裴昊辰上节目，但是如果他们两个配合得不默契，上节目就是去挑战观众神经的，所以她和裴昊辰的内部和谐，非常重要！

怀里的小东西忽然扭动起来，Aaron立马会意，把她放了下来，就看到夏朵朵噔噔噔地跑到裴昊辰的房间门口，伸着小胖手敲门。

裴昊辰正在衣帽间换衣服，打开门的那一刻，上身深蓝色衬衫下面的扣子还没扣上，露出了精致的腹肌。夏朵朵就那么仰着头……欣赏。

裴昊辰开门，目光自然下移，就看到一双亮晶晶的眼睛。

"干什么？"声音冷冷的，没有温度。

夏朵朵抬起双手揪住了自己的耳朵，一板一眼地说："叔叔，对不起，我不该把你当成鬼打你……"

裴昊辰扣扣子的手一顿。

Aaron被感动了：真是懂事得让人想要流泪！我也要这样子的女儿！

裴昊辰不喜欢小孩。

事实上，他活了二十多年，除开各色的绯闻，连真正的恋爱都没有谈过。

如果夏朵朵骄蛮耍赖又调皮，他有一千种办法下狠手，可是一直和他不对盘的小东西忽然站在门口乖乖地道歉，那双诚恳的眼睛忽闪忽闪的，裴昊辰整个人都是一顿，也从意外发生到现在的混乱里理出了一丝难得的想法——

他究竟为什么要和这个小东西较劲？

无不无聊！？

"嗯，自己去玩吧。"声音虽然称不上温柔，但是冰碴子绝对已经完全融化了。他继续扣纽扣，转身往房间里面走。

Aaron 走到夏朵朵身边对她竖了个大拇指："朵朵真是个乖孩子！"

夏朵朵奶声奶气地说："爸爸说，好孩子要勇于认错！"

哟哟哟，哪家的孩子家教这么好！Aaron 抱起夏朵朵往楼下走，不免问了几句她家里的情况："你爸爸叫什么呀？还记得你家在哪里吗？"

Aaron 是一找到好机会就跟朵朵亲近，然后套问一些问题。夏朵朵多机灵的人啊，怎么会看不出 Aaron 这个老狐狸想干什么！所以她就继续装傻充愣，睁着一双无辜的大眼睛盯着他看，可怜巴巴地摇头。

Aaron 好想掬一把老泪：算了……算了……慢慢来吧。

与此同时，二楼的走廊上，已经穿戴整齐的男人不知道什么时候站在那里，双手放在裤袋里，看着楼下一大一小，目光落在夏朵朵那小小的背影上，不知道在想些什么。

第❸章
节目录制开始 >>>

夏朵朵头上的伤不算严重,请了私人医生重新开了药。让人意外的是,这个小姑娘,对着医生一点都不害怕,坐得端端正正,要张嘴张嘴,要转头转头,医生碰到伤口的时候,她连眉头都不皱。

真是太乖了!

连坐在一边喝酒的裴昊辰都忍不住多看了小东西两眼。

医生检查完,表示伤口并不严重,多半是撞伤,如果真正到了拍摄的那一天,并不是没有办法遮掩的。

小杜在一旁想了想,忽然打了一个响指,她也算是有一技之长的。她从浴室的柜子里摸出一套剪发工具,围兜一围,挑着夏朵朵的软发咔嚓咔嚓,剪了一个齐刘海!

"好了!"小杜收起家伙,把新出炉的作品拿给Aaron和裴昊辰看。

夏朵朵眼睛亮晶晶的,女孩子嘛,哪有不喜欢被人夸奖的?

Aaron眼睛一亮:"太可爱了!"

夏朵朵心里给Aaron点了一个赞,有眼光!

裴昊辰淡漠地看了她一眼:"锅盖子一样……"

夏朵朵：你才是锅盖子！你全家都是锅盖子！

眼看着小姑娘嘴巴一瘪，眼睛闪起泪花，裴昊辰直接笑了："被自己丑哭了啊……"

夏朵朵：这种人在我的文稿里绝对活不过两期！

Aaron赶紧瞪了裴昊辰一眼："你别逗她！"

小杜被夏朵朵的样子逗笑了，赶紧哄她："很漂亮的！女孩子都是这么打扮的！很可爱呢！"

夏朵朵勉强接受了小杜的安慰，心里却在计划要给裴昊辰P一个杀马特洗剪吹发到网上去！然后嘲笑他！

刘海剪得很好，夏朵朵唇红齿白的，又因为年纪小，脸蛋还是圆圆的，嘴角还有小小的梨涡，笑起来甜美又可爱。额头上的伤这样一遮挡，就完全没有问题了！

确定好了节目的事情，也安抚好了夏朵朵，小杜抽空带着夏朵朵出去买衣服和鞋子。裴昊辰好不容易可以休息一段时间，就和Aaron在家里喝酒，登录微博的时候，自然又看到了大片粉丝掐架。

裴昊辰只是扫了一眼，又把手机扔到一边。

Aaron乜斜了他一眼，耐心地劝导着："男人跟女人一样，女人到了一定的年龄就得嫁人，男人到了年龄也得找个女人好好过日子。你别跟我说什么不婚主义，我就这么跟你说，有个人一起过日子那就是不一样。你以后也是要成家要当爸爸的人，朵朵这个孩子我看着挺好的，你稍微像样儿点，别吓着孩子。"

裴昊辰笑而不语。

Aaron下午就收到了节目组那边的合同协议，也知道了第一次录制节目的地点。

林江古城。

节目编剧只是给出一个大轮廓，为了保证一定的真实性，内容并没有很详细地解释，但是对于期间的准备事项还是给了提示。

裴昊辰瞄了一眼，林江古城，一点也不陌生。他一个月之前才刚刚在那里拍完了一部电影。

小杜和夏朵朵直到晚上才回来，因为开了车出去，回来的时候整个后备厢都塞满了。而夏朵朵也有了一个巨大的收获——这里居然离她家很近！难怪会撞上裴昊辰的车！

可是说好一天一个电话的夏大花呢！你还没有发现你亲爱的妹妹不见了吗！？

……

节目对外宣称的是独立生活，由于裴昊辰的特殊性以及他和夏朵朵之间特殊的关系，协商之后，Aaron和小杜都会跟过去，但是即便如此，裴昊辰和夏朵朵也需要培养感情。

协商的结果，夏朵朵顿时傻眼——今晚，她要和裴昊辰一起睡！

原因很简单，节目组第二天很早就会来，而录制期间Aaron和小杜都是不能出现的，所以把夏朵朵直接安置在裴昊辰身边会比较方便。

"半夜不许哭不许蹬被子，要上厕所现在去上，不然就给我出去睡。"交代完这些的男人翻了个身，睡了。

夏朵朵眯着眼睛看了看男人好看的背影，心中完全没有脑残粉那样的旖旎想法。

明天就要录节目了，等她第一期节目播出之后，不知道大花会不会看到呢？夏朵朵其实很希望大花还保留着一点良心，记得他妹妹小时候长什么样子，不然……他就真的要去报警了！

带着二十多年来前所未有的对夏大花的思念之情，夏朵朵慢慢地睡着了。

清晨的闹铃响起的那一刻，首先动作的不是裴昊辰或者夏朵朵，而是来自同住一屋的Aaron和小杜！

这一对叔侄已经是老手了,主要负责早餐部分,而小杜则是火箭炮似的冲上来给两个人……预热!

"起来了起来了!辰哥!辰哥!"

毫无反应。

小杜退而求其次,转向夏朵朵:"朵朵!起来了起来了!"

大半夜没睡,快要到起床时间之前睡着,就意味着到了起床时间是起不来的……

夏朵朵两只眼睛就像是被糨糊糊住了一样,脑子晕乎乎的,还以为是夏大花在叫她起床,包在睡袋里的小腿胡乱地踢着,迷迷糊糊道:"夏大花你好烦……"

夏、夏什么花?

小杜不管那么多了,裴昊辰她知道,那是身经百战的,小杜完全相信就算是从睡梦中醒过来的那一刻对上镜头,裴昊辰也能一秒进入状态。

所以,她毫不犹豫地选择了先给夏朵朵进行预热。

被折腾起来,发现面前的人不是可亲可恨的夏大花,夏朵朵很快地进入了她的角色状态:"小杜阿姨……"

小祖宗终于醒了!小杜也不知道为什么,她就觉得朵朵是个很好相处的孩子,说什么话朵朵都能听懂,所以看着渐渐清醒过来的小萌货,她悄悄对夏朵朵说:"马上就要来客人了呢,朵朵先醒着在床上玩一会儿好不好?"

夏朵朵一个激灵,迅速回神!

对吼!今天就要录节目了!夏朵朵立刻精神百倍,白嫩嫩的小胳膊抱着小杜的脖子软软地回答:"小杜阿姨我醒了。"

小杜非常满意,把她抱起来放在床上:"先眯一会儿,客人来了就要好好表现哦!"

夏朵朵歪着脑袋,居然还伸出手指对她做了一个"OK"的动作,小杜想笑又不敢笑大声,默默地退出去了。

就在小杜出去之后,夏朵朵"噌"的一下跳起来,对着裴昊辰的屁股直接踩了过去,谁料裴昊辰的屁股像是长了眼睛似的,轻松一移,夏朵朵直接踩了个空!

哟呵!非常机智呀!夏朵朵又是一脚,裴昊辰又一翻身,再一脚,又被躲开。夏朵朵生气了,她跑到裴昊辰的身边,瞄准了小裴昊辰,谁料她刚一伸脚,"噌"的一下,小裴昊辰竟然站起来了!

"妈呀!"纯洁的夏朵朵吓了一跳,一屁股坐在床上。裴昊辰终于被惊醒,立马望向尖叫来源,发现夏朵朵在看什么的时候,脸竟然一烫,伸手就把夏朵朵的脸摆到一边:"你在看哪里!"

夏朵朵被一只大手给推开,觉得自己的眼睛被侮辱了,她抱着自己的小裙子,跑去洗手间里换衣服……

工作人员来敲门的时候,小杜和Aaron都在客厅里,小杜今天要扮演一出"送两人走"然后再和他们一起坐车跟着去。

小杜飞快地跑去开了门,打开门的那一刻,黑漆漆的镜头就出现在眼前,小杜不是裴昊辰,条件反射地吓了一跳,本能地逃过镜头。

摄制人员对小杜露出一个友好的微笑,比着口型告诉她可以开始了。小杜一只手遮着脸:"还在睡。"

然后,哗啦啦一群人就这样跟着上了楼,站在裴昊辰的房间门口敲门。

笃笃笃。

机位已摆正!人员已到齐!作为本期节目最值得期待的嘉宾,不少在场的工作人员都是裴昊辰的影迷!心里不可谓不激动!

来了!来了!开门了!

吱呀——

房间门打开,帅到快要飞起来的影帝一只手捋着头发,一只手插在劲瘦的腰上,倒三角的标准身材和那睡眼惺忪的神情瞬间融化了一批女工作人员。

就在这时候,男人的身后"嗖"的一下冒出一颗小脑袋,那乖巧讨喜的小脸好像对这里的一切充满了好奇,还没等工作人员发话,那颗小脑袋"嗖"的一下又缩了回去!

裴昊辰眼疾手快,一把抱住小朵朵:"还跑,准备好了下去吃饭。"

工作人员:好想变成他手里的小萌货!变成他腿上的腿毛都行啊!笑起来也好帅!要醉了醉了醉了!一定要跟导演申请拼死争取扎根这个家庭的机会!

导演和Aaron商量着把起床的场景也拍一下,Aaron和裴昊辰沟通好了之后,立马成交。

浴室里,夏朵朵被放在马桶上,桶咚!

裴昊辰很高,就算蹲下来也比坐在马桶上的夏朵朵高,他伸出肌肉线条完美的双臂撑在夏朵朵身体两侧,静静地看着她。

夏朵朵一点也不怕啊!节目拍摄简直就是现成的免死金牌好吗!她就是喜欢他这种看不惯她又干不掉她的样子!

裴昊辰露着迷人的微笑,腾出一只手捏住了她的脸!

"呜呜呜……"夏朵朵两只手飞快地乱舞,裴昊辰毫不留情地揉着她的脸!

脸要变形了!

夏朵朵当即不甘示弱,伸出小腿就要踹裴昊辰。这么渣的攻击……结果是裴昊辰忽然把她卷在腋下,就这么带着她凑到水池边!

夏朵朵的脑子里一瞬间涌出"孩童溺毙于水池"的各种新闻。她知道裴昊辰不会溺毙她,可是……她最最最讨厌鼻子里进水啊!

嚣张的小脸上终于有了惧怕的神色,裴昊辰好像一瞬间看穿了她的心思一样,迅速把水龙头拧到了最大!

夏朵朵:!!!

他会不会直接把她的脑袋放到水龙头下面!?

就在这时,凑到门口的拍摄人员发出动静,倒抽一口冷气……

救星!

夏朵朵犹如一条砧板上的鱼,努力地弹着身体想要挣脱!

奈何裴昊辰的力气太大,她根本挣脱不开,就这样看着裴昊辰神态自若,笑容俊朗和煦:"没关系,拍吧。"然后旁若无人地扯了夏朵朵的粉色小毛巾,接了满满一毛巾水,拧都不拧直接往夏朵朵脸上糊!

夏朵朵:救命啊!

工作人员:好……好粗暴!

Aaron强装镇定:"这、这一段……剪掉吧……"

最后的最后,画面重新开始时,是在客厅的餐厅。

工作人员泪流满面地重新"上门",敲门进入后,摄影机直接对向了已经"早起"并且在用早饭的一大一小。

这是协商之后的结果。

餐桌上,一大一小相对而坐。小的那一个脸蛋红嘟嘟,吃两口就要扯一张纸巾去擦鼻子,而另一个应该是已经吃完了,就坐在那里等着。

工作人员看到如此配合的巨星,心里都肯定了业内对裴昊辰工作认真这一说法。

夏朵朵"被洗脸"之后,咬吐司的时候都格外地狠厉!好不容易啃掉了一半,裴昊辰象征性地发言了:"今天我们要去一个古城,你去过古城吗?"

镜头渐渐靠了过来,夏朵朵瞅了一眼镜头,忽然用自己面前的吐司挡住了自己的小脸,发出了"咯咯"的笑声!

那个动作,真是太太太可爱啦!

裴昊辰嘴角抽了抽——他现在毫不怀疑这个小东西根本是恶意卖萌!可耻!

长臂伸过去把小吐司拿下来,英俊的男人双眼染上笑意:"挡什么,这几天都要拍你,你还时时刻刻挡着吗?"

不知情的第三者,一定会被这一幕融化的,他们听不到的,是来自一个男人内心的磨刀霍霍声……

夏朵朵手里的吐司被夺,摄影师自然以为小姑娘害羞,不知道是为了逗她还是为了造成比较真实的镜头感,他直接给了夏朵朵一个大特写。

机会来了!

夏朵朵忽然一改刚才的羞羞,对着镜头比了一个"耶"!

摄影师被小姑娘漂亮的脸蛋和萌萌的气息萌到了,竟然不自觉地低笑几声:"笑得很漂亮。"

夏朵朵又笑眯眯地对着镜头看了一眼,然后专心吃一口吐司。

此时此刻,她的心思早就飘到了后面播出的时候,心里有一个声音在疯狂叫嚣——大花!大花!你看到我了吗!我努力争取来的大特写啊!你一定要认出我这张脸啊!

……

吃完了早餐,就要正式出发了!

因为是台里的节目,有不少赞助商,鹰飞迪迪的车早已经停在别墅门口。裴昊辰抱着夏朵朵出门,身边的摄像机不断地绕着走,上车之后,裴昊辰毫不客气地把夏朵朵放进儿童座椅,很带劲地把她……捆住!

工作人员:"那个……是不是太紧了。"

裴昊辰动作一滞,扭头看了工作人员一眼。工作人员艰难地保持着笑容,指了指座椅里的人。

裴昊辰转过头,看到的就是一张苦逼脸。

真的真的好紧啊!裴昊辰你以为你在包粽子吗!夏朵朵看着被裴昊辰缩紧的安全带,只觉得自己的小肚子和小腿全都勒住了!

裴昊辰似笑非笑地看着她:"还动得了吗?"

夏朵朵委屈摇头……

裴昊辰阴森一笑："那就好……"

工作人员：……

Aaron：这一段，请切掉！

车子驶离了城区，摄影师坐在副驾驶座，手里扛着摄像机，车子前座也安装了微型摄像头，夏朵朵自认平生摸镜头无数，可是第一次处在这么多镜头前面，她……十分僵硬！

反观一旁的裴昊辰，到底是混了这么多年的天王巨星，在镜头前的状态简直比坐马桶的时候还要悠然自在。她在一边挺尸，他已经优哉游哉地戴上酷炫黑超闭目养神了。

夏朵朵动了动，好在刚才小杜看她可怜为她"松绑"了，她窝在儿童座椅里扭了扭小身子，神色凝重。

摄像师一会儿拍拍这个，一会儿拍拍那个，心里难免要嘀咕。

虽然说裴昊辰是特邀嘉宾，带的孩子也不是他自己的孩子，但是总不能后期一点笑点都剪不出来啊，至少得有交流！

摄影师："知道古城是干什么的吗？"

就在摄影师发问的时候，原本还在假寐的男人拿下了眼镜，眼镜后面赫然是一双略显疲惫的双目，他抬手揉了揉眼睛，望向身边的小东西，眼中带上了笑意，似乎是在等着她回答。

摄影师简直要为自己的机智点赞——其实天王还是很配合的嘛！这是个好的开始！加油！

夏朵朵感觉到了身边男人的目光，心里哼了一声——又在演！最会演！

她想也不想，掭着小酒窝软软地回答："古城就是有很多'鼓'的城，我们去了可以打鼓！"

摄影师笑了，车上陪同的工作人员也笑了，在他们私下的讨论里，夏朵朵是这六个家庭的小孩中颜值最高的一只，现在这个样子简直可爱得要死！

裴昊辰露出一个温和的笑容看着身边的小东西，心里也有一个冷冷的声音——又在装！最会装！

问完了第一个问题，大人和孩子之间再一次陷入沉默。也总不能让摄影师一味地问问题啊，最后一路下来，裴昊辰的家庭无疑是交流最少的一个家庭。

两个小时之后，车子终于驶达终点。

工作人员提醒了一声，车上的两个人都迷迷糊糊地醒过来了。

夏朵朵对所谓的三天两夜其实没什么期待，她现在手头上什么都没有，写个稿子藏都不知道往那里藏，再加上裴昊辰这么不待见她，估计她上完这次节目大花就会找来了！

这样想着，夏朵朵就觉得想要套取秘密情报这件事情简直任重而道远！

车子停稳了，副驾驶座的摄影师飞快地下车做好准备，一旁有人来打开了车门。裴昊辰一路上也睡了一会儿，毕竟昨晚睡得少，他重新戴上墨镜，随意地整理了一下衣衫，长腿一跨就这么潇洒地下了车！

哎哎哎！还有我啊还有我啊！夏朵朵在儿童座椅里扭来扭去，奈何男人已经顺利下车……

裴昊辰刚一下车，立马就感觉到了从周遭散发出来的不一样的目光。他扫了一眼周围，看到了其他五辆车里下来的男人和他们手里的孩子。

哦，忘记道具了。

裴昊辰转过身，微微一怔。

被他遗忘的"小道具"居然鼓着腮帮子自己解开了儿童座椅的安全带，小屁股一扭一扭，转过身用一种滑稽的姿势滑下座椅，东倒西歪地挪到了车门口。

裴昊辰终于反应过来，两步走过去，伸手就把小东西抱起来，然而就在小朵朵伸胳膊环住他脖子的时候，他隐隐约约听到了一声委屈的哼声。

裴昊辰压低声音："你还委屈了是吧？"

夏朵朵脑袋贴在他的颈边，很有骨气："哼！"

裴昊辰失笑，也不搭理她了。

人员到齐了！

夏朵朵歪着小脑袋，看似是埋着头害羞的样子，其实小眼神早就精明地把现场状况扫了个遍！

她好歹也算是跻身半个娱乐圈了，就冲着从前还在基层锻炼写稿能力，也挖了不少稿件来看，这一次参加节目的嘉宾，她还真都认识。

因为节目是引进的，所以套路和棒子国的差不多。一共六个家庭，最先带头发言的是所有家庭中年纪最大的父亲，黎军。

黎军今年三十八岁，带来的是他的小儿子黎肃凯，小名小伍，今年已经六岁，是所有孩子里年纪最大的（除开小朵朵这只伪儿童）。

黎军自我介绍完毕，小伍哥已经一脸正色地站在父亲身边，认认真真地做起了自我介绍。夏朵朵瞄了一眼，哎哟，好像个小王子呀！

第二组是阮诚和儿子阮明轩，阮明轩今年已经五岁半，小名兜兜。小家伙人如其名，无论衣服还是裤子，全都是兜兜，比夏朵朵还要肥上一圈的小胖手随便一插兜，摸出来就是吃的！连自我介绍的时候嘴巴里还在飞饼干沫子，惹得一片笑语。

夏朵朵嘿嘿笑了两声，心里说了句"吃货"。

第三组是陈然和儿子陈宇航，小名果果。夏朵朵看到果果的时候，眼珠子都直了——果果和夏大花小时候长得真像啊！

果果白白嫩嫩的，还很腼腆！躲在爸爸的腿后面，扯了半天都不肯自我介绍！这简直就是翻版的小夏恩华啊！

现在还有人相信冷酷无情的大花小时候就是这副死样子吗！！

夏朵朵警惕地望向陈然——该不会是他抢了她家大花的儿子吧！

果果真的很害羞，节目才刚刚开始，他就脸红不敢自我介绍。陈然显然有些尴尬，他蹲下来在果果弟耳朵边说着什么，结果都快把果果弟说哭了！

嘤嘤嘤！夏朵朵看不下去了！

看在你像我们家大花的份上，从现在开始姐罩你了！

夏朵朵扭着小身子，遭到了裴昊辰的暴力压制："别动！"

夏朵朵鼓着腮帮子瞪了他一眼："他要哭了！"

裴昊辰好笑地看着陈然身边腼腼腆腆清秀好看的小男孩，估计和夏朵朵一比也还是更加瘦弱的那一个。看着奋力挣扎的夏朵朵，裴昊辰索性把她放下来，好像是要看看她能搞出什么名堂。

夏朵朵刚一落地就噔噔噔跑到果果弟身边。

忽然有不明物体接近，果果弟很是警惕地后退一步，然而当他看清楚奔跑过来的小天仙儿的时候，竟然……呆住了。

再小的孩子，一旦有了意识，也是明白美丑的！至少有人靠近的时候，让他们喜欢的脸，会让他们笑都笑得更甜。

夏朵朵跑到果果弟身边，大大方方地牵起果果弟的手，软着小嗓子甜甜地说："我叫朵朵，你叫什么呀？"

如果一定要用一部当红雷剧的场景来形容现在的画面，果果弟应该是这样的——

【世间竟有如此出尘绝色的女子】

重点来了！

刚才还扭扭捏捏腼腆脸红的小帅哥在呆呆地看了夏朵朵五秒钟之后，小声地说："我叫陈宇航，今年四岁……小名是果果。"

陈然诧异地看着自己的儿子，这小子，魔怔了！？

场面瞬间得到了升温！

工作人员望向夏朵朵的表情都变了——热场王啊！不愧是天王带来的人！

下一秒，刘宇鸿的女儿刘桐涵扯着自己的公主裙站出来："我叫刘桐涵，英文名叫 Kitty，今年五岁了，我在××幼儿园读大班。"

刘桐涵是这一次节目里唯二的小女孩，虽然同样是漂亮的礼服裙，但是和夏朵朵站在一起……就……粗糙了些！

刘宇鸿很为女儿的大方感到骄傲，女儿抢在他前面，他一点都不觉得有什么，跟着进行了介绍。期间 Kitty 不住地往有吃的兜兜哥那里看，果果弟则是不断地往夏朵朵那里看。

Kitty 介绍完了，就轮到下一个家庭，胡驰和他的儿子胡煜小朋友。

不知道是大家心照不宣还是节目组的安排，介绍的顺序，隐隐约约和在圈内的红热度有关，越是有噱头的，都留在后面。

台里这一次请了六个家庭，按照常理来说，六个家庭一期的节目要在短短一个多小时之内播出来，每一个家庭的镜头都会缩短。但是之所以请了这么多，原因只有一个——他们要随时做好裴昊辰离开的准备。

而其中一个尴尬的地方在于，胡驰就是针对裴昊辰这个不定因素的 Plan B。虽然不比裴昊辰来得大红大紫，但胡驰也同样算是人气实力偶像，早早结婚生子都没能影响粉丝的情绪，参演的影视作品都有很好的成绩！

如果没有裴昊辰，胡驰就是整个节目拉动人气的动力。

胡驰的儿子叫胡煜，英文名 Hugo，今年四岁。

夏朵朵第一时间就听成了"酷狗"。

酷狗弟弟和果果弟都是四岁，但是比起腼腆羞涩的果果弟，酷狗弟弟显然有了老爹的气场，整个人真的都……酷酷的！

白净的小脸上挂了一副小型黑超，介绍的时候双手还放在裤袋里："大家好，我是 Hugo，今年四岁。"

连介绍都是这么酷炫！

Kitty 看到酷狗弟弟，就不再看哼哧哼哧吃东西的兜兜哥了，她扯了扯爸爸的衣服，刘鸿宇伸手把她抱起来刮了刮她的鼻子，Kitty 顿时把小脸埋到了刘鸿宇的肩窝。

酷狗弟弟介绍完了，酷酷地望向夏朵朵。

裴昊辰清了清嗓子，开始自我介绍。

裴昊辰不是带着自己的孩子来的，这是这一次节目最大的噱头。这个小女孩不是裴昊辰的女儿，而是他捡到的，上这个节目，是希望孩子的家人能知道孩子在这里。

裴昊辰说这话的时候，没什么夸张的情动，但是一字一句，偏偏就让人觉得是真心实意。最后，他把夏朵朵抱起来，对着镜头说："遇到这个孩子，就是一种缘分。我很希望朵朵能早日找到自己的家人，也希望大家能踊跃传播，让朵朵早一天回家。"

镜头转向了夏朵朵，作为超高颜值的小朋友，夏朵朵也表现出了惊人的表演实力，她看了裴昊辰一眼，软软道："爸爸妈妈，朵朵没有哭，朵朵等你们来接朵朵回家。"

感动！

摄影师觉得必须要一个大特写，而另一边，在场的大人和小朋友神色各异。

节目没有什么主持人，默认为年纪最大的黎军做一个向导。

等到夏朵朵说完，他象征性地安慰了夏朵朵几句，然后给出了节目组的第一个指令！

抢房子！

但是在抢房子之前，最先出现的却是六套衣服！

黎军："现在，请大家先抽签，按照签号领取自己对应的衣服。"

到底是真人秀节目，不是什么人间寻情路，大家很快就进入状态，这里面包括了刚才泪眼汪汪的夏朵朵。

因为是古城，衣服都是古装，夏朵朵抓着裴昊辰的衣领，严肃地说："辰辰，你要好好抽！"

正要把她放下来的裴昊辰差点滑了手……

辰辰……

裴昊辰额角一跳，你闭嘴好吗！

第❹章
小乞丐与裴臭手 》》

眼前有六套古装，每一套都有一大一小。

从对应的服饰华丽程度，身份也分了六个等级。

皇帝级别，丞相级别，县令级别，老板级别，平民级别以及……大小乞丐装……

这是什么玩法！？

有眼睛的人都看得出来哪套衣服最好看，尤其是Kitty，看到公主的裙子时，眼珠子都发射出了刺眼的亮光！

作为一个想要什么，撒撒嘴撒撒娇扯扯爸爸裤子就能得到的小公主来说，她毫不犹豫地扯住刘鸿宇的裤子："爸爸我要公主的裙子！"

刘鸿宇抱着Kitty摸摸她的脸，斗志高昂："好！爸爸就给你抽一个公主！"

另外几家也有各自的喜好，比如兜兜哥听说老板服装对应的是饭馆老板的身份，看着那身衣服的目光都亮了，然后在了解到皇宫才是美食云集的地方时，目光又对准了皇帝装！

第一个强劲对手！Kitty很仇视地看了兜兜哥一眼，大声宣布主权："公主是我们的！"

兜兜哥咬一口饼干,扭脸。我不跟你计较。

黎军的儿子小伍是年纪最大的,黎军弯腰问小伍有没有喜欢的,小伍很正经地板着小脸说:"爸爸,让弟弟妹妹先选吧。"

好儿子!黎军赞赏地看了小伍一眼,眼角眉梢都带上了嘚瑟。

然而,并不是每一家都在看衣服。

比如——依旧躲在陈然腿后面的果果弟,正红着一张小脸看着最帅的那个叔叔身边的小姐姐。这个小姐姐比另外一个长得好看,还不争不抢,让果果弟想到了幼儿园坐在自己前面的那个小芳。

但是小芳一直和跟她坐在一排的小明关系最好,两个人一起吃饭一起睡午觉,果果弟觉得自己没有机会了。但是今天,他参加了这个节目,他忽然觉得自己再想起小芳和小明的时候,心态已经是心如止水!

他愿意祝福小明和小芳了。

而另一边,酷狗哥还戴着酷酷的小黑超,胡驰摸着下巴盯了他好久,顺着他对着的方向望过去,居然是一套公主服!

胡驰心里吓了一跳,当即摘掉酷狗哥的墨镜!

酷狗哥斜着快飞出去的眼睛立刻回正,冷着小脸去抢自己的天然伪装:"还给我!"

胡驰心里一跳,比发现酷狗看着公主裙还要惊讶。如果他没记错,刚才摘眼镜的时候儿子的眼睛是斜着的啊!不是在看衣服啊!

胡驰顺着儿子眼珠子歪斜的方向望过去,就看到了裴昊辰和安安静静站在他身边的小萌货。

胡驰和儿子的关系一直朝着兄弟的方向发展,他轻笑一声,把眼镜丢还给一脸焦急的酷狗哥:"小崽子,花招多啊。"

酷酷的酷狗哥,竟然脸红了!

他飞快地戴上眼镜,继续"望着"公主服的方向……

胡驰嗤笑一声,压低声音:"眼睛累了就转一转啊……"

酷狗哥的回答是:"哼。"

裴昊辰对这个不感兴趣,但是他对好不容易上个节目还要当乞丐更不感兴趣。趁着大家在抽签前确定自己喜好的工夫,裴昊辰低头看了一眼身边的小东西:"诶,你想穿什么?"

不知不觉间已经虏获了少男芳心的夏朵朵仰着小脸看了一眼裴昊辰:"辰辰,只要是你抽的我都喜欢!"

裴昊辰太阳穴一跳,忽然觉得今天的夏朵朵……画风有点不一样。

裴昊辰轻咳两声:"看情况吧。"

看什么情况!你走不走心啊喂!夏朵朵心里腹诽,不准备搭理他。

商量什么的都是短暂的,就算确定了自己心仪的服装,也并不一定能运气爆棚地抽到,尤其是当这些服装很可能和居住的地方挂钩的时候!

好了,抽签开始了!

黎军接过节目组递过来的字条,因为他年纪最大,所以当即就摆出了兄长的姿态:"你们先抽。"

小伍丝毫不反对这个决定,反倒和他爸爸一样,严肃着一张小脸站在边上看着别人家先抽。

最先冲上去的是刘鸿宇,他和 Kitty 一起打开纸签,父女俩顿时欢呼!

真的是皇帝装!

Kitty 开心死了!当即就要穿公主裙!

夏朵朵心里一沉——不急不急,还有四套呢!

然后是果果弟——县令套装!

夏朵朵咽咽口水:还……还有……

接着是酷狗哥——丞相套装!

夏朵朵:还……还有机会!

之后是兜兜家——酒店老板套装!

夏朵朵：不要紧！淡定……

现在只剩下两套了！

一套是平民套装，一套是……乞丐装……

黎军很有风度地抖了抖篮子里最后一张签，对着刚刚抽到倒数第二张的裴昊辰友好一笑："只有一次机会了，要不要换？"

裴昊辰扬唇一笑："不必。"

这自信劲儿！这酷劲儿！

夏朵朵把全部的希望寄托在了裴昊辰的手上，可是她还没来得及听到裴昊辰的答案，就听到了小伍的答案："我们是平民！"

夏朵朵：让我……不，让裴昊辰去死一死！

周围寂静一瞬，下一秒就多多少少传来了笑声。Kitty看着夏朵朵的苦逼脸，笑得格外开心！

果果和酷狗对服装的认知并不是很深刻，他们只是同时敏感地发现，自己的小女神……有点难过。

夏朵朵何止有点难过？她简直难过死了！

裴昊辰抽到乞丐装，居然能面不改色，甚至保持着原本的笑容走回来。他对着夏朵朵扬了扬手里的字条，欠欠地说："嘿，小乞丐。"

夏朵朵一张小脸都快因为愤怒憋红了！

她瞪圆了眼睛盯着裴昊辰，用只有他听得到的声音毫不客气地道："裴臭手！"

裴昊辰一怔，似乎是意外。

她的词汇量还真是丰富啊。

不知道怎么的，当乞丐裴昊辰的确算不上开心，尤其是一想到居住的地方会比较糟糕，就更提不起兴趣了。可是这一切的一切，在看到面前的小东西愤愤不平的样子时，全都……淡了。

什么叫相撕相杀？

那大概就是……看到你不爽,我怎么这么开心呢?

裴昊辰好像都已经自动忽略了自己面前的是一个年岁不明的小朋友,他甚至微笑着蹲下身,一把把小朵朵捞过来,懒懒道:"你这小东西怎么这么现实?求别人的时候叫别人'辰辰',现在不求了就叫'裴臭手'?"说到后面,他甚至心情颇好,伸手刮了刮夏朵朵的小鼻子!

拿开你的手!不然咬死你!夏朵朵猛地一挥,结果裴昊辰飞快收回手,她一把拍到了自己的鼻子,然后……

"呜哇——"

小乞丐夏朵朵伤心地哭了……

啊啊啊啊啊啊!女神哭了!

果果弟的眼神都变了,他无助地望向爸爸,陈然抱起儿子,走到裴昊辰身边:"怎么了?怎么哭了?"

夏朵朵:痛的……鼻子痛,心也痛……

裴昊辰也把夏朵朵抱起来,淡笑着解释:"小傻子,自己打自己。"

呸!你才小傻子!你一户口本自己打自己的小傻子!

夏朵朵无限委屈,目光触及到那一身小乞丐的衣服,哭声顿时拔高了一个调子……

怎么可以是小乞丐……为什么她的人生这么惨……

哭得正带劲儿,脸上忽然被什么东西戳了一下。

夏朵朵茫然地抹着眼泪转过头,就看到了戴着小黑超的酷狗哥正被胡驰抱着,捏着自己的纸签递给她,大概力道没控制好,纸签戳到了夏朵朵的脸。

酷狗哥说:"我的给你。不哭。"

史前大危机!

果果弟也飞快地抢过陈然手里的纸签,毫不犹豫地戳向夏朵朵:"我的也给你!"

陈然和胡驰一脸无奈,谁说闺女是泼出去的水?儿子才是胳膊肘往外拐的好吗!

夏朵朵看着"小夏恩华",心里忽然涌出无限感慨……其实小时候,大花也很照顾她的……

夏朵朵更想夏恩华了……她抽抽搭搭地盯着果果弟,眼神中有着复杂的感情。

一旁的酷狗哥藏在黑超后面的目光冷了几分。

可是到最后,果果和酷狗哥谁都没能获得这个表现的机会,裴昊辰抱着夏朵朵,礼貌地表达了谢意后,拒绝了:"玩游戏就要遵守规定,不能让孩子从小觉得哭一哭就能走捷径赖皮。"

好镜头!摄影师怎么可能错过这个镜头?

胡驰和陈然深以为然地点点头,望向了自己的儿子。

诶?夏朵朵因为裴昊辰的这句话,忽然对他有了几分改观——其实她很赞同裴昊辰的话啊!在这个社会,还有几个人愿意遵守规则来?谁会有捷径不走有赖皮不耍呢?

夏朵朵忽然间就从裴昊辰身上感受到了浓浓的正能量!

她坚强地一抹眼泪,对着两个好心的弟弟说:"谢谢,我们要自己抽到的。"

懂事!

摄影师又是一个特写!

胡驰和陈然自然不会勉强,各自回到自己的位置跟儿子讲起道理。裴昊辰看着渐渐平静下来的夏朵朵,也很意外。他抬手抹掉了一滴还悬在她下巴上的眼泪:"这么懂事,真是个意外的惊喜啊。"

再帅的脸再温柔的夸奖也弥补不了乞丐装带来的创伤,夏朵朵一扭脸,不理他。

懂事是一回事,你裴臭手要负的责任还是不能忽视的!

夏朵朵目光触及到破破烂烂的乞丐装,心里又是一痛……

正痛着,节目组这边已经开始催促——

"请抽到对应服装的家庭到旁边的临时更衣室换上衣服。"

夏朵朵:大花,我再也不嫌弃你给我买的衣服都丑丑的了……

炎热的夏天,看似恢宏却掩不了因年代久远而有些破落的古城并不是一个避暑的好地方。

临时搭建的更衣室里,夏朵朵穿着一身破烂乞丐装,时不时得露个胳膊露个小腿儿,在这炎炎夏日,居然十分清凉!

什么叫因祸得福!

夏朵朵从更衣室往外看着已经换装出去的几个家庭,果果弟一张小脸已经热红了,酷狗哥戴着墨镜,因为没有了放手的口袋,干脆酷酷地把手拢到袖子里跟望夫石似的望着一边。夏朵朵探出脑袋看到了酷狗,甜甜地一笑。

她、她对我笑了!酷狗哥现在就像意气风发的小牛,出一口气鼻子都能冲出两道风来!

夏朵朵又转过头看着已经换上复杂漂亮公主裙的Kitty,虽然是用的轻薄的纱裙,但是大夏天的,不穿都热,这个裙子看着就让夏朵朵的汗哗哗地流。

一边的刘鸿宇似乎已经后悔了,一张脸都快皱成小笼包了。夏朵朵用自己袖子上的破布扇扇风,咧着嘴笑起来——

破衣服才是真正的人性化啊!

酷狗哥陷入了无限的困境中,他看了一眼不远处的Kitty,又看了一眼朵朵,心里开始不爽——朵朵怎么看到谁都笑呢……

夏朵朵收回视线看了一眼裴昊辰。

裴昊辰已经换了乞丐服,完美的身材显露出来,简直棒棒哒!

夏朵朵其实不喜欢男人长得白白嫩嫩的,男人嘛,就该要么黝黑健壮,要么小麦皮肤运动健康类型,而不是像夏恩华那样,常年待在不见阳光的实验室,一张脸……不对,整个人的皮肤都是白的,还喜欢穿着纯黑色的西装,看着整个人都冷清无比。

她呢？常年在外面跑来跑去，夏恩华给她再好的护肤品也抵不过一天的暴晒，所以夏朵朵心里，一点也不喜欢长得白的男人！

现在，裴昊辰光着膀子坐在面前，夏朵朵继裴昊辰出浴图之后再一次看到了男人的身材。

不得不说……唔，他姑且可以算作即便生得白也完全不会让人觉得娘气的人，白皙的皮肤和结实的肌肉居然毫不违和，相反，夏朵朵看久了，心里有点忍不住想要去摸一摸……

皮肤的手感应该很不错，想象一下，当上好的肤质和结实的肌肉同时囊括掌中的时候……

啧啧啧……

夏朵朵决定晚上睡觉的时候摸一把！

正看得津津有味呢，裴昊辰冷不防丢了个眼神过来，他本来就窝在椅子里，现在这个眼神，更是慵懒勾人。

看什么看！夏朵朵用眼神传达一种"就算你长得这么好看我也不会心动"的意思，和裴昊辰勇敢对视。

一边的工作人员笑了：朵朵也觉得辰辰长得好看吗？

裴昊辰在工作的时候不苟言笑、极其高冷这个事情，是圈内都知道的，可是裴昊辰从出现在大家的视野开始到现在完全没有表现出高冷的感觉，他和夏朵朵非亲非故，能耐心照顾已经让人大跌眼镜了，对于更多的女性工作人员来说，她们的心理写照是这样的——

【高颜值小萝莉和高颜值冷男神的搭配真的萌得不要不要的！】

就像现在这样，男神的目光冷得都能飘出冰碴子了，偏偏小萝莉好像完全不明白一样用一种标准的小学生姿势坐在一边，身上穿着小乞丐的破衣裳也不哭不闹，歪着脑袋回望男神……

萌死了！

"辰辰，我们等会儿要干什么呀？"奶声奶气的小嗓子忽然发话，裴昊辰的嘴角扯了扯，严肃地纠正："叫叔叔！"

夏朵朵坐正了，一板一眼地说："爸爸的兄弟才是叔叔，辰辰你不是我爸爸的兄弟，你不是说我们是好朋友吗？"

工作人员：请让我被萌死在这里！

裴昊辰：不对！真的很不对！

裴昊辰警觉地发现小东西从录节目起就很不对。这和她刚开始来到家里腼腼腆腆一着急还会口齿不清的样子完全不同，刚才这种"长难句"她居然一个磕巴都不打，她到底几岁来着？

这个问题晚上得好好问问。

就在这时，负责裴昊辰这个组的小陈拿了一堆卡片过来："裴先生，朵朵现在识字吗？"

噌！夏朵朵的耳朵飞快地竖了起来，开玩笑，她是高等学府毕业的好不好！

裴昊辰并不是很了解小东西的文化程度，转过头看她："认得钱吗？"

夏朵朵抿着小嘴巴认真点头："认得毛爷爷！"为了表现得逼真，她伸出嫩嫩的小指头一根一根板着口齿伶俐地数起数来，"一块，两块，三块，四块……"

裴昊辰望向小陈，面不改色道："幼儿园水平。"

夏朵朵：洛必达法则拉格朗日中值定理你懂吗？！函数微积分公式基本积分表你会默写吗！？你个 low 货说谁幼儿园水平！

小陈看着表情严肃的夏朵朵，冲她笑了笑，似乎是在安慰她："没关系，就算不认识也会现场教你们，要加油哦！"

夏朵朵还没弄清楚是怎么回事，导演已经叫人了。

集合！

裴昊辰很配合地抱着小乞丐夏朵朵往外走。夏朵朵的小衣服是破的，站着还好，一被抱起来就很容易走光。裴昊辰盯着这白白嫩嫩的小身子看了一下，抱起她的时候帮她扯了一下衣服，尽量把她包裹起来。

　　对这个小动作浑然不觉的夏朵朵正集中精力往场地中央看。

　　哟哟哟！这是要干什么！？

　　原本以为抽签抽到了相应的衣服就该去自己的房子，可是好像完全不是这么回事啊！

　　炎热的中午，场地中央连一块阴凉地都没有，有穿着古装平民服的工作人员站到了中间围成了一个六边形，就在六个家庭都闹不懂这是要做什么的时候，一边的导演发出了指令，中间的六个人都套上了一根长长的——皮筋！

　　导演："抢房子第二环节，皮筋连连跳！"

　　哟哟！切！克！闹！夏朵朵张大嘴巴，仿佛看到了人生的希望！

　　旁边的家庭全都傻了！

　　真正的抢房子环节是这样的，每个家庭穿着自己抽到的服装，开始第二个环节，跳皮筋。跳皮筋已经算是八〇九〇后小时候玩的一种游戏了，长长的皮筋由小朋友们撑着，大家随着儿歌口诀按照规定的动作和节奏跳皮筋。

　　这一个游戏环节是由小朋友和大人一起得分完成的，念儿歌的是小朋友，如果不会，工作人员可以现场教，小朋友念得皮筋儿歌越多，得到的分数也就越多，与此同时，六个爸爸在圈中跳皮筋，坚持得久且不出错的爸爸得分。

　　最后，按照爸爸和孩子分数总和由大到小来决定最后的住处！

　　爸爸们：什么鬼！

　　最苦逼的就是刘鸿宇了，皇帝的套装，无论是质量还是数量都是第一，这种天气，就是站着不动都要汗流浃背了，更何况是穿着这身行头跳！皮！筋！

　　最重要的是——

　　男人跳什么皮筋！

导演的指令宣布出来，现场一片哗然。

夏朵朵的心激动得都快飞出去了！跳皮筋啊！她小学的时候是皮筋小公主啊！可是再一看裴昊辰，她就有点瞧不起了。这么个样子，行不行啊！

夏朵朵扫了一眼现场的五个对手，忽然跑到裴昊辰身边把他拉着蹲下来，用一种认命的神情制定战术："辰辰！只能靠我念儿歌拉分了！你不要死得太早啊！"

裴昊辰抽抽嘴角："……"

四五岁的孩子，儿歌还是会两首的，六分钟准备时间里，有工作人员拿着生动可爱的儿歌卡片开始和小朋友们交流。奈何Kitty、兜兜以及小伍的注意力全都在自己爸爸身上，看着爸爸站在皮筋围的圈圈里面，一个个笑得乐不可支，忙着近距离围观……

仨爸爸：儿砸/宝贝！别看了！快学儿歌啊！

果果弟拿了一张叫作"小皮球"的儿歌卡片瞅了夏朵朵一眼，刚刚做了一个深呼吸，还没迈出步子，一个酷酷的小身影已经径直走到夏朵朵身边，霍地伸出了一张卡片。

酷狗哥："你学这个，最简单。"

夏朵朵一怔，直直地看着酷狗哥。

今天是怎么了！？裴昊辰这种高冷没内涵不懂得欣赏的男人质疑她的水平也就算了，这种毛都没长齐的娃娃敢质疑她！？

夏朵朵好看的小脸蛋快皱成小包子了，她忽然举起了自己白嫩嫩的小胳膊："阿姨我会了！"

工作人员惊喜地望向小朵朵！

热场王！我们的热场王啊！

酷狗哥呆呆地看着心上人，伸出的手快快地收了回去，墨镜终于第一次随着小朵朵的身影一路移过去。

夏朵朵穿着一身小乞丐装，十分乖巧地站上节目组准备的小台阶，把手拢成喇叭状对着皮筋圈中的裴昊辰大喊:"辰辰加油!"

全场:好会找场子的萌物!

爸爸们已经严阵以待,他们不仅要跳,还要跟着节奏一边跳一边换位置,每跳一次往前挪一个,如果跳错会很快被工作人员拉到圈圈中间,避免后面过来的爸爸被殃及,一轮下来,按照出局先后次序决定成绩。

没有人想到,夏朵朵这一战,开启了整个场面的秒杀模式!

开始了!

夏朵朵清清嗓子:"小燕子飞,五阿哥追,尔康爱上了夏紫薇,皇上的梦姑是香妃,皇后气得天上飞,容嬷嬷是只老乌龟……"

砰砰砰砰砰!

四连串!

刘鸿宇、陈然、阮诚、黎军:扑街。

夏朵朵严肃的表情和千差万别的儿歌让四个大人同时笑场,加上衣裳的烦琐和天气的炎热,按顺序出局!

一首儿歌干掉四个!简直战斗力爆表!

懂事的小朋友已经去扶自己的爸爸,而果果和酷狗哥望向女神的目光,那种崇拜已经上了三十个台阶!

女神好有文采啊!

继续继续呀,还没念完呢!夏朵朵看着全场的混乱和笑声,一门心思地集中在剩下的两个人身上,一个是胡驰,一个就是裴昊辰。

别的小朋友呢?别的小朋友不愿意上台念儿歌啊!夏朵朵赶紧举手:"我我我……我还有!"

导演大手一挥:"朵朵继续!"

夏朵朵:嗷儿耶!

裴昊辰和胡驰对视一眼。胡驰身上穿着的是仅仅亚于皇帝的丞相朝服,而裴昊辰是简单的乞丐装,清爽又凉快。

胡驰看了握着小拳头一脸"我有我有我还有"表情的夏朵朵,苦笑一下举手:"我认输,不行了。"

夏朵朵脸上浮现了惊喜的表情——

人生大逆转啊!忽然就变成第一名了!?

裴昊辰也很意外,他摸了一把脸,目光幽深地望向那个就差在台子上跳起舞的小东西,嘴角弯起一丝淡淡的笑容。

鬼机灵。

胡驰认输并不吃亏,他已经是第二名,加上他身上这么热,所以并不愿意找罪受。更难得的是,酷狗哥连反对的声音都没有,他看了一眼还站在台子上的小朵朵,抿出一个小酒窝:"我们认输。"

最后的结果是!

夏朵朵变成小公主!重点是!入住皇宫之后不用穿那种热热的衣服了!

夏朵朵跳下台子,突如其来的兴奋已经让她忘却了和裴昊辰的阶级仇恨,她十分大度地扑向裴昊辰:"辰辰!"

裴昊辰这一次居然没有推开她,顺势把她抱起来。

大特写!

摄像师紧随其后,各种角度!

选房子的环节,居然就这样结束了!

夏朵朵如愿住进了最好的皇宫,而作为最尊贵的一个家族,他们拥有据说是从西洋进贡过来的圣物——电风扇!

爸爸们:节目组真是……抠门!

裴昊辰:节目好像也没有想象中那么无聊……

夏朵朵:回去吹电风扇啦!

而就在这个晚上,胡驰和陈然发现,一回到房间的儿子饭也不吃澡也不洗,闷在角落里念念有词。

两个爸爸担心儿子因为白天念儿歌环节让他们受挫，正准备安慰几句，可是刚一靠近，差点昏死当场——

他们的儿子躲在自己的小世界，念念有词——

"小燕子飞，五阿哥追，尔康爱上了夏紫薇，皇上的梦姑是香妃，皇后气得天上飞，容嬷嬷是只老乌龟……"

回宫啦！

夏朵朵喜滋滋地赖在裴昊辰怀里，不愧是新时代的励志女青年，适应环境的能力十分强大，虽然被托着小屁股还是很不习惯，但是已经可以忍耐了！她一颗小脑袋前后左右转得很是方便，想看哪里看哪里。

大花再也不用担心她走路撞到电线杆啦！

"你的脑袋能不能别转来转去的？"男人的声音在耳畔响起，夏朵朵当即觉得脑袋被人用三个指头支住，轻轻一用力，扭回来了，然后是一个淡淡的声音，"看得我眼睛晕。"

事多！夏朵朵很鄙视裴昊辰这种没事找事的属性，可是他现在好歹是自己的人力步辇，她不准备跟他对着来。其实话说回来，和万千少女痴迷的一张脸靠得这么近，即便身为阅美无数的娱记，夏朵朵的小心脏还是有点"扑通扑通"直跳！

爱美之心很正常嘛。是你要我不看别处的啊！夏朵朵乖乖听话，一双又大又黑的漂亮眼睛就直直地看着裴昊辰。

天气很热，夏朵朵本来就有点感冒的症状，一直没有痊愈，鼻子里的小鼻涕时不时地滑出来，把鼻子弄得痒痒的！

然后就出现了这样的情况——裴昊辰抱着夏朵朵回宫，余光能感受到小东西目不转睛地注视着他，每当他走出几步，耳畔就会听到一种类似吸口水一样的吸鼻涕声……

能把鼻涕吸得像吸口水，会不会直接从咽喉吃到嘴巴里？裴昊辰忍不住脑补，然后走两步就要看一眼手里抱着的夏朵朵。

"你还是看别处吧……"裴昊辰想了一下，低声嘱咐，脸上写满了嫌弃。

男人都这么麻烦吗！？叫她别到处看的是他，叫她看别处的也是他，男人的心真的好难懂！夏朵朵一张小萌脸也回应了同等的嫌弃，还不忘耸耸鼻子吸两下。

真是够了！裴昊辰停下步子，对着身边的小张道："有纸巾吗？"

小张是节目组配给他们家庭的女性工作人员，听到男神的声音，小张忙不迭地送出一张夏日必备——湿纸巾。

裴昊辰的手还没伸出去，看着小张手里的湿纸巾，怔了一下。湿纸巾……和纸巾也差不多吧，能擦干净就行。

然后，裴昊辰想也不想地接过，单手把小朵朵放下来，两只手把湿纸巾展开，凑到夏朵朵的鼻子前面："用力！"

用什么力！生孩子啊！？夏朵朵本能地躲开湿纸巾。她讨厌用湿纸巾好吗！好恶心啊拿走好不好！

裴昊辰好看的眉头皱起，后面的小张小声地说："小孩子都不喜欢擤鼻涕，慢慢来。"

这个好像是真的，小孩子不会擤鼻涕，也不喜欢被人捏着鼻子擤鼻涕。裴昊辰理所当然地觉得小朵朵也是这样的小朋友中的一员，脸色不免沉了下来："擤鼻涕！"

小孩不爱擤鼻涕是因为你们打开的姿势不对啊！夏朵朵心里有一万匹草泥马呼啸而过，只能誓死护卫自己的小鼻子以及……鼻子里的鼻涕。

裴昊辰你是猪吗！夏朵朵觉得用湿纸巾擤鼻涕的感觉真是恶心得不要不要的，她扭扭脸蛋，努力编制语言："要没有水的纸……嗯……"

话还没说完，一颗小脑袋已经被按住，湿湿的湿纸巾就这样糊上了夏朵朵的鼻子，耳边还有裴昊辰严肃而认真的督促声："用力！"

夏朵朵：我、我一定会报仇的！

裴昊辰没有给小朋友擤过鼻涕，所以他完全没有想到，那么一个小鼻子居然擤出来这么多鼻涕！

"这么多,你恶不恶心。"裴昊辰嘀咕一声，恨不得用指尖捻着一片小角落，不要沾到更多。

哪里哪里？我看看！夏朵朵红着脸凑过去握住裴昊辰的两只手，直接把湿纸巾展开，就看到一团团清清白白的黏糊状东西……

好恶心！！

夏朵朵一张脸都皱成包子了，嫌弃地撇开脸。裴昊辰看在眼里，却忍不住轻笑出声："被自己恶心到了？"

讨厌！他到底有没有一种自己领养的是个女孩子的觉悟！？夏朵朵抱着手扭脸，她觉得自己身为女孩子的尊严被践踏了。

夏朵朵身子忽然一轻，又被抱起来了。裴昊辰单手抱着她，另一只手拧了拧她的脸，然后似笑非笑地感叹一句："还真够厚的……"

夏朵朵一点也不想理他。被他单手兜着屁屁抱着，两只小胳膊还能很赌气地抱在一起，整个身子往外扭望向不知名的地方。再好看的脸，配上这么个不讨人喜欢的个性，爱谁谁看，她才不看！

一路上耽误了许久，裴昊辰走了好一会儿才走回他们的宫殿。

不愧是大制作！宫殿已经配备了他们的日常用品，而这些用品无一例外都贴上了节目组的标签，一来是节目宣传，二来也是为了避免不必要的广告植入。

因为是第一天，行程多多少少有些仓促，大家也才刚刚熟悉，所以来到这里的第一顿饭，只有几根玉米棒子和馒头加上一些咸菜。

可是夏朵朵喜欢吃！她蹦蹦跳跳地伸手就要去拿玉米，结果还没碰到就被一只大手拍飞！

疼！夏朵朵飞快地缩回手，一边揞着自己的手，一边委屈地看着身边英俊高冷的男人。

裴昊辰："洗手。"

有嘴巴不会好好说吗！摄影师呢！把他使用暴力的过程拍下来啊喂！夏朵朵撇着嘴，摸摸自己已经红了的小手背，委屈地去找水洗手。

"你去哪儿？"裴昊辰看着她那个委屈的背影，简直是个小可怜。

"洗手……"夏朵朵咕哝着，提着小腿儿就要往外走。

可是还没走两步，又腾空了！

裴昊辰直接把人抱到自己腿上，拧开一瓶矿泉水，下面用盆子接着："我倒水，你自己洗。"

夏朵朵还是觉得很委屈，洗手的时候故意把红了的手背侧给裴昊辰看。

还真的很明显。她本来就生得白白嫩嫩，被裴昊辰拍了一下，一只手的手背红得很是明显。当然，她这种示意的方式也很明显。

裴昊辰有点哭笑不得。他越来越觉得，这个小东西有时候真的让人不知道拿她怎么办才好。他微微挑眉："干什么？"

干什么！？瞎啊！红了！夏朵朵也不说话，干脆把小手往他面前多凑了一些，红润的小嘴唇噘着，一副"我现在很委屈你必须来道歉安慰"的表情。

裴昊辰怎么可能没看懂这个求安慰的模样？他只觉得好笑，但表情依旧严肃："你不洗手就吃东西，还做对了？"

肚子饿了哪管什么洗不洗手，毛爷爷都说不干不净吃了没病啊！一个男人怎么比女人还讲究！夏朵朵也不争辩，小孩子永远有小孩子的表达方式，她只是把手更加凑近，软软地说："疼。"

疼？疼又怎么样？还帮你吹吹不成？裴昊辰心里失笑，下一秒，他居然真的轻轻握住夏朵朵的小手，对着手背吹了吹……

做完这个动作，裴昊辰自己都愣住了……

好像是条件反射一样，想法只是刚刚蹦进脑子，就这样做了。他松开夏朵朵的手："还疼不疼？"

夏朵朵……愣住了。

事实上,从手背感受到男人吹过来的冷气的时候,夏朵朵就有一种如梦初醒的感觉。

她在干什么?跟裴昊辰撒娇吗!?夏朵朵意识到自己好像太过代入自己的角色了,不然她怎么会觉得裴昊辰低头给她吹吹的样子简直……帅呆了!?

疯了!

夏朵朵收回手,抿着小嘴跳下裴昊辰的腿,有板有眼地问:"我现在可以吃了吗?"

表情凝重,语气正式。还在生气?裴昊辰轻笑一声,懒懒地回答:"嗯——吃吧。"

都吃光!不给你留!夏朵朵耸耸鼻子,转身去挑玉米!嗷嗷嗷!她刚刚看中的那一根肯定又甜又嫩!

看着夏朵朵欢欣雀跃地去挑玉米,裴昊辰从旁边拿过自己的手机,继续看刚刚才搜寻出来的有关四五岁孩子的带养指南。

上面说得清清楚楚,小孩子很容易闹肚子,多半都是因为不讲卫生造成的。所以大人必须十分注意小孩子的卫生情况。

裴昊辰看着已经抱着玉米哼哧哼哧啃起来的小东西,自嘲般地笑了笑。他想了一会儿,丢掉手机走过去,伸手去拿玉米。

我看到了!你也不洗手!

夏朵朵眼睛快反应更快,伸出胖胖的小嫩手对准裴昊辰的手,用尽了吃奶的劲儿——"啪"。

极其响亮的一声,裴昊辰缩回手,侧眼看她,就见小东西特别得意特别开心地一字一顿告诫他:"洗!手!"

这就出了气开心了?果然还是小孩子。裴昊辰"哦"了声,居然十分听话地回去把刚才夏朵朵没用完的一瓶水拿来拧开。

可是他要洗两只手,不是很方便。

就在这时,眼前出现了一只白嫩嫩的小手,手背上隐隐还有红痕。接着,是一个软软的小声音:"我来给你倒吧!"

裴昊辰看着一脸认真的夏朵朵,微微扬唇,声音也懒懒的:"哦,那谢谢啊——"

夏朵朵特别神气,顺口就说:"下次要讲卫生啊!"

裴昊辰一怔,水瓶瓶口已经倒出了细细的水流,淋在了裴昊辰修长好看的手上。

莫名地,那道水流好像顺着一双手,将凉意沁入了血脉一般。裴昊辰不动声色地看了一眼身边倒水的人,再一次回应她:"哦——"

咦?今天怎么这么配合!?画风不对啊!夏朵朵心里嘀咕,后来一想,录节目嘛,演技帝!

总而言之,夏朵朵特别开心,特别得意!以至于她都忘记,之前好几次裴昊辰伸手逗弄她,她飞快打出去都没打到,反而打到自己……

第❺章
天王被掌掴 >>>

一连吃了三个玉米的夏朵朵心满意足地在节目组给定的时间之内去睡午觉了。

三天两夜的旅程,还带了一个小东西。裴昊辰觉得就是在剧组拍戏的时候,也从来没有这么麻烦过,他双手环胸站在两个人的巨型箱子面前,头有点隐隐作痛。

大概是小杜最近的母爱有点泛滥,给夏朵朵的夏装买的一套比一套精致漂亮,偏偏精致漂亮的衣服也麻烦得很,折叠清洗限制一大堆。裴昊辰伸脚踢了一脚夏朵朵的箱子,舒了一口气,然后他想到一个严重的问题——这些,好像还是用他的钱买的吧?

裴昊辰转身望向床上已经睡得姿势美好的夏朵朵,看着她映着小黄鸡的小裤裤以及露在外面的小肚子,走过去直接扯过一条空调被,往她身上一盖。

睡觉都不省心。

裴昊辰给自己倒了一杯水,等了一会儿,小杜和Aaron就过来了。

别的家庭怎么样裴昊辰管不着,至少此时此刻,他能够把这些乱七八糟的事情全都交给小杜。影视古城这边厕所倒是多,但是没有设施完善的洗浴室，就算是拍戏也多半是住在附近的酒店，所以现在的洗浴室都是临时搭建，要自己打水洗澡。

裴昊辰用两桶水冲了个澡，出来准备睡午觉的时候才发现夏朵朵不知道什么时候把被子给踢了。

之前养狗的时候宠物店的人说过什么来着？想要最省心就是让狗自己学会照顾自己，包括上厕所睡觉吃饭喝水。裴昊辰的舌尖舔了舔上槽牙，走过去甩掉拖鞋，脚掌直接在小朵朵肥肥的小屁股上踩了一下。

"嗯——"睡眼蒙眬的小东西睁开眼，揉着自己的眼睛看着站在床边的人。

"盖被子。"裴昊辰言简意赅。

夏朵朵迷糊的脑子先是愣了一下，然后就迅速恢复神志——

混球！难怪刚才把我热醒了！原来是裴昊辰你这个畜生给我盖被子！三十度啊！你有病啊喂！

夏朵朵冷冷地瞥了他一眼，直接扭过身子转到里面。神经病，谁理你。

电风扇离夏朵朵很近，她的衣服又时不时地被吹起来，就算是在夏天，小孩子也很容易因为肚子受凉拉肚子或是生病。裴昊辰看了她一眼，终于懒得管她，上床睡在另外一边。

古色古香的帝王床啊！前段时间那个苏姐已就在这张床上和纣王来过一段非常火爆的亲热戏啊！何止是脖子以下啊，直接从上到脚脖子以下了！再看看现在这两个人，一左一右，睡得真是……毫无看点。

安排在床位边的摄像机扭了扭小脑袋，也耷拉着脑袋进入了午睡。另一边，是努力为这一对祖宗打理行李收拾东西的小杜和Aaron。

小杜说不意外是假的："真没想到，辰哥跟朵朵能相处得这么好！"

一路上，小杜早就做好了在裴昊辰崩溃翻脸的时候冲出来以身救主的思想准备，她完全不认为裴昊辰是一个可以和朵朵和平相处的人，毕竟他不久前才处理掉了一只听话温顺的大型犬。原因就是因为裴昊辰工作太忙，连狗粮过期了都忘了,差点把狗狗给弄死。更夸张的是,裴昊辰给狗下了一碗方便面,看着一脸嫌弃的狗狗,他很不能理解。

那时候是怎么说的?

哦,他说:"是吃的不就行了吗?这也叫好养活?"

送走的时候,大型犬早已经没了刚刚到家里时的精神,耷拉着脑袋看着怪可怜的。不过好在,它是活着离开这里的。

所以说,有这样的前科,小杜打死都不相信裴昊辰能和小朵朵愉快相处。

相比起小杜,Aaron 明显要淡定得多。他推了推鼻梁上的金丝眼镜,眼中带着一种略有深意的笑容:"你不觉得朵朵和其他小朋友不一样吗?"

小杜想了想,一脸恍然:"照这么说……还真是……"

如果说之前是因为小杜没有自己的孩子,那么一路对比过来,朵朵和其他小朋友真的不一样,连带着在家里的一些不一样的举止也体现出来。

好比朵朵很少哭,真正哭的时候都是被逼急了,反而让人想发笑,超出同龄小朋友的懂事和精明,很多话她好像都听得懂,重点是,一路上过来小杜他们担心朵朵会出岔子的地方,朵朵都以绝佳的表现应付过来。

小杜摸着下巴,想到一个可怕的可能:"该不会……她真是谁安排过来的吧?"

Aaron 看了小杜一眼,轻笑一声:"不管是不是,昊辰这个人骨子里还是有些冷硬,这对他的发展不好。如果朵朵能对他有一丝一毫的影响,他都会比现在强。"

小杜张了张嘴:"可是……"

Aaron 看了小杜一眼,手指敲了敲桌子:"我跟你说过很多次,还需要我提醒?"

小杜了然。少说话,多做事。

午觉时间并不长,夏朵朵醒过来的时候,浑身都是汗。所以说什么"西洋进贡过来的圣物"根本没用！但是一想到其他五个家庭连"圣物"都没有，夏朵朵就有一种悲哀的庆幸。她扭过头看了一眼还在熟睡中的裴昊辰，毫不犹豫地把两床空调被全都给他盖上了！

热死你，你这个混球！

夏朵朵看着被包裹起来的裴昊辰，心满意足地扭着小屁股爬下床，拍拍手去找水喝。

裴昊辰有很重的起床气，这一点小杜和Aaron都很清楚，时间快到的时候，工作人员通知了小杜一声，让小杜去叫醒裴昊辰，确定清醒了再开机。小杜驾轻就熟地往床边走，见到的却是早就坐起来的裴昊辰！

裴昊辰的头发乱七八糟，精壮的上身没有穿衣服，却能看到一片晶莹的……汗珠。他的脸色臭臭的，手里还拽着已经被掀开的两床被子一角。小杜的太阳穴突突突地跳了起来，和裴昊辰一起望向一边，就看到抱着水杯作欣赏状的夏朵朵。

不明所以的小杜说了一句："辰哥，时间到了。"

裴昊辰抬手抹了一把脸，低沉而性感的声音"嗯"了一声。在小杜转身而去的那一刻，裴昊辰带着杀气的目光瞟了一眼身边咕咚咕咚喝水的人。

哈哈哈，热死了吧！夏朵朵煞有介事地挑了挑眉，亏得她居然挑得有模有样，充满了挑衅和看热闹的样子。

裴昊辰认真地看了她一眼，忽然把头转向了另外一边，长长地舒了一口气。

我忍你。

裴昊辰正准备下床，忽然觉得肚子有点异样——咕噜咕噜地，翻滚！

裴昊辰皱了皱眉，捂住肚子。

中午吃的玉米是不是不干净？还是没熟？裴昊辰忍着不适下床，可事实证明，下床之后那种难受的感觉更加明显！

裴昊辰转过头看了一眼歪着脑袋坐在一边看着自己的夏朵朵："你……有没有怎么样？"

什么叫有没有怎么样,很热啊很热!除了热,夏朵朵已经没有更强烈的感受了,因为太热所以也不太想说话,不轻不重地"哼"了一声,放下水杯出去了。

这是什么态度?裴昊辰忍着肚子里的翻江倒海,直接冲去了设在宫殿外面的厕所。

夏朵朵刚走出卧室,身边一股劲风,还没反应过来,裴昊辰已经大步流星地出去了。

诶诶诶?夏朵朵瞄到了一点不对劲的苗头,正准备跟着跑过去,却被小杜拦住。

小杜:"导演在那边叫集合了,拍摄的时候我和Aaron都不能在啊,你们快过去啊!"再看看周围,"辰哥呢?"

夏朵朵指了指裴昊辰跑过去的方向,小杜也不是第一次来,了然地点点头:"哦哦,可能是去洗手间了,你的裙子呢,快换一件,都是汗!"

去厕所了?

夏朵朵眼珠子一转,对着小杜笑眯眯地说:"小杜阿姨我也想上厕所,你在这里等我一下吧。"

小杜点点头:"我先帮你把衣服找好,你快去快回。"

夏朵朵点点头,脚下生风噔噔噔往后面的洗手间跑。

裴昊辰,好像真的在上厕所诶!不知道天王上厕所的姿势是不是都比平常人来得帅气呢!?

厕所的门口发出响动的时候,裴昊辰终于松了一口气:"谁在外面?"

因为是临时搭建的,类似于普通公共场合的厕所,裴昊辰关着门在里面,并不能看到外面的人。

"辰辰,是我!"

什么鬼!裴昊辰只觉得听到这个软软的小声音的时候,浑身上下汗毛竖起。

"你怎么跑这里来了！？"裴昊辰现在的感觉非常不好，但是转念一想，大概小朋友跑哪个厕所都不会显得突兀。

夏朵朵背着手在外面走来走去，看着被裴昊辰紧闭着的门，撇撇嘴："小杜阿姨说要集合了哟，那你快点啊，我走了。"

"等等！"听到脚步声的那一刻，裴昊辰猛然想起更重要的事，及时叫住她。

又是走又是停的烦不烦啊！夏朵朵对着门做了个鬼脸，不耐烦地回答："干什么啊！"

厕所里面安静了一瞬，然后是裴昊辰略显不自然的轻咳声："给……给我拿纸过来。"

诶！？

夏朵朵转过身，一脸惊讶。原来……你上厕所没带纸啊！

裴昊辰没听到夏朵朵的回答，也没听到脚步声，忍不住又问了一句："还在不在？"

如果裴昊辰出来，就能看到一个无声地笑到嘴角都快抽搐，在光滑的瓷砖上挠墙扭动的小东西。

哈哈哈哈哈哈哈，没带纸啊！没带纸好啊！

夏朵朵强忍住笑，走到门口敲了敲门，用一种严肃且有义气的口气说："辰辰！等我！"

辰辰，等我。

裴昊辰觉得，有点蛋疼。

可是这样的感受仅仅是不够的。

两分钟之后，裴昊辰所在的厕所间的门下面有东西递进来，裴昊辰正准备用手接，动作却在看到那东西的时候猛地一滞！

夏朵朵塞进来的，是一整包——湿纸巾！

"辰辰！快点擦完出来啊，我先过去了！"

嗒嗒嗒嗒……是欢快跑走的声音。

裴昊辰僵硬着手撕开湿纸巾，手指触到那湿湿的触感时，已经无话可说……

真是够了！

下午的天气比上午来的时候更热，宝贝们已经换上了清凉好看的夏装，自然而然，被小杜精心打扮过的夏朵朵尤为夺目。

下午的任务也很简单，无非是为了大家第一次聚在一起，要进行一次聚餐！六个小朋友，两女四男，很合理地被分成了两组，两位小公主分别配上了两个小护卫，哪怕此刻 Kitty 的身份是小乞丐！

既然是小朋友找食材，大人们难免要交代一番。现场的六个家庭，只有裴昊辰臭着一张脸，连一个眼神都懒得丢给夏朵朵！

夏朵朵觉得裴昊辰从厕所走出来后，脸色就不好看。怎么还在生气呢？夏朵朵转过头去看裴昊辰，软软地问："辰辰，你想吃什么？"

裴昊辰正坐在一张木椅子上，换上了简单的深色体恤和长裤，坐姿慵懒。听到夏朵朵的声音，他就觉得自己仿佛又闻到了一股跟湿纸巾一样的浓重香味，心情不免沉重了几分，冷冷地扭过头："随便你。"

怎么这么小气，还能不能好好玩耍了。夏朵朵觉得裴昊辰这个时候真像一个闹脾气的小朋友，她迈着小短腿跑到另一边看着裴昊辰："随便吃什么呀？"

裴昊辰心里烦躁，继续扭脸："都说了随便了！"

夏朵朵不死心地又跑回来探头看他的脸，压低了声音凑过去："辰辰，你是不是又想上厕所了？你肚子还疼吗？"

真是够了！裴昊辰看着不依不饶的夏朵朵，终于认命。他从一旁工作人员准备好的节目卡片中拿过几张，随便地选了选，丢给夏朵朵："这几样认不认得？"

夏朵朵看了一眼，都是很简单的蔬菜嘛！裴昊辰开口说话那就是不生气了对不对？她笑眯眯地一拍胸脯："我认得！"

认得……认得了不起吗？裴昊辰把卡片丢给她："去找吧。"

"好哒！"夏朵朵认认真真地把卡片收在了自己的小兜兜里，回到自己的队伍。

夏朵朵的队伍是……果果弟以及……小伍哥！

夏朵朵咬着小指头看着节目组分配过来的两个小护卫，左瞅瞅右瞅瞅，然后咧嘴一笑，亲切地拉住了果果弟的手："我们走吧！"

果果弟的小脸瞬间就红了，腼腆地跟在后面，差点把陈然的眼珠子都看崩掉了——犹记得今天早上出发录节目的时候，小果果抱着果妈哭得那叫一个天崩地裂！怎么到了这里就完全变了！？

陈然：果果！为什么你的眼里没有泪水！？

果果：因为我对朵朵爱得深沉！捂脸……

夏朵朵牵着跟夏大花小时候十分酷似的果果弟走在前面，身边年龄稍微大一些一直以小哥哥自居的小伍哥用一种慈爱的目光看着走在自己前面的两个小朋友，跟在后面还会时不时地说一句"跑慢点"又或者是"等等我啊"。

而在不远处，依旧戴着小黑超的酷狗哥呆呆地站在原地，看着和果果弟牵着手一路跑远的夏朵朵，提篮子的手都变得有气无力。

胡驰在一边看着自己儿子的好戏，摸着矿泉水喝了一口，轻笑一声："臭小子，搞不搞笑。"

"走呀！走呀！"小乞丐公主Kitty指挥着自己的两个小护卫，神气十足地昂首阔步。

兜兜啃完了手里的饼干，粗壮的小手臂挽着篮子，看一眼还在望着另一个方向的酷狗哥，催促了一句："你怎么不走呀！"

酷狗哥看着嘴巴还糊着饼干沫沫的兜兜，忽然问："你有糖吗？"

糖？

兜兜还没回应，已经跑出几米之外的 Kitty 猛然转过头来，一路小跑，脸上的肉也跟着抖抖抖，她叉着腰大声嚷嚷："我要吃糖！"

兜兜如临大敌！他捂住自己的口袋："是 Hugo 先找我要的！"

Kitty 急了："我也要！"

兜兜想着自己的库存，虽然很不愿意，但还是别别扭扭委委屈屈地摸出了一颗大白兔。

看着 Kitty 目露精光的样子，酷狗哥心下大定，眼疾手快地把兜兜手里的大白兔拿过来，往兜里一揣，酷酷地出发："走吧，我们去找吃的。"

身后接连传来了兜兜小跑过来的声音和 Kitty 豪迈的哭声，然而，她的哭声并没有换回两个同伴的同情和怜悯，一边的工作人员忙上前安慰。

Kitty 开始又哭又闹，最后不得不让黑着脸的刘鸿宇上前安慰女儿，而酷狗哥和兜兜哥两个人孤独地踏上了旅程。

"快点找完回去吧。"没有心上人的旅途，变得格外漫长而寂寞。

兜兜求之不得："好！"说这句话的时候，嘴巴里还有一颗圆滚滚的水果糖滑来滑去。

相比这边的团队，另一边的团队显然和谐又美好！

夏朵朵牵着果果弟，心中是无限满足！

她曾经不止一次地做出过假设。如果夏大花不是哥哥，而是弟弟，自己在他面前的地位会不会有所提升。这个假设的答案是……无解。

果果弟腼腆乖巧的样子勾起了夏朵朵无限的回忆，那些回忆都停留在夏大花尚且惹人喜爱的阶段。于是乎，她看着果果弟的眼神，越发亲切！

大花！你到底在哪里啊！

果果弟死死地盯着地上，自己的小鞋子和身边朵朵的小鞋子出脚顺序一样，速度也是那么一致，他、他们正在牵手散步呢！

果果弟：好满足好满足！

小伍哥的篮子最大，他也觉得朵朵长得很好看，但是他是一个有原则的小王子，对待同行的朵朵和果果都是一样的关心照顾。夏朵朵看着自己一左一右两个小朋友，忽然间福至心灵！

当务之急，她应该好好和裴昊辰相处，可是她自己根本不是小朋友，哪里知道小朋友和大人的相处到底是什么模式呢！？要是她显得太奇葩，会不会被怀疑呢！？

旅途遥远，夏朵朵率先打破沉默，和两个小朋友聊起天来。

"小伍，果果，你们平时都跟爸爸一起做什么呀？"

啊，聊天啊。果果从幸福的蜜糖中清醒过来，难得没有一直害羞下去，而是认认真真地跟着回答："爸爸平时很少在家的。"

这一点，小伍也点头。

原来大家都这么可怜吗？夏朵朵想到了夏先生和夏太太，继而想到了夏大花，一张好看的小萌脸忽然就沉静下来。

小朵朵是走失的小孩，果果已经问过爸爸了。他问："朵朵，你想爸爸了吗？"

小伍哥更懂事，他走到朵朵身边牵住她的手："朵朵，你现在在上电视，你上完电视了，爸爸妈妈就能从电视里面看到你，你就能回家了！"

夏朵朵只是一时间没有抑制住情绪，这会儿早就恢复了，她看着身边两只小萌物，心里真是感动得不要不要的，她以后也要生这样的宝宝！

爸爸虽然很少在家，但是并不是完全没有相处，为了哄得佳人开心，果果弟率先打开话题："朵朵，我和爸爸在家的时候，我爸爸会带我去游乐园！"

游乐园啊……她和裴昊辰去，会不会代入和天王巨星约会的感觉啊……不好不好！她还是跨不过心里的这道坎！

夏朵朵扭头望向小伍，小伍也很上道："我爸爸会做饭给我吃！"

做饭……夏朵朵思考了一下，相处至今，裴昊辰好像还没动手下过厨吧……能不能吃啊？吃了会不会出事呢？不好不好，这个也很冒险。

不对啊。夏朵朵脑子一转,这些都是爸爸对孩子做的啊。有没有小朋友单方面的表现呢!?

夏朵朵抛出这个问题,继续和两个小哥探讨……

小伍哥用力一点头:"我喜欢和我爸爸一起在浴缸游泳!"

浴缸……游泳……

夏朵朵的老嫩脸红了一下:"还、还有吗?"

果果弟不甘示弱:"我……我和我爸爸一起尿尿!"

一起……尿尿……

夏朵朵脑补了一下自己和裴昊辰一起浴缸游泳、站立尿尿……内心几乎是崩溃的!

然后,她幡然醒悟——不是问题出了错,是问的对象的性别出了错!

夏朵朵:就没有一点正常的相处方法了吗!?她的心,忽然有点累。

虽然身边跟着的是两个小男孩,可是年纪毕竟才那么大,夏朵朵忽然有了一种带着孩子上街买菜的错觉。她自动自发地拿过了所有的卡片,飞快地看了一眼需要的东西,在小伍哥和果果弟还没来得及展示男子汉精神之前,已经噔噔噔地跑出去了。

因为地点是在影视古城,就连菜市场都是工作人员临时搭建起来的,卖菜的大叔大妈全都是可爱的工作人员。

夏朵朵觉得这里面固然有表演成分,但是多数还是考验了小孩子的实践能力。看着脸蛋红彤彤的果果弟和一直努力想要当好大哥哥的小伍哥,夏朵朵豪迈地担任了小组的外交组长。

等到买完一切东西回来的时候,果果弟和小伍哥对夏朵朵的目光里全都充满了崇拜!

看看那挑菜的小眼神,专业的小手法!重点是,她居然还会还价!

小伍哥、果果弟:长大了我要和朵朵结婚!

在不知不觉间又掳获一颗芳心的夏朵朵和小队员们拎着菜篮子回到了集

合的地方。而那一边，兜兜和酷狗哥早就完成了任务。

看着一路回来的三个人，两个爸爸早就迎了过去，只有朵朵一个人是看到裴昊辰之后欢欣雀跃地跑过去："辰辰……"

扑通！

夏朵朵摔了个大跟头。

糟糕！鸡蛋碎了！

裴昊辰从夏朵朵摔跤的那一刻已经变了脸色，三两步冲上去把人抱起来，夏朵朵胸前一大片鸡蛋糊糊也黏到了裴昊辰身上。

嘤嘤嘤！这是她专程给裴昊辰买的鸡蛋呢，因为她发现裴昊辰的早饭都有一颗鸡蛋，还指望用这个让他消消气的……

夏朵朵心疼死了，她伸着白白嫩嫩的小指头指着地上的一摊黄糊糊："辰辰，你的蛋都碎了……"

裴昊辰深吸一口气，对她的紧张和怜悯悉数消失："下次说话前，先征得我的同意。"

摄影师的摄像机都在抖抖抖，大家看着小朵朵，一个个全都拼命忍笑。

蛋都碎了的辰辰单手抱着夏朵朵"回宫"换衣服，夏朵朵的心还很痛，小指头在自己的胸前划拉一下，又在裴昊辰被弄脏的胸前划拉两下，手指尖尖沾的全都是蛋黄糊糊。她认真地看了一眼自己的小指头，然后毫不犹豫地往裴昊辰的脸上一划！

"辰辰，美容。"夏朵朵笑眯眯的。开个玩笑，活跃一下气氛！

裴昊辰一直沉着脸往前走，脸上忽然一凉，心里如有万匹草泥马呼啸而过，一个冷眼扫过去，撞见的就是一个甜甜的笑脸。

演得很起劲啊。裴昊辰目光淡淡地看着绷着一张笑脸的夏朵朵，犀利的目光给了她一个适可而止的警告。

挺住！挺住！镜头前他不敢干什么的！夏朵朵面上绷着一张甜甜的笑脸，

心里却在"咚咚吧咚吧"地打鼓。裴昊辰真是个无趣的男人，为什么这么小小的玩笑都开不起呢！

夏朵朵觉得自己一直努力地和他相处，忍受着他的各种怪脾气，她还帮他找鸡蛋了呢！不小心弄碎了他的蛋，就给她脸色看，真是不能更过分。

夏朵朵也是有脾气的，有的人冥顽不灵不肯好好相处，那她也不要好好相处了，哼！

感觉到手里的小东西骤然冷下去的热情，裴昊辰好气又好笑，到底生气的那个人是谁？裴昊辰横在夏朵朵小屁股上的手捏了她一下："喂。"别耍脾气了啊，说话！

那一瞬间，裴昊辰清晰地感觉到怀里的小东西身子一僵，就在他还没弄清楚什么情况时，一巴掌已经呼到了他的脸上！

与此同时，还伴随着一个委屈柔软的声音："浑蛋！"

那一巴掌特别清脆！不是柔柔软软的小肉拳头，是绷直了手用力地一挥！打出来的瞬间，一旁的工作人员都愣住了！

天王被掴掌！？

夏朵朵自从开始录节目以来一直都乖巧又懂事，忽然变得这么暴力，工作人员都惊呆了！

然而下一刻，裴昊辰忽然深吸一口气，修长的手一把捂住身后的摄像机："把这个给我关了。"

啊？摄影师愣了一下，好像还没能从天王瞬间转变的气场中反应过来。而从录节目开始一直相当配合的天王终于露出了传说中的样子，他俊眉微蹙，目光微寒："我说关掉！"

有情况！

Aaron和小杜立马赶过来和摄影师交涉，小杜则凑到裴昊辰面前，然而还没张口，裴昊辰已经推开她："让他们把房间里的东西全给我关了！都别跟过来！"

小杜吓坏了。

上一次裴昊辰露出这样的神情，还是微博事件刚刚发生的时候！她赶紧给夏朵朵使眼色，这小东西到底怎么辰哥了！？把辰哥气成这样！？

夏朵朵……夏朵朵也很害怕啊！

从小到大，她也是以挑战大花的极限为乐的，可是大花好歹是大哥，再怎么残暴也留了亲情底线的，现在呢？从裴昊辰冷冷地要摄像师关掉机器的那一刻，她的小身子就抖了一抖！

好、好可怕！夏朵朵颤颤巍巍地伸出小手，迟迟不敢摸上那张俊朗的脸。我我我……我给你摸摸好不好？很疼吗？摸摸就不生气了好不好？

不好意思，气场全开的裴昊辰已经无法接收到外界任何的求和信息。

就这样，在裴昊辰的强势下，宫殿里的摄像头悉数灭掉了小红灯，裴昊辰抱着夏朵朵大步往宫殿里走。夏朵朵吓得浑身乱扭："我……我要下去！"

小杜还在跟工作人员交涉，而早已经听闻裴昊辰事迹的负责人根本不敢有任何动作。毕竟那边还在正常拍摄，裴昊辰只是以"给朵朵换衣服"暂时离席。

裴昊辰把她抱得更紧："我再说一遍，老实点！"

夏朵朵吓哭了，也许小孩子的泪腺本来就比较发达，眼睛一眨，两滴晶莹的眼泪就挤出来了！

事情为什么会变成这样呢？她只是弄碎了他的蛋，是他先坏脾气不肯说话的！他还捏她的屁股，她才打他的啊！夏朵朵心里飞快地整理着事情的发展，却发现越想越慌乱。

事实上，她根本一点都不了解裴昊辰！万一他有什么可怕的暴力倾向真的被他打一顿怎么办！对！他会不会给她扎针！？

感觉自己触到了某个人逆鳞的夏朵朵陷入了空前的恐惧中。等回过神来的时候，她已经被扔到床上了。

裴昊辰一脚踹开她的大嘴猴小箱子，本来就没有上锁的箱子发出了可怕的响声,夏朵朵一抖,扯过两床空调被把自己裹起来。

箱子是空的,裴昊辰才想起来小杜已经帮忙整理好了。他低声骂了一句,自己身上还糊着鸡蛋黄,却转身去衣柜找了一件夏朵朵的小裙子。

"过来。"裴昊辰冷着脸站在床前,一米八几的个子让他直接可以睥睨床上的人,看着夏朵朵扯过被子,心里无端端就有些恼火,"被子弄脏了!"

夏朵朵被吓了一跳,但并没有因此就妥协。

人总有一根神经,一直紧绷紧绷,绷到了极限,反倒不再紧张害怕。

她抬手一抹鼻子,看着裴昊辰的目光忽然就悲壮起来!她哼哼两声,当着裴昊辰的面就把自己裹得更加严实了!

热得要死也管不着了,就是不听你的!不听不听!

看着裴昊辰手里的小衣服,夏朵朵的动作也就越发坚决!裴昊辰这个人简直糟糕透顶,她要和他划清界限,等到节目播出的时候大花找过来,她就跟着大花回家!

裴昊辰的太阳穴突突直跳。

他很生气,这是真的。

在他看来,朵朵就是一个闹脾气不肯配合的小孩,还当着自己的面越发得寸进尺蹬鼻子上脸,真的以为他当着工作人员的面,站在节目现场就不敢让全国观众看到他教训孩子吗?

那她真是错了,大错特错!

裴昊辰沉住气,最后问一次:"我再问你,你过不过来。"

夏朵朵耿直了小脖子:"不!过!来!"

呵呵……这种语气词汇还真是信手拈来啊。

裴昊辰的耐心用完了,他长腿一迈,直接上床走到夏朵朵身边,三两下扯开她的被子,单手提着她的胳膊把她拖到床边!

夏朵朵当即尖声大叫,拳头小脚全都对向了裴昊辰的手臂。

可她这花拳绣腿又哪里是裴昊辰的对手?还没扑腾两下就被裴昊辰一手

箍在腋下，另一只手运指如飞地解开她后面的扣子，三两下把她身上的裙子扒了下来！

夏朵朵：天寿啦，变态他剥我衣服！！

裴昊辰的动作一点都不温柔，夏朵朵狼狈地被脱了衣服，感受到抱着自己身体的那只手，大而稳，干燥冰凉。

重点是……这是她第一次这样在一个异性面前"坦诚相见"，就连夏大花也从来没有过！

房间外的人焦虑不安，Aaron顶着压力在对工作人员解释，卧室里面忽然就爆发出一声山洪暴发般的哭号声！

糟了！千万别出事儿！这会儿小杜不能一味相信裴昊辰了，她推开门冲了进去，一眼就看到坐在床上用两床被子把自己裹得像一团花卷，哭得惊天动地的夏朵朵。

小杜过来之后，欲哭无泪："辰哥……你到底怎么她了？"这小可怜哭得，跟被鬼子侮辱了的妇女一样……

裴昊辰转过头深深地舒了一口气，回过头看着他们："这节目不拍了！"然后盯着夏朵朵，"你哭，慢慢哭！什么时候哭完了我们什么时候回去！"

大危机！

事情怎么会忽然就变成这样了！？小杜左右为难，现在是不是该把Aaron叫进来？

明明已经顺利进行到现在了，还以为能继续顺利进行下去。果然意外时时有……小杜看着朵朵哭得心疼，给她扯了扯穿歪了的小裙子，抱起来哄。

"不哭不哭，辰辰在和你开玩笑的。哭了就不好看了。"小杜一边给夏朵朵抹眼泪，一边用眼睛偷看裴昊辰。

裴昊辰似乎气得不轻，朵朵都哭成这样，他一眼都没看。

小杜没办法，总不能让工作人员看到这个样子，她把夏朵朵放到床上，看着哭得抽抽搭搭的小姑娘，只能转身出去找 Aaron。

听到小杜的描述，Aaron 太阳穴也是一跳。罢拍这件事情还有待商榷，他立马找到了总导演，希望能给个方便，晚上这一段，裴昊辰和朵朵暂时退出拍摄。

因为找回来了食材，那边已经开始做饭，见到夏朵朵迟迟不回来，几个小正太全都抻着脖子看。

Aaron 和总导演说话的时候，酷狗哥的神情十分凝重。

胡驰看着自己儿子的模样，只觉得好笑。他一把抱起酷狗哥走到 Aaron 身边："怎么了，出什么事儿了？"

Aaron 给出了一个很笼统的理由："朵朵下午可能有点不舒服，就闹了脾气。昊辰也是个没带过孩子的，小事情。你们继续拍摄，不影响的。"

那边，摄影师正在给厨神爸爸陈然大特写。

胡驰看了一眼这边的情况，忽然道："我跟你们一起过去看看。"

Aaron 想拒绝，但是酷狗哥的眼神忽然就死死地盯着他，好像生怕他会拒绝一样。

其实……你们去看了，裴昊辰这个小子也不一定给面子让你们看啊。

最后，Aaron 还是带着胡驰父子过来了。

这是节目开拍以来最大的僵持场面了，僵持场面的主角居然还是一直以来的热场王。走到门口的时候，酷狗哥已经开始抻着脖子往里面看。

好巧不巧，裴昊辰把朵朵和自己的脏衣服拿了出来准备丢到垃圾桶，一见到胡驰父子，他眉心一皱："你们怎么来了？"

胡驰单手抱着酷狗哥，另一只手潇洒地举起来动了动手指："哈喽。"看一眼里面，"朵朵呢？"

提到夏朵朵，裴昊辰的神色不禁多了几分阴霾，他收回目光："睡着了。"

嗯，可能是赌气，也可能是哭累了，她把自己关在寝殿独霸了圣物电风扇，睡觉了。

酷狗哥的表情略显失望，胡驰也不废话，他看了一眼把衣服直接丢进垃圾桶的裴昊辰，不禁唏嘘："你这尿性，真的养得活孩子？"

胡驰的人气虽然没有裴昊辰高，但是粉丝最喜欢的就是他这副看似痞气，其实是稳重又有责任心的男人！他和太太的故事一度被奉为年度最浪漫童话！

所以，就现在这个情况而论，胡驰可能更称得上人生赢家这个称号。

裴昊辰一点聊天的兴致都没有，他看了一眼胡驰："你不录节目？"

胡驰伸手拍了一下酷狗："不是这小子惦记着你家姑娘吗！"

"你家姑娘"四个字让裴昊辰略不自在，这个，并不是他家姑娘。裴昊辰垂眼："她在睡觉，不用管她。"

胡驰越来越好奇，抱着儿子就赖着不走了，好像不问清楚浑身得长虱子似的。

裴昊辰也不曾听说过胡驰这么能扯，最后，或许是为了摆脱他，或许是因为心里真的烦闷，他把事情简简单单地说了一遍，重点落在了夏朵朵的坏脾气和掴掌事件上。

胡驰和酷狗哥全都面色凝重，就像是在分析一个开发案一样。最后胡驰和酷狗哥对视一眼，由胡驰发言。

"我说兄弟。你没当过爹，这方面简单粗暴点不是什么不可原谅的事情。可你得想清楚，也许朵朵和你的相处方式出了点问题，可你对她的态度，就是对的了？"

裴昊辰抬眼望向胡驰："什么意思？"

胡驰摇摇头，抱起儿子："朵朵是个孩子，孩子说不了几句话就动手的确不对，但是你以暴制暴，就更不对了。现在这样，那就更适得其反！"

胡驰是过来人，说这话的时候，酷狗哥居然有模有样地点头，一副"我老头说得很对你要好好听"的表情。

裴昊辰舒了一口气，没说话。

但他也是这个时候才发现，他和胡驰原本应该对立的关系，似乎并没有那么僵硬。相反，胡驰说话的方式和为人，都让裴昊辰不那么排斥。

就这样，胡驰也没过去继续录节目。后面节目组给两个家庭送来了吃的，胡驰带着吃的和儿子回家，裴昊辰端着吃的，走到卧室门口看了一眼。

朵朵还在睡。

今天够闹心了，干脆明天再慢慢解决吧。

裴昊辰把吃的随手放在桌上，把小杜叫过来："这边有炊具没有？"

小杜已经心力交瘁，摇摇头："不知道，不过我记得剧组临时工作室那边好像有微波炉。"

夏朵朵今天只吃了几根玉米，别的好像也没怎么吃。裴昊辰没胃口："等会儿她醒了要吃，就热给她吃。"

其实……辰哥还是蛮关心朵朵的吧。

小杜点点头，收好食物。

可是，夏朵朵并没有醒，她是真的哭累了，加上早上起得早，中午也没有睡好，这一觉直接睡到了半夜。

裴昊辰今天也是各种滋味一起来。眼看天都黑了，夏朵朵还没有起床，睡姿也是乱七八糟，电风扇开到了最大！

裴昊辰洗了个澡，把电风扇调小，往床的另外一边一躺，也睡着了。

被吵醒的时候，是半夜十二点。

面前忽然出现一个举着电筒对着自己的脸，哭得稀里哗啦抽抽搭搭一脸鼻涕眼泪的人，裴昊辰被结结实实地吓了一跳，惊坐而起！

夏朵朵一抽一抽的："辰、辰辰，我、跟你道歉，对、对不起……"

裴昊辰心里莫名一软。道歉就道歉，为什么要哭呢？

就在裴昊辰开口以前，夏朵朵继续抽抽搭搭地说："辰、辰辰，你不生气了，就、就带我去看医生好不好，我的肚子好疼……"

第6章
生病儿童夏朵朵 》》

夏朵朵已经拉了五次肚子了。原本以为只是普通的拉肚子,她不想吵到睡着的裴昊辰,自己轻手轻脚摸着床滑下去去上厕所。

结果这样一连拉了五次,肚子还是疼,她才意识到不对劲。

裴昊辰抱着浑身汗湿面如白纸的小朵朵冲出来的时候,Aaron 和小杜很快就被惊吓到,一并赶了过来。这里的影视古城位置是偏离市区的,小杜看着只穿了裤衩和白背心的裴昊辰,忍不住道:"辰哥,你……你先换衣服,我来抱朵朵……"

"不是叫你们去拿车吗!"裴昊辰忽然一句怒吼,把小杜吓了一跳。

小杜委委屈屈道:"叔叔已经去节目组取车了……"

"要是取不到呢!?耽误了呢?你跟着一起去!用最短的时间!最快的速度!?懂不懂!?"裴昊辰震怒的样子让小杜心颤,也不辩解了,马上跟着过去。

"辰辰……"夏朵朵难受得不行,裴昊辰抱着她都能觉到她肚子里咕噜咕噜的响动。

"忍一忍!"裴昊辰低头看夏朵朵,她的脑袋往他的怀里钻,脸上没擦干净的鼻涕眼泪也糊在了他的身上。裴昊辰只觉得夏朵朵的小腿都是冰冰凉的，最后也只能这样说上一句，再难受现在也没办法。

"裴昊辰……我是不是要死了……"夏朵朵侧过小脑袋，露出一双水汪汪的大眼睛，可是不知道是因为没睡醒还是太难受，她的眼神有些迷离，像是说梦话似的。

"胡说什么！"裴昊辰没有孩子，但从育儿百科里面知道小孩子闹肚子什么的并不少见，但是看着夏朵朵这个样子，他压下了心里的火气，也压低了声音，"电风扇开那么大，当然会吹凉肚子！跟你说了也不听，疼就记住了！"

想了想，觉得这个语气好像还是很重，裴昊辰低头看着怀里的夏朵朵，眼神中有他自己都不曾意识到的温柔："不会死的，朵朵怎么会死呢。"

夏朵朵不是拉肚子拉糊涂了，相反的，她很清醒，清醒地意识到——自己一直身体都棒棒的，为什么忽然就变成这样了，因为她吃了大花的药啊！

吃了还会变成小孩的药谁知道副作用是不是一命呜呼！

夏朵朵产生了前所未有的恐惧，这比裴昊辰生气还让她感到害怕。

人死了，才是什么都没了。夏朵朵忽然紧紧地抓住裴昊辰的衣袖，眼泪直流："裴昊辰，你要救我……我不想死……"

话还没说完，肚子里又是一阵钝痛，让夏朵朵直接脑补到古代吃了毒药疼死的人，身子一颤，语气都变得极其哀伤："裴昊辰……如果我死了，你一定要告诉大花，我不怪他把我变成这样了……让他记得给我上坟就行……"

难受得都开始说胡话了！？裴昊辰完全没听懂夏朵朵说的是什么意思，什么叫变成现在这个样子？那原来是什么样子！？

还有，什么上坟不上坟的，她敢不敢不要跳跃得这么快！

夏朵朵已经完全进入了遗言模式，说了几句，又望向裴昊辰："裴昊辰，对不起……认识这么久了，其实你这个人除了有点烦，有点怪，脾气不好，腿上有腿毛，不会做饭，不温柔，不体贴……"对上裴昊辰好气又好笑的神色，夏朵朵忽然意识到，其实这些都不重要，遗言应该捡简单的重点说啊！

她扭过脸，依旧是那副软软的小嗓子："裴昊辰，其实你是一个好人……"

刚刚数落了一堆缺点，紧接着就发了好人卡。

夏朵朵好像还有很多话要说："还有啊……"

"都说了不会有事不会有事！你要是再多废话一句，我现在就不管你了！"裴昊辰情急之下，已经忘记夏朵朵不过是个几岁的小孩子，语气急躁，并不温柔。

可是下一刻，夏朵朵眨眨眼，终于清明了几分的眸子盯着他看了一瞬，忽然抿住了小嘴巴。她挣扎着侧过身子，面朝裴昊辰怀里，两只小手似乎是在想办法抱住他。

但是这个姿势并不是一个舒服的姿势，裴昊辰抱着她的手臂紧了一下："不舒服就不要动来动去！"

怀里传来了簌簌声，似乎是在吸鼻涕，再一仔细听，又像是在哭。

裴昊辰有点头疼。

好在下一刻，Aaron 已经以极速漂移的水准将车子准确无误地开过来停下："快上车！"

裴昊辰哪里管自己一身裤衩白背心？抱着夏朵朵就钻上车。坐下来之后，裴昊辰把小朵朵放在自己腿上，让她的身子侧向自己。

夏朵朵终于找到了一个舒服的姿势，她侧身抱住裴昊辰劲瘦的腰身，脸蛋贴在他早已经汗湿的白背心上，抿着唇闭上眼睛。

小小的眉头还紧皱着，一看就知道还疼。裴昊辰不放心，伸手轻轻放在夏朵朵的小肚子上。

那一瞬间，他仿佛感觉到小东西的身子又是一僵，这种反应和白天他忽然捏了她屁股的反应是一模一样的。但不一样的是，小朵朵这一次没有伸手打人，关于这一点，裴昊辰不排除是她疼得没力气打的可能。

裴昊辰忽然间福至心灵，他松开自己的手，感觉着夏朵朵明显放松的小身子，忽然低声问："朵朵，你不喜欢忽然被别人碰到吗？"

夏朵朵的肚子疼得厉害，刚才忽然被一只大手盖住，她的确是吓了一跳，可是那只手太过温柔，又太过安静，好像这样隔着她的小肚皮就能感觉到她的难受一样，让她忽然间不那么反感。最初的反应之后，她甚至觉得这只大手这样放着，好像真的能减少痛苦。

头顶忽然出现一个异常温柔的男低音，夏朵朵抬起头望向裴昊辰。

车内的灯光很暗，可是裴昊辰的一双眸子在这昏暗中竟然让她看到了从未有过的温柔和小心。夏朵朵抿着小嘴巴，默默地点了一下头，可是下一刻，她忽然又摇摇头。

这是什么意思？裴昊辰见她一颗小脑袋动来动去，好像已经完全忘记之前两个人有多么剑拔弩张，他弯起嘴角："又点头又摇头，智力竞猜吗？"

夏朵朵的眼珠子盯着裴昊辰的手，忽然伸出两只手握住他的手，轻轻地把他的手放在自己的小肚子上，小小的身子窝在他的怀里，安静地垂下头。

不喜欢别人碰，但是现在你不是别人。

那一瞬间，裴昊辰一怔，好像心里最坚硬的那一部分忽然就以摧枯拉朽之势瞬间崩塌，又像是从前独来独往的人生里忽然多了一个小小的声音，以及一双柔软冰凉的小手。

裴昊辰抚在夏朵朵肚子上的手变得极其温柔小心，他甚至试着轻轻地揉一揉，似乎这样就能减轻她的痛苦一样。

车子很快开到了最近的医院，裴昊辰直接抱着夏朵朵下车往急诊室跑。值班的护士看到裴昊辰出现的时候，已经呆愣了——刚、刚刚那个人，长得好像裴昊辰！

可是裴昊辰怎么会出现在这里！？手里还抱着个孩子！

裴昊辰冲到急诊室，抓过医生焦急道："医生，麻烦你看看这个孩子！"

医生看着面前穿着裤衩和白背心的男人，竟然也认出了裴昊辰："你……

你不是那个……"

裴昊辰心里忽然冒出一股无名之火："看孩子！"

Aaron跟着进来，看到他在这儿发火，无奈扶额。你淡定一点好不好！

顾不上裴昊辰，医生一脸古怪地为夏朵朵诊断。

夏朵朵肚子疼，之前又拉了肚子，医生问了裴昊辰一些情况，比如吃了什么，喝了什么，有没有什么病史，裴昊辰除了说"几根玉米"之外，只能无奈摇头。

白天……他们好像在冷战。

医生也很无语："哪有你这么照顾孩子的！"

裴昊辰抿了抿唇，道："医生，你能不能先给她止疼？她好像疼得厉害。"

之后，夏朵朵被放到了病床上各种检查，包括抽血。只是冰冷的针头还没戳进去，她忽然猛地坐起来，往床下滑。

裴昊辰眼疾手快，一把将她抱起来："别闹！不疼！"

疼不疼夏朵朵不知道……她只知道……很急啊！

被裴昊辰抱着，夏朵朵努力地去伸手捂住自己的小屁股，急吼吼地说道："裴、裴、粑粑！粑粑！厕所！厕所啊啊啊！"

裴昊辰也反应极快！

要拉粑粑！

下一秒，护士小姐只觉得身边一阵劲风，裴昊辰已经抱着夏朵朵飞奔而去……找厕所！

事情的发展，十分顺利。

不顺利的是，夏朵朵一晚上蹲了太久的坑，腿已经麻了。

所以，狭窄的厕所卫生间坑位前，裴昊辰蹲下身，把夏朵朵抱起来，托住了她的双腿给她……端粑粑。

噼里啪啦的声音来得很是激烈，不知道是不是因为上午已经被扒了衣服，现在被裴昊辰端粑粑,夏朵朵的心境已经是平静无波,甚至还能扭过小脑袋一脸同情地看着他:"臭吗?"

裴昊辰端着她并不吃力,看到她萌萌的小脸上终于有了痛苦以外的表情,哪怕是一种……同情,也放心了不少。

他抖了抖她的小腿:"你认真点,进行得快一点,我们就早点出去。"说完又状似无意地嘀咕了一句,"你觉得谁家的厕所是香的?"

夏朵朵想也不想,脑袋一歪,露出了笑脸:"我们家的呀!"

我们家的呀。

裴昊辰心中一动,嘴角的笑意渐深,温柔,也温暖。

"哦,那你以后就睡在我们家厕所吧。"

夏朵朵怔了一下,其实她刚才说的"我们家",指的是她和夏大花的家,真正的夏朵朵的家!夏恩华是个超级大洁癖,难得的是夏朵朵这么多年居然没有耳濡目染,所以家里的活儿,夏恩华就算不是亲自去做,请来的人做出来的清洁程度也是被他严格把关的。

厕所都是香喷喷的,毫不夸张,马桶上放碗吃饭都不违和!

可是裴昊辰,你是不是误会什么了?

夏朵朵撇撇嘴,觉得没啥好解释的,越解释越复杂。

就这样,看着小朵朵不仅有了表情,说话也没有之前那么惨兮兮的,似乎是恢复了一点力气,裴昊辰放心了很多。

夏朵朵完事了,拍拍裴昊辰的手:"收工!"

收工……裴昊辰轻笑一声,那他是什么,是场工吗?

正准备端着夏朵朵起来,两个人都是一怔。

好像……又没带纸呢!

为什么上厕所不带纸呢!?

夏朵朵鼓着腮帮子,认真地分析着这件事情的责任划分。

可是划分来划分去,她只能给自己两个字的结论——活该!

可不是活该吗,那现在要怎么办呢?

夏朵朵扭过头看着自己身后的男人:"裴昊辰,你有纸吗?"这个时候有湿纸巾也好啊。

裴昊辰低头和她对视一眼,忽然把她的两条腿全都搭在了自己左边的胳膊上,右手单手把自己身上的白色背心扯下来,在手心揉成一团。

夏朵朵当即一愣,他、他该不会……

仿佛是感觉到了夏朵朵的惊讶,裴昊辰低头看她,俊朗而坚硬的轮廓打下了一层阴影,声音低沉好听:"怎么,你还嫌弃?"

然后,也不管夏朵朵的反应,裴昊辰用自己身上贴身的白背心帮她处理干净,最后把背心扔在了厕所的垃圾桶,单手把夏朵朵放到地上,为她穿好了小裤裤。

夏朵朵……已经没有羞耻心了。

除了脸蛋有点红。

裴昊辰帮她整理好,抬眼看她,不禁皱眉:"脸怎么这么红?发烧了?"他伸手去探她的额头,眉头皱得更紧,"好像真的有点烫。"

那一瞬间,夏朵朵如梦初醒,飞快地退后一步,躲开了裴昊辰的手,她的两只小手左右左右雨刷般摇晃,口齿都跟着清晰起来:"没有没有,我……我没有没有……"

没有什么啊!夏朵朵你争气点啊!你是在紧张个什么劲儿啊!羞耻!

夏朵朵的心里似乎有着一个拿着教棍的小人儿,推着鼻梁上的眼镜在对她说教。可是她呢,脸红心跳,根本没办法接收任何外界信息。

裴昊辰有点没懂她这个反应又是唱哪一出,正准备伸手把她拉过来的时候,夏朵朵忽然一猫腰,直接从裴昊辰身侧溜了出去:"我、我回去打针了!"

小短腿儿在医院光溜溜的地板上跑个不停,裴昊辰觉得……他好像越来越不懂朵朵了。

"你跑慢点！"刚才还要死要活，一副交代遗言的样子，现在就这么生龙活虎了吗？

还有，这种上赶着去戳针……真的也是普通小孩子的特性吗？

裴昊辰不懂，真的不懂。

夏朵朵呢？此时此刻，她心里只有一个声音。

一个男人，用自己贴身的衣物，擦了她的小屁股……擦得干干净净！

裴昊辰回来的时候，夏朵朵果然已经躺在床上了，医生为她诊断了一番，又问了几个问题。夏朵朵肚子还是疼，老老实实地回答问题。

她白天吃了玉米，回来之后和裴昊辰赌气，把自己关在屋里睡觉。到了晚上的时候，她肚子饿，但是又不想找裴昊辰要吃的，就直接从房间里的一只碗里拿出上午裴昊辰没让她吃完的玉米啃了两下，天气热，她又喝了大半瓶凉水，睡觉的时候电风扇开到了最大对着小肚子吹。

医生面无表情地听着，听到一半，他忽然抬起头看了一眼夏朵朵，不知道有心还是无意，笑了笑说："小朋友几岁了，话说得挺顺的。"

夏朵朵：呃……还好还好。

基本上了解了情况，医生对裴昊辰说："小孩子也就是拉肚子的时候容易脱水，开点妈咪爱就好了。另外小孩子要格外注意卫生，晚上吃的东西可能不干净，又着了凉。问题不大，好好休息几天。"

Aaron 听得格外认真，裴昊辰却转过头意味深长地看了夏朵朵一眼。

夏朵朵好像知道裴昊辰的眼神表达的是什么意思，羞愧地扭过脸去看边上的窗帘。好吧，她下午出去买菜，后来吃东西的时候……没有洗手……

窗帘前忽然出现一个男人的身体，裴昊辰还光着上身穿着裤衩，径直绕过床走到她面前。

夏朵朵心里一跳，本能地又想把头扭向另一边。然而她才刚刚一动，脑袋就被一只大手按住了。

裴昊辰坐到床边，手按在她的额头上，话是对着医生说的："她好像有点发烧,也是因为拉肚子引起的吗?"

发烧……发个球的烧啊!你把手拿开我就好了!

夏朵朵的小脑袋努力地躲着裴昊辰的手,这只手就像是一个魔咒一样,从前碰到她,会让她想要扇他,现在碰到她,会让她觉得好热!

"还有力气动!?"身边的男人忽然垂眼盯着她,夏朵朵就像在玩一二三木头人一样,忽然就不动了。等到额头上的手终于撤离,她也和裴昊辰毫无阻碍地对视了。

裴昊辰简直拿她没办法,但是该强调的还是要强调:"晚上吃东西没洗手?"

夏朵朵心虚地把自己的手放到身子下面。"不干不净吃了没病"这句话,她现在没办法中气十足地喊出来了……

裴昊辰又怎么会放过这个小动作,脸色越发难看:"还喝凉水?"

夏朵朵缩了缩脑袋,请不要再说了好吗!

裴昊辰忽然伸手捏了捏她的脸:"活该!"

夏朵朵欣然地接受这一捏,好吧,她就是活该……

超乎寻常配合治疗的小朋友迅速地获得了医生的好感,一番简单检查之后,医生让夏朵朵去抽血。

这时刚好一直落后的小杜也赶到了医院,她还给裴昊辰带来了一套衣服。

裴昊辰拿着小杜送过来的衣服时,愣了一下。

警报解除,Aaron 也松了一口气,看着光着身子拿着衣服的裴昊辰,他也有了心情来打趣:"啧啧啧,裴昊辰啊裴昊辰,你就这个形象跑了一晚上,也不觉得哪里不对?不对啊,我记得你穿了背心的,背心呢?跑着跑着掉了?"

哪里不对!?

哪里都不对!

裴昊辰看着自己这身形象,抬手摸了一把脸,直接忽略了,把衣服套上。

另一边，夏朵朵被安排去抽血，裴昊辰转身就跟了过去。

Aaron："哎……"

夏朵朵一看到裴昊辰就不好了：你怎么又来了！你让我安静地想一会儿，一个人静静好不好！不要抱我！不要抱我！

裴昊辰已经从护士手里接过了夏朵朵。

夏朵朵：糟、糟糕……又、又烧起来了……

好不容易趁着裴昊辰被扯过去换衣服的工夫赖上一个护士姐姐，希望她全程陪伴自己，千万不要把自己身边的位置空出来给裴昊辰，结果他就这么强势来袭……

没有一点点防备……

护士见到裴昊辰，也是眼睛不住地往他身上看。

怎么会有男人长得这么好看！

裴昊辰冷眼看了一眼护士，眼中带上了不满，你的眼睛敢不敢认真地看你的病人？还有，针筒为什么这么粗，小孩的血管不会比较细吗，他想了想，问："就用这个针筒吗？"

护士被问得羞羞答答，语气比平时温柔了不止十倍："这个针筒可以的……"拿过夏朵朵的胳膊看了一眼，"小朋友的血管也长得很好。"

小孩子有时候看不到血管，如果又遇到一个不熟练的护士，戳伤好几针都不是什么新鲜事。裴昊辰看着护士熟练地准备工作，终于肯相信她不是打酱油的。

护士小姐笑得甜蜜蜜，对着夏朵朵伸出手："小朋友，把手手给姐姐好不好？"

正在偷窥的某朵一个惊醒：手？什么手？裴昊辰的手吗？她发誓她没有觊觎那只手！

夏朵朵觉得自己就像是一只蒸笼里的小龙虾，浑身都要在高温下蜷缩起来了，在裴昊辰怀里每分每秒都如坐针毡。

好奇怪好奇怪！这也不是第一次被他抱着了，为什么这个时候就觉得格外奇怪呢！？

夏朵朵完全沉浸在了自己的小世界里，脑子里一会儿是裴昊辰在车里低头看她的样子，一会儿是他单手抱着她，单手去扯自己背心的样子……

手臂忽然被一只凉凉的手托起，夏朵朵终于回神。

握着自己小胳膊的是一只漂亮的手，护士姐姐笑着望向她："怕吗？不怕不怕，很快的！"

护士姐姐的手好像总是冰冰凉的，夏朵朵看着那狰狞的针管，没有一丝一毫的胆怯，相反，她觉得自己现在有必要分散一下注意力，不要再想那些奇怪的画面了！

然后，她开始全神贯注地盯着自己的小手臂！

是的，只要分散注意力想点别的，一切就会变成原来的样子！戳吧！小护士！用新鲜的血液来刷新我的视野吧！握拳！

护士不算是新人，可是她也是第一次面对颜值这么高的小朋友和家属，现在小朋友瞪大眼睛盯着自己的手臂，帅得人神共愤的男人也看着她……手里的针筒。

小护士忽然就觉得如芒在背，原本淡定的世界……不那么淡定了！

"咳咳……那个……小朋友不怕啊！你不看，不看的话一下子就结束了！"

不不不！她得看着！她想看着！夏朵朵抬眼望向小护士，眼神中写满了"勇敢一点！不要有负担！戳吧！相信我"的信息……

可是在小护士的话音刚落时，一只温热的大手直接捂住了朵朵的眼睛，因为脑袋太小，捂住眼睛的同时也直接罩住了她的脑袋，裴昊辰只是轻轻发力，就把夏朵朵的脑袋推向一边。

然后，是一个低沉的声音："别看，很快。"

夏朵朵：我真的不害怕啊，你不要捂着我好不好！我感觉自己都不能呼吸了!

裴昊辰只觉得掌中的小脑袋越发地热乎起来,低头去看怀里的人。

夏朵朵已经呈现离魂状态……

好机会!趁两个人的目光都没有盯着自己,小护士当机立断,戳针!

夏朵朵:为什么裴昊辰的手会让自己发热?难道他的手有毒!?

……

检查结果很快就出来,还好,问题不大。不过这个晚上,夏朵朵得住在这里了。

因为事情发生得太突然,节目组那边也是猝不及防,最后,小杜留在了这里照应,Aaron驱车回到古城那边解决后续工作。

已经是凌晨三点,裴昊辰把已经睡着的夏朵朵挪开了一点,自己也跟着躺在了另一边。

小杜有些惊讶。

摄像机之前,裴昊辰尚且冷漠对朵朵。

可是现在这里一台摄像机都没有,他却不假他人之手照顾了朵朵一整个晚上。

叔叔说的改变,是指这样的改变吗?

睡着的夏朵朵,一张小脸还泛着红晕。长长的睫毛盖下来,就像是童话里的小公主。

其实安安静静的,还是很讨人喜欢的。裴昊辰单手撑着身子侧身看着身边睡着的夏朵朵,似乎是想要伸手去捏她的脸。

可是手指离那红润的脸蛋一寸之隔时,又收了回来。

算了,好不容易睡着了。

裴昊辰弯弯嘴角,让小杜关掉多余的灯,只留下一盏不会打扰她睡觉的灯。他抬眼去看夏朵朵手上挂着的药水,冰冷的液体一滴一滴往下落,让夏朵朵原本白嫩的小手有点肿胀。

裴昊辰轻轻捏了捏她的手指头，终于不再打扰她。

Aaron是在第二天早上过来的，夏朵朵忽然发病住院，导致拍摄无法正常进行的事情，节目组那边已经完全了解了。说起来这件事情，其实也十分凑巧。

原本昨天下午的时候，的确是裴昊辰和夏朵朵发生了不愉快，闹出了要罢拍的说法，才借口夏朵朵不舒服，无论是身体情况还是情绪都不是很好，所以没办法继续拍摄，哪知道到了晚上真的不舒服，所以这个借口也因此落实。

非但如此，夏朵朵是在拍摄期间出了问题，这样一说，节目组那边还需要负责任。Aaron混迹江湖多年，要是这样还拿捏不住，那就真的白混了。说到报酬和赔偿之类的问题，裴昊辰反而不怎么关心，表示Aaron可以全权处理。

最后的最后，Aaron提出了问题。

裴昊辰是按照嘉宾身份去参加。制作方那边是十分期待夏朵朵继续参加的。毕竟只从前面的情况来看，他们已经有了十足的把握，这个节目能红。但如果后期少了他们，会给观众造成一个很大的落差。

所以说，开门红太红，有时候也不是什么好事。

而且第二期的节目录制需要在第一期节目播出之前完成，否则后期剪辑和节目评估的时间根本来不及，也不方便让制作方进行调控。

这个问题，需要好好思考。

裴昊辰看了一眼睡得流口水的夏朵朵，压低了声音："这个不急。"

不急不急！真的很急好吗！快点给答复才好啊！Aaron心里急，面上却不说话。毕竟他清楚地记得裴昊辰当初是十分排斥这个节目的。

当初裴昊辰带着夏朵朵上节目，实在是因为之前已经有了微博事件，和薇薇安扯上了关系，如果忽然来一个夏朵朵，说是私生女都有可能。现在夏朵朵已经在荧幕上曝光，只需要等着家人来认领就好，但是现在的问题是，如果依旧没有人来认领，那该怎么办？

裴昊辰思索了一下，耳边都是夏朵朵睡觉的呼呼声，他又看了夏朵朵一眼，对Aaron说："近期有时间，你还是去派出所走一趟，让他们查一下最近是否有关于走失儿童的报案案件。如果有对得上的，留意一下。"

　　Aaron觉得，事情牵扯到夏朵朵，还真的应该好好想想。回想第一天捡到她，她不仅在发烧，额头上还有伤，鬼知道之前遭遇过什么。这样一来，也不是什么人来认领都能给了，万一真的牵扯到什么恩怨纠葛，那不是把小东西推到火坑？

　　她到底是什么身份？

　　……

　　夏朵朵的病来得很急，好得也很快。听闻第一期的节目也录制结束了，裴昊辰懒得和那边再走什么流程，直接让人派了一辆车过来。

　　夏朵朵被裴昊辰抱在怀里，眼睁睁地看着Aaron神通广大地弄来了一辆新车，忽然就觉得裴昊辰出道这么久，几乎没被人抓到过又或者是被跟拍，原来是有原因的。

　　这厮反侦察的能力好强！

　　夏朵朵默默地记下了新车的车牌号，等到裴昊辰抱着她，将她放到座位上之后，她左瞄瞄右瞄瞄，瞄着瞄着，就和裴昊辰的视线对上了。

　　裴昊辰只觉得夏朵朵经常都是一副看看这里看看那里，跟个什么都没见过的乡巴佬似的，现在小东西的目光对上了他的，他扬唇一笑，语带调侃："没见过？"

　　没见过。夏朵朵诚实地在心里回答，对上裴昊辰带着调侃的目光，很有骨气地扭过脸去——就算你长得好看我也不会一直盯着看的！

　　裴昊辰觉得，夏朵朵这种四十五度角仰望窗外的神情简直不能更逗，正准备逗她的时候，小杜拍了一下脑袋："呀，忘记给朵朵弄个安全座椅了。"

　　车是临时弄来的，所以并没有贴心的安全座椅。夏朵朵呢？她只要一想到上一次裴昊辰给她捆粽子似的绑安全带，就觉得自己的腿根酸疼酸疼的。她正在痛苦地回忆着，身子忽然一轻，整个人被抱上了一双大长腿上。

裴昊辰把夏朵朵放在自己腿上，懒懒地说："没关系，下次注意。"

没关系？下次注意！？先把她放下来好吗？夏朵朵不太喜欢坐在别人身上的感觉，录节目那是情况所需，其他时候，她还是比较需要私人空间的！

可她才一动，裴昊辰的手臂就一紧。夏朵朵扭过头看他，别闹！

裴昊辰挑眉："哦？出不去了吧？"

幼不幼稚啊你！放手啊！不然打人了啊！夏朵朵像是跟他杠上了似的，一颗小脑袋钻来钻去，几乎是抓住一切机会要从裴昊辰的手臂下方钻出去。裴昊辰也乐得和她玩儿似的，她的脑袋往上，他就往上拦，哪晓得刚一动，夏朵朵的脑袋猛地往下面钻，裴昊辰眼疾手快，直接箍住她的腰把她稳稳地横抱在腿上，语气带笑："不错啊，还会玩假动作。"

心好累……夏朵朵觉得裴昊辰简直无聊得要死，她为什么要陪他玩这么无聊的游戏？

感觉怀里的夏朵朵消停了，裴昊辰微微歪脑袋看她的脸："还玩不玩？"

夏朵朵吃惊地看了裴昊辰一眼。到底是谁陪谁玩？她只是想一个人坐到边上做一个安静的美少女，明明是他无聊地扯着她逗她，到头来一句"还玩不玩"，就把主动权推给她了？

谁要跟你玩！不对，谁在跟你玩！？

夏朵朵这一次没有一言不合就动手，她抿着小嘴巴想了一会儿，思路清晰地和裴昊辰商量："我想自己坐到那边去。"小指头指着裴昊辰身边空着的座位。

裴昊辰瞅了一眼身边的空位，很干脆地摇摇手指："不行。"

想了一下，他说："我给你三个选择。"

三个选择？听起来好民主的感觉！夏朵朵点头，认真地看着裴昊辰表示她在认真听。

裴昊辰脸不红心不跳，拖着声音懒散道："第一，面朝左边车门坐在我腿上；第二，面朝右边车门坐在我腿上；第三——"裴昊辰微微挑眉，手指指向自己，给出了最具诱惑力的选择，"面朝我，坐在我腿上。"

一秒钟后，夏朵朵做出选择。

"辰辰，我想朝着前面的小杜阿姨坐在你腿上。"

高颜值裴影帝 VS 贴心阿姨小杜。

裴影帝完败！

夏朵朵用实际行动向小杜表达了自己并没有变心！

回去的路上，夏朵朵背靠着裴昊辰的胸膛，也因此没有看到裴影帝的冷笑。

故意的，她一定是故意的。呵呵呵呵呵……

因为这场闹腾，裴昊辰直接带着朵朵回家了。把他们送回去之后，Aaron 接到了小陈的电话，裴昊辰沉着脸摇摇头，Aaron 很有眼力见儿地走到外面，没过多久就离开了，小杜则是继续留在这里。

终于回来啦！

夏朵朵进门的那一刻，忽然有了这样的感觉。她先是一愣，然后有点奇怪——自己什么时候已经把裴昊辰的家当成自己家了？

不好不好，这个想法不好。

这几天够折腾，裴昊辰刚一放下夏朵朵就去了浴室，小杜也抱着夏朵朵去了她的房间洗头洗澡。

时间已经是下午，小杜看了一下家里的东西，因为几天不开火，食材买回来放着也会浪费，更没有想到夏朵朵会忽然出状况，所以家里……可能已经没什么吃的了。

冰箱上面贴着几张外卖单，夏朵朵洗完澡，穿着小熊睡衣站在厨房边上痴痴地看着小杜，小杜笑呵呵地跟她招手："来看看，喜欢吃什么？"

有吃的！夏朵朵眼睛一亮，飞快地跑过来和小杜蹲着研究晚上吃什么。

小杜:"海陆双鲜比萨!"

夏朵朵目露惊喜:买买买!

小杜:"板烧鸭腿饭?"

夏朵朵咧嘴一笑:买买买!

小杜:"寿司外卖……"

夏朵朵坚定地点头:买买买!

小杜愁苦地望向夏朵朵的小肚子,伸手摸了摸:"小祖宗,你这小肚子装得下这么多吗?"

夏朵朵看看自己的肚子,想想自己现在的食量好像的确变小了,她认真地思考了一下,给出建议:"小杜阿姨,我喜欢吃这个,我们一起吃,吃不完的给辰辰吃好吗?"

小杜差点一脑袋栽倒在地上。

与此同时,一个冷冷的声音传过来:"你说,吃不完的给谁吃?"

夏朵朵缩缩脑袋,飞快地做出反应,她把所有的外卖单拢在一起,迈着小短腿儿跑到刚刚洗完澡出来的裴昊辰身边,仰着小脸蛋把外卖单递给他:"辰辰,肚子饿。"

裴昊辰非常鄙夷地看了一眼外卖单:"吃这个?"

对对对!夏朵朵咧着嘴笑,一边笑一边点头。

裴昊辰挑眉:"你给钱啊?"

夏朵朵的笑脸一僵,瞬间垮了下来。就知道吃个饭也能整幺蛾子!

裴昊辰伸手接过夏朵朵手里的外卖单。这些店都是开在住宅内,因为地方远离市区,所以价格也高于正常的价位,但总体来说味道不错,所以裴昊辰经常会点这几家的外卖。但是现在,面前的小东西才蒜苗大一点,裴昊辰思忖片刻,直接把外卖单丢到了垃圾桶里面,转身往房间走。

"小杜,给她换件衣服,十分钟之后准备出门。"

那一瞬间,夏朵朵的眼睛顿时就比刚才亮了十倍!

要出门吃大餐！？

嗷嗷嗷！吃大餐！

这一次，不用小杜张罗，夏朵朵已经兴奋地冲进屋子站在自己的衣柜前淑女地挑选衣服了！

是粉色蓬蓬裙好还是碎花小清新裙好呢？

是用发带好呢还是用蝴蝶结比较好！？夏朵朵觉得裴昊辰这样的身份，一定会去高级餐厅，最后，她换上了自认为最有公主气质的蓬蓬裙，在镜子前转圈圈。

要吃大餐了！捧脸！

为了配合美好的心情，夏朵朵选择了富有少女心的蝴蝶结别在头上。

听说，肚子饿的时候，大餐和蝴蝶结更配哦！

十分钟之后，裴昊辰下楼。当他看到已经甜美又端庄地坐在沙发上的夏朵朵时，下意识地望向小杜："怎么穿成这个鬼样子了？"

夏朵朵：鬼……鬼样子……

小杜在一边淌汗。真的和她没有关系啊没有关系！可是话说回来……也没有多难看吧？

裴昊辰不是很满意夏朵朵的穿着，但是抬手看表，已经不早了："我去把车开出来，你带她出来。"

眼看着裴昊辰往外走，小杜赶紧说："辰哥，是订鲜味鲜还是食尚阁？"

裴昊辰已经走到门口，头也不回地说："都不用。"

小杜把夏朵朵牵出来，正准备给裴昊辰的时候，裴昊辰却让她们两个一起坐到后座。小杜愣了一下，明明每次开车的都是她啊！哪有老板给员工开车的！？她是不是要被炒了！？这一餐是散伙饭吗？

裴昊辰把神情惊慌的小杜推进了后座，然后转过身把夏朵朵抱起来放到小杜的身上："去吧，坐到你最喜欢的小杜阿姨身上，坐稳了。"

小杜的心颤了一下……

这语气,有点酸啊。

夏朵朵无知无觉,小杜阿姨很好啊。

裴昊辰进入驾驶座,帅气地发动车子。

最后的最后,没有食尚阁,没有鲜味鲜,没有海陆双鲜也没有板烧鸭腿,裴昊辰一脚踩下刹车的时候,夏朵朵和小杜茫然地望向窗外。

××超市。

裴昊辰从车上摸出一支记号笔和一沓纸,龙飞凤舞地写下一串字,丢给小杜:"你去买。"

这居然是……买菜清单!?

能把清单写得有签名的味道……也是醉醉的……

小杜还没能从时尚餐厅变成超市买菜的转变中缓过神来,神情恍惚地下车了。

她刚一下车,裴昊辰就坐到后座把夏朵朵抱住。

夏朵朵用一种真诚疑惑的眼神看着裴昊辰:"小杜阿姨说她做菜不好吃。"

裴昊辰没说话,垂眼看了看她。

一个眼神,夏朵朵觉得好像知道了点什么!

果不其然,她还没说出猜测,裴昊辰已经懒懒地靠着靠背,望向窗外:"不好意思啊,我是有点烦,有点怪,脾气不好,腿上有腿毛,不温柔,不体贴……但是我刚好会做饭,你吃不吃呢?"

第❼章
第二次录制节目 »

　　裴昊辰会做饭，并且手法熟练经验到家，居然是连小杜都不知道的秘密。

　　"很奇怪吗？你见过哪个忙得连泡面都没时间吃的人还自己下厨？"裴昊辰单手拿起鸡蛋，砰砰两声，两颗鸡蛋应声而碎，蛋清蛋黄滑入碗中。修长的手指端着碗，另一只手握着一双筷子，两颗鸡蛋打得黄灿灿的，用筷子挑起一部分的时候，仿佛黄色的蛋液像是瀑布般从筷子间滑下。

　　夏朵朵看呆了，张着小嘴看着裴昊辰。

　　这真的是她见过的，最最最会做饭的男人了！

　　裴昊辰感觉到了一道炽热目光，丢了一个眼神过去："看什么？"

　　好帅好帅好帅！她最欣赏会做饭的人了！夏朵朵想到了很久以前看到的有关于裴昊辰的报道。上面说的是，他是实实在在跑了很多年龙套，碰过很多次壁的人。这样的人其实在圈内多了去了，但是能有人真正冲破重重阻碍走到今天的，其实真的不多。

　　所以，他这么会做饭，是以前学会的吗？

　　他以前在剧组不会是管饭的吧！？

　　看到已经被自己精湛的手法"惊呆了"并且已经到了"目瞪口呆"程度

的小朵朵，裴昊辰的心情就像是乘了氢气球一样，悠悠地就飘了起来。

"小杜！"裴昊辰忽然喊了一声。

小杜正在收拾餐桌，闻言赶了过来："辰哥什么事？"

裴昊辰大手一指夏朵朵："把她带出去，别让她杵在这儿。"

小杜得令，伸手就要去扛人，夏朵朵扭着小身子躲小杜的手，忽闪着大眼睛崇拜地看着裴昊辰："我想看。"

裴昊辰双手环胸，看着她："看什么看？你想看就给你看吗？什么都依着你吗？出去！"

小气鬼！夏朵朵小脸一板，终于还是无法躲避小杜阿姨的钳制，像一只没有生气的小娃娃一样，耷拉着脑袋被抱着平移出去……

就在夏朵朵刚刚被放到客厅的时候，门铃忽然响了。

这个时候，谁会来？

小杜安置好夏朵朵去开门，却没想到门外面居然是胡驰和他的儿子酷狗！

"哈喽？"胡驰抓着儿子的小爪子摇手。

小杜愣了一下："胡、胡先生……你们？"

胡驰自来熟地进门："不好意思啊，今天回去，他妈不在家，不过我看见你们的车好像出去买菜了，不介意搭个伙吧？"

胡驰说这话的时候，小杜才反应过来胡驰他们家貌似也是在同一片小区。可是为什么这么巧！？为什么有种被蹲点的感觉！？

裴昊辰看到进门的胡驰和酷狗时，不由得愣了一下。他们怎么会过来？而胡驰看到围着围裙的裴昊辰时，差点把手里的儿子都掉到地上了！

裴昊辰也会做饭！？

裴昊辰皱眉："你们怎么来了？"

胡驰乐呵呵地把理由说了一遍。说白了，就是他们今天也录制完了回家，哪知道家里的女主人趁老公儿子不在家出去"花天酒地"，被抓了包。

裴昊辰有点不信:"你妻子不知道你今天回来?"

胡驰呵呵笑,酷狗酷酷地接话:"妈妈以为我们后天才回来。"

所以女人啊,就是这么经不起考验。

对于胡驰家怎么鸡飞狗跳,裴昊辰其实一点也不感兴趣,他很婉转地说:"唔……我想我们买的东西可能并不是很够……"

小气吗?一点也不!他不喜欢家里有陌生人一起吃饭而已!

哪知胡驰爽朗一笑,摇摇手指:"裴昊辰,这种话是你们不会做饭的男人才会说的!这样,我们也不白吃你们的,这一顿我来做,成吗?"

裴昊辰的重点落在——不会做饭的男人。

你说谁是不会做饭的男人?裴昊辰的脸色臭臭的,正准备无情回绝,一个小小的身影已经一脸惊喜地凑到胡驰面前,两眼放光:"胡叔叔你会做饭吗?"

胡驰虽然对裴昊辰不怎么感冒,但他真心想要一个女儿,听说朵朵被送到医院的那天人都是快快的,现在看到漂亮萌萌的朵朵,父子俩的眼神同时都亮了几分。胡驰更是直接把儿子放到一边的沙发上,一把把朵朵抱起来往厨房走:"是啊,朵朵喜欢吃什么?"

好开心!酷狗哥看着爸爸抱着小朵朵,感觉她好像已经是自己家的人一样,当然,如果可以,他希望是自己抱着朵朵!

三个人,同时遗忘了还坐在客厅里,围着围裙的男人……

胡驰是真的有两下子,他本来就结婚早,又宠妻宠出了名,非但没有因为结婚而减少人气,反倒因为宠妻使得更多粉丝着迷。

抱着夏朵朵到了厨房,胡驰特地让小杜找来了两张高脚凳,把朵朵和酷狗放在安全且视线角度好的位置,一人点一下小鼻子:"你们两个乖乖地坐在这里看好不好?"

看看!看看!这才是大厨之风!夏朵朵的眼神充满了崇拜,小脑袋用力一点,一定会乖乖坐好哒!

酷狗看一眼夏朵朵，跟着点头："爸爸我想吃土豆泥。"

胡驰考虑到夏朵朵才刚刚生过病："朵朵有什么想吃的？"

夏朵朵煞有介事地拍拍自己的小肚子，骄傲地回答："朵朵不挑食！叔叔做的朵朵都喜欢吃！"当然，得好吃才行啊！

胡驰正要笑出声，可是厨房里好像忽然间低了三个温度点。

酷狗无知无觉，夏朵朵和胡驰却是同时望向开放式的厨房门口，裴昊辰已经解了围裙拿在手里，双手环胸倚着门望向这边。

两人从同一个眼神里读出了不同的意思。

胡驰：呵呵，不要嫉妒我，我逗孩子的时候，你还不知道在哪个剧组吃盒饭耍大牌呢你这个 loser！

夏朵朵：怎么觉得被鄙视了⋯⋯

事实上，裴昊辰什么也没说，好像真的只是过来观摩一样。胡驰为了打破僵局，哈哈一笑，从裴昊辰手里接过他拿着的围裙："谢了啊！"

胡驰从裴昊辰身边走开，两个小朋友的目光就随着移开。

裴昊辰冷冷地看了夏朵朵一眼，嘴角扬起一个同样冷冷的笑。狗腿！

夏朵朵呢？

她已经完全被胡驰的动作吸引过去了！

因为之前小杜已经把准备工作做得差不多，菜已经洗得干干净净。胡驰围裙一系，菜刀一拿，对着一堆葱姜蒜就是"笃笃笃"。

"爸爸好厉害！"酷狗哥忽然拍起手来！

夏朵朵也被气氛感染了，她觉得，自己和酷狗就像是看表演一样，如果手上有钢镚儿，一定抛几个出去，然后跟着大喊："再来一个！再来一个！"

胡驰转身对着两个小东西送了一个飞吻，还不忘记嘱咐："坐稳了，别乱动！"

他转身又打了两个蛋，同样也是用筷子，和裴昊辰一样打得十分漂亮！

"叔叔好厉害！"不只是为了捧场，更是为了胡驰的颜值，夏朵朵很给面子地跟着拍手。

啪啪啪！

咚！

一个不和谐的声音响了起来，三个人同时望向一旁。

裴昊辰不知道什么时候也端了个高脚凳过来，挨着夏朵朵边上，重重地把凳子一放，施施然地落座。

夏朵朵眨眨眼，神经病啊！

胡驰也不懂，你们这是排排坐？

裴昊辰的坐姿自然是帅气的，长腿支地，淡淡道："不介意跟着一起看吧？"

胡驰顿悟了，笑了，他一脸无辜："这个……我说了不算。"目光忽然望向夏朵朵，"朵朵，你要不要裴叔叔来看啊？"

夏朵朵的小眼神瞟了裴昊辰一眼。

裴昊辰大大方方地望向夏朵朵，甚至还露出一个笑容。

可是这个笑容背后，透着一股阴森可怕的味道。

只不过，这股阴森可怕的味道，并没有震慑到夏朵朵。

她一脸神气，学着裴昊辰刚才双手环胸的样子，也抱住了自己的两条小胳膊，趾高气扬："看什么看？你想看就给你看吗？什么都依着你吗？"

裴昊辰的笑容差点抽了筋。

然后，夏朵朵忽然对着外面喊了一声："小杜阿姨！"

小杜阿姨凑过来："怎么了？"

夏朵朵的小指头一指裴昊辰："把他带出去！别让他乱爬啊！"

夏朵朵本来想说"别乱跑"，可是不小心被口水润了一下，发音有点不标准，直接变成了"乱爬"……

胡驰是想忍着保持绅士风度的，可是他心里的小人已经笑得打了五十圈滚了!

哈哈哈哈哈哈哈……怎么会有这么可爱的小东西!今晚装到口袋带回家可不可以!

小杜阿姨……小杜阿姨很忙!

"朵朵!别闹!"小杜压低声音,还要顾及这一边裴昊辰的目光。

可是夏朵朵哪里管那么多,是裴昊辰先不友好的!她就是这样一个恩怨分明,有仇当场就报的女纸!哼!

裴昊辰:……

要不要去找个麻袋把她捆了沉江呢……

胡驰父子蹭饭结束之后就离开了,裴昊辰让小杜带着夏朵朵回房,拿出手机打给了 Aaron。

"晚一点过来下,有件事情我想和你商量。"

Aaron 来的时候,时间已经有点晚,Aaron 也知道了拍宣传照的事情,他过来之前已经把裴昊辰之前交代的事情认真落实了一遍。

"我已经托派出所的朋友,在这一带的管辖区都问过,最近一个月内,的确有小孩走失的案件,但是我已一一核对过,和朵朵的信息并不相符。"

裴昊辰皱眉:"完全没有类似的案子?有没有仔细问过管辖这一片地带的派出所的情况?也许不是失踪案,是绑架案呢?"那天朵朵受了伤,也许不是拐卖,是绑架勒索也说不定。

Aaron:"住在这一带都是什么人你不清楚吗?不过说到失踪,的确有一个。"

裴昊辰目光动了动。

Aaron 笑了笑:"不是小孩子,是个女记者。不过挺有意思的是,这个女记者……"

"好了。"裴昊辰对什么女记者完全没有兴趣,打断了 Aaron 的话,转而问道,"也就是说,你查了一个晚上,完全没有有用的信息?"

失踪的女记者,也叫朵朵,这算不算?

Aaron:"算是吧。"

裴昊辰似乎是在思考,他目光平静地望向Aaron,语气淡淡:"我只是想,如果到现在还没有任何有用的信息,我和朵朵……是不是继续参加节目?"

Aaron的目光忽然就变得不一样起来。

他推了推鼻梁上的眼镜,眼中带上笑意。

哦,还想参加啊。

那参加啊,谁不让你参加了,搞得这么郑重其事干什么呢?

裴昊辰想要正式开始参加节目,Aaron完全没有任何意见,因为节目尚且还是国内首创,播出时间也要赶档期,所以前两期的制作是相对比较紧凑的。Aaron带着这个消息去跟节目组协商了一下,那边完全不介意裴昊辰之前的罢拍,并且非常热情地和Aaron商讨了之后的拍摄细节。夏朵朵也知道了第二次的拍摄是在红滩!

红滩!嗷嗷嗷!是红滩!

夏朵朵简直不能更兴奋!

那是她梦寐以求当作结婚场地的地方啊!

红滩在靠海的临市,据说那个地方是全国日落最美的海滩,因为水光的关系,日落的时候,整片海滩都会变成红色,样子十分壮观!夏朵朵曾经在一个摄影展上看到过红滩的落日,那时候就口水哗哗流。

去那么美的海滩,怎么可以没有漂亮的小泳衣这些装备呢!

夏朵朵小胸脯鼓鼓,从得知这个消息之后,就睁着一双亮晶晶的眼睛一直盯着裴昊辰看!这种眼神,在裴昊辰每每拿起手机的时候,简直明亮十倍!

裴昊辰觉得她的眼神怪怪的,把她拉到面前:"干什么?"

你终于知道问了吗!夏朵朵努力让自己变得冷静一些:"我们要去海滩

啊，我没有去海滩的衣服啊！"

裴昊辰微微挑眉，她到底多大？为什么总是透着一股精明算计的眼神呢！不过如果真的要去的话，海滩装备也确实要准备一些，他会意地点点头，起身准备出门："现在出去买吧。"

夏朵朵一个猛扑拦住要败家的男人，眼神严肃而认真——为什么要出去买！网上明明有很多便宜又好看的呢！

于是，名震全国的购物 APP 中——

24K 纯拽：有小孩子的帽子和墨镜吗？适合海滩的。

海浪：亲，您好！新品上市欢迎光临哟！

看到网购客服万年不变的开场白，裴昊辰拿着手机看着这个在夏朵朵的"指点"下申请的账号，头有些隐隐作痛。

算了，买就买吧。

裴昊辰把商品界面点了出来，伸手一捞将夏朵朵放在自己的腿上，从后面抱着她和她一起盯着手机："自己选吧。"

夏朵朵扭头看了裴昊辰一眼，惊喜得不得了："我可以买帽子吗？"她伸出小手，比了一个自己脑袋的形状，"我想买一个和我的脑袋一样大的帽子！"

她这个死样子简直又好气又好笑，裴昊辰故作冷酷地点头："买买买！"

然而，他怎么都没想到，自己这一句"买买买"，险些开启了夏朵朵横扫全场的战斗技能！

看了帽子要看泳衣，看了泳衣要看防晒霜，看完防晒霜还要看墨镜！眼看着明明还空荡荡的购物车瞬间塞满，裴昊辰看着夏朵朵的眼神都变了……

夏朵朵……已经疯了。

虽然都是泳衣，可是这个小樱桃和那个小草莓都好可爱！还有那个帽子和那个墨镜，嗷嗷嗷！怎么办都好可爱！

夏朵朵的眼珠子滴溜溜地转着，去到被塞满的购物车，先是点开第一个，一脸的喜欢："这个很好看啊……"然后装模作样地关掉，又去开另一个，"这个也很好看啊……"说话的时候，还不忘记用小眼神瞟瞟裴昊辰。

裴昊辰差点被自己的口水呛到！

他哭笑不得地看着夏朵朵在那儿装模作样地挑选，作为影帝，他真的很想撬开她的脑子看看这个蒜苗高的娃娃脑子里都在想些什么！她能不能不要这么逗！？

她真的不知道自己的演技有多么拙劣吗！？脸上写着"都想要"到底是在装什么！？

就在夏朵朵冥思苦想怎么说服裴昊辰的时候，身后的男人已经直接在购物车里面点了"结算"。

夏朵朵一惊，激动地望向裴昊辰："辰辰，都、都买吗！"她的演技已经炉火纯青到这种地步了吗！？裴昊辰真的看到了她对每样商品的深情了吗？

裴昊辰近在咫尺的脸，好像都变得好看了！

捂脸！她真是一个虚伪的女人！

购物结束，裴昊辰想把手机放到一边，谁知道怀里的小东西"嗖"的一下滑下去，非常狗腿地帮着把手机放到一边，对着裴昊辰笑得又憨又萌。

裴昊辰像是看神经病一样看着她："朵朵。"

大王！有事请吩咐！夏朵朵挺直小腰板儿，一脸认真。都说吃人家嘴软拿人家手短，她现在觉得自己是名副其实的五短身材！

裴昊辰非常不习惯她现在的样子，他甚至觉得，那个会跟自己拌嘴吵架找麻烦的小东西比较可爱……

"你再这副死样子，我就退货了……"

退货！夏朵朵两只眼睛瞬间瞪了起来，她飞快地把裴昊辰的手机抱到怀里，一脸警惕："不能退！"裴昊辰就这么歪在沙发里看着她，还没能回应，夏朵朵已经非常有危机意识地抱着他的手机跑掉了！

听着耳边的"嗒嗒嗒"小跑声，裴昊辰歪在沙发里笑出声来。

小傻子！

和上次一样，拍摄的前一晚，夏朵朵的东西全都移到了裴昊辰的房间里，只要节目组的工作人员来了，就可以直接上楼开始进行拍摄。关于影帝亲自给小孩子穿衣服的画面，也是希望给观众看到不一样的裴昊辰。

和上次不同的是，头一天晚上，夏朵朵非常兴奋地把自己的小樱桃泳衣和小草莓泳衣叠好放进箱子，这可是今年最大胆的童装设计呢！她非常喜欢！想到明天能穿着这样完美的小泳衣去沙滩玩耍，她的心情简直好得不要不要的！

也许是因为她太兴奋，以至于没有看到裴昊辰在她收拾行李的时候，幽深的眼神！

……

第二天一早，夏朵朵起床也很给力，早饭的胃口也十分好。吃完早饭就该出发了，行李还在楼上，夏朵朵吃得小肚子鼓鼓的，主动要帮忙拿行李。裴昊辰淡定地收了碗，摸摸夏朵朵的头："很重，我去拿就好了。"

看着裴昊辰施施然上楼的背影，夏朵朵心里的激动又上了一个台阶——家里还是要有个男人才好啊！

然而，当裴昊辰抱着夏朵朵出门的时候，才发现停在小区楼下的竟然有两辆车。

"嘿！"一身牛仔风的胡驰倚着车门，而他身边，是小牛仔酷狗哥，两个人似乎并不急着上车，好像就在这儿等着他们，大的那个帅气地倚着车门，小的那个帅气地倚着他爸。见到气色红润的夏朵朵，胡驰当即迎了上去。

"朵朵！"胡驰笑着走过去，伸手就要抱抱。

"胡叔叔！"夏朵朵咬字清晰，脆生生地喊了人，差点把胡驰的一颗心都喊化了。两只大手伸到夏朵朵腋下，夏朵朵乖巧地做出了一个抱抱的姿势，胡驰觉得一颗心都是热腾腾的，抱住夏朵朵的小身子，他轻轻把她从裴昊辰的双臂中拔……

呃？

拔不动……

胡驰越过夏朵朵的小脸蛋望向后面的裴昊辰，笑容不减，眼神的意思却很明确。

胡驰：让我抱一会儿你会死吗？

裴昊辰：我不会死，但是你会。

然后，裴昊辰以不容抗拒的力道，单手抱着夏朵朵，一只手去把胡驰放在夏朵朵身上的手一点一点抠掉："朵朵别淘气，胡叔叔还有Hugo要照顾。"

夏朵朵一张吃到屎的无辜脸：真的是他先动手的！

抱抱失败，胡驰很鄙视地看了裴昊辰一眼，转而对着儿子吹吹口哨："走了！"

帅气的老爸转身后，留下了依依不舍的小帅哥。

看着酷狗忽闪着的大眼睛，夏朵朵都被萌住了，她伸出自己的小肥手，用一种长辈看后辈的慈祥笑容望向他，嗓音绵软："等会儿见啊。"小肥手还在挥挥。

要飘、飘起来了……酷狗哥就跟丢了魂儿迷了眼似的，傻乎乎地伸出自己的小手挥挥，咧着嘴角犹如痴儿："一会儿见……"

胡驰回头看着自己儿子的傻样，只能苦笑。再看看裴昊辰，就像是站在了人生巅峰一样的表情，望向胡驰的目光中流露出了一个明确的意思——管好你家的癞蛤蟆！

胡驰是抱着自己儿子上车的，上车的时候，酷狗哥的黑超都被蹭歪了，露出一只眼睛，盯着看后面那辆车。

裴昊辰直接用自己宽广的后背抵挡住了来自外界的目光，小心翼翼地把夏朵朵放到了她的位置上，看着她兴致勃勃地拿手机给自己拍照，裴昊辰的嘴角抽了抽，嘀咕了一句：“跟个小妖精似的……”

呃？忙着自拍的夏朵朵没回过神来。

他刚才是不是在骂她？

这一次的旅行，和上一次的古城之行又不一样了。

红滩是天然海滩。其实在这之前，它并不算是一个很热门的旅游景点。之所以能被人知晓，全都依托当年凭借高超水准拍出了那一套落日摄影展品的摄影师。而后有一部很红的爱情电影在那里取了景，彻底把这个地方炒火了。

红滩在临市，临市又是一个沿海的小城市，沿海是一片十分有味道的平房，而干净清新的空气和那一大片沙滩，更是让夏朵朵第一时间爱上了这里！

原本节目引进的时候，是希望爸爸和孩子能有一个不一样的旅行，所以有意采用了一些偏离原本生活的节目剧本，例如之前艰苦的古城生活。但是经过上一次夏朵朵中途进医院的事件之后，节目组决定暂时抛弃原本的想法，重新确定了一个"舒适、温馨、无压力"的中心思想，也摒弃了很多的障碍环节，也就有了这一次红滩之旅，当然，有些障碍环节并不是完全摒弃，比如——

"欢迎各位爸爸和小朋友来到美丽的红滩，这么久没见，大家想不想念小伙伴啊？"

小朋友们异口同声："想！"

这中间，连伪小朋友夏朵朵都喊得十分起劲儿。小孩子是没有隔夜仇的，这里的每一个小朋友，她其实都很喜欢！

然后就听到导演拿着喇叭，操着一口蹩脚的普通话说："那么从现在开始，你们就要和爸爸在这里生活三天两夜，你们知道你们现在最缺少的是什么吗？"

Kitty 喊："妈妈！"

兜兜哥："吃的！"

腼腆的果果弟忙着看心上人，没有回答。

小伍哥和酷狗稍微成熟一点，因为上一次一来就是选房子，所以他们记忆犹新，异口同声："没有房子。"

夏朵朵左看看右看看，作为一个成年人，她心里的小人摇摇食指。年轻人，让阿姨我来带领你们开启一个新的思路！

她眨眨眼，软软地说："我们没有穿泳衣！"

都到这里了，还不换泳衣更待何时！

"扑哧——"周围传来了低笑声，导演也笑了。

裴昊辰觉得……很丢脸。为什么她对泳衣这么执着！？就因为她很喜欢她的水果系吗！？

但是显然，这些答案都是错的。

几个大人很给面子，给出了正确答案。

"没有钱不能过日子啊。"

小朋友们恍然大悟，哦，原来是钱啊！

夏朵朵撇撇嘴，真是一点儿都不浪漫！

所以说，生活费，就是第一个关卡。

"在大家身后的这一大片沙滩里，一共埋了一百颗金色的小贝壳，你们有半个小时的时间来寻找小贝壳，每个小贝壳代表的就是十块钱，而你们找到的小贝壳都会在最后兑换成你们这三天两夜的生活费！现在，请每个家庭领取自己的小铲子，开始找贝壳！"

找贝壳！

夏朵朵眼睛亮晶晶地看着眼前的一片海滩。此时此刻，她只觉得手里的小铲子已经不再是一把普通的小铲子了！

她要做沙滩淘金者了！

目标：找到所有的金贝壳！成为大富翁！

第8章
土豪我们做朋友啊 >>>

红滩很大,但是眼前这一片是被节目组划出来作为节目录制的场地,长达百米,也是六个家庭即将安营扎寨的地方。

Kitty 明显还是少女萝莉心,一看到沙子就走不动了,刚挪了两步就忍不住蹲下来铲沙子玩,刘鸿宇看到这一片也在节目组的划分范围内,索性跟着女儿一起蹲下来铲,不过比起 Kitty 纯粹的玩沙子,刘鸿宇铲得很卖力!

小伍哥是年纪最大的,他看了一眼离海边比较近的地方,拉着黎军就往那边跑:"爸爸先去那边!"

如果是埋在比较靠近海岸的地方,说不定被海浪冲一冲还会露出些边边角角,这样看过去就一目了然了!

果果弟年纪小,紧紧地抓着爸爸的手,一边瞅着边上的心上人,一边深一脚浅一脚地到处晃。兜兜哥和阮诚则是在海岸线到沙滩边沿的中间位置开始找,阮诚的分工还很明确:"你往那边找,我往这边找,我们分别朝两边扩散!"

兜兜哥很卖力,理由一个就够了——挖到金贝壳就能买吃的!

胡驰也很来劲儿,可是比起挖金贝壳,他显然更喜欢和夏朵朵一起挖贝壳,看着握着小铲子两眼亮晶晶的夏朵朵，胡驰勾勾手指："朵朵，叔叔知道哪里有金贝壳哟，跟叔叔去挖好不好！"

真的吗！？好哇好哇好哇！夏朵朵期待地望向紧紧抓着自己的裴昊辰，这个时候，能合作是最好的！大不了到最后平分啊！

可是下一刻，裴昊辰直接弯腰抱起了夏朵朵，高姿态地往边上走，语气很笃定："你傻吗？怎么可能全都藏在一块儿。"

然后，在夏朵朵的无限遗憾中，裴昊辰抱着她走到了边沿处。他把她放下来，大手一指："就从这里开始！"

夏朵朵明显带着一种怀疑。这个距离太远，总觉得不是小贝壳集中地带啊！

然后，裴昊辰捏了捏她抓着小铲子的手，眼神中充满了力量："相信我，挖吧！"

这一句，实在是太振奋人心了！

现在是争分夺秒的淘金时间，反正满地都是黄金了，开始就开始吧！夏朵朵一脸认真地点头，埋头就开始铲铲铲！

胡驰抱着儿子施施然地走到一块空地，放下儿子，一大一小随意蹲着。

胡驰铲了一下："你觉不觉得那个怪叔叔有点烦？"

酷狗很上道地点头："太讨厌了！"

胡驰撇撇嘴，一铲子下去用了点力气，忽然就听到一个小小的撞击声。

咦——

胡驰和酷狗都是一喜，直接扔了铲子变成一大一小的狗刨！

刨刨刨……金贝壳！

还是两个！

"哈哈哈！我们找到啦！"胡驰好看的手捏着金贝壳高高举起，"快看快看！我们这里有贝壳啊！"

他这一声，吸引了不少家庭望过来，可是真正跑过来的只有刘鸿宇，他一看两个挨在一起的金贝壳，赶紧对着自己的小公主招手："Kitty 快过来！"

小 Kitty 正玩得开心，她在堆城堡呢！

刘鸿宇没办法，只能不好意思地对胡驰笑了笑，然后一分一秒都不耽误跟着胡驰他们一起挖。

胡驰撇着嘴看着儿子——怎么把他招过来了。

酷狗也撇着嘴看爸爸——要不我们过去吧？

然后，父子俩同时点头——好主意！

这一边，裴昊辰一只手按着夏朵朵的脑袋，转着她的脑袋让她专心挖贝壳，还不忘记嘱咐她："别乱看，就在这里了，马上就挖到了！"

夏朵朵的小脑袋左躲右闪："可是他们挖到了啊！这边肯定没有！"

被质疑了！？裴昊辰握着铲子冲沙里狠狠一铲，小铲子瞬间没入沙中大半。

"不相信我你就自己去别处挖！"裴昊辰的声音冷了下来。夏朵朵抬眼看他，只觉得他整张脸都写满了"我不爽我不爽我不爽"。

就在这时，跑到原本属于胡驰父子的地盘挖贝壳的刘宇鸿也笑了出来："有了！有了！"

然后就跟约好了似的，小伍哥在海岸边也发现了露出一个角的金贝壳，连果果弟那种秀气的铲法都铲出了金贝壳！最最让人羡慕的就是分工的阮诚和兜兜，两个人分别向两边扩散寻找，居然一人找到了两个！

夏朵朵惊呆了，她愤怒地望向裴昊辰，满眼都传达着一个意思——你看吧！

她觉得自己仿佛一瞬间回到了当初第一次录节目选服装的时候，虽然结果证明乞丐装有惊喜，但是当时的心情，真的就像是坐过山车朝下坠落的感觉！

裴昊辰抬着他高傲的头颅,完全不接受夏朵朵愤怒的目光,语气还是淡淡的:"接着找,一定……"

"一定找不到啊……"一个悠然的声音传过来,裴昊辰脸色一沉,和夏朵朵一起转过头。

只见胡驰单手抱着酷狗哥,优哉游哉地往这边走,另一只手里握着俩金贝壳,因为姿态实在是太嘚瑟,随着握着金贝壳的手一掂一掂,俩金贝壳也一起一落。

裴昊辰的眉心一紧——你们过来干什么!

虽然有些人的排斥意思很明显,但是胡驰父子丝毫没有受到影响,他们径直走到夏朵朵面前,胡驰把酷狗放下,父子俩一起蹲在夏朵朵边上。

"朵朵,看到没,金贝壳呢!"胡驰的笑容令人如沐春风。夏朵朵都忍不住跟着点头,眼中写满了羡慕,是啊,金贝壳呢,是他们这三天两夜的生活费呢!

胡驰似乎很满意夏朵朵的反应,他握着金贝壳的手忽然一收,将贝壳握进手中,伸出修长的食指指向另一个方向:"叔叔带你到那边去捡好吗?"

夏朵朵顺着胡驰指的方向,果真就看到越来越聚拢的几家人,已经有人陆续又挖出了新的贝壳,可见中间这一块儿的确是比较集中的!

夏朵朵有点急了,可是她毕竟和裴昊辰才是一个小家庭的,她不能丢下他呀!她焦急地望向裴昊辰,去嘛,一起去那边挖吧,你这个范围不对啊!

胡驰和酷狗对视一眼,露出了坏坏的笑容,然后微不可察地靠近夏朵朵,两个人都是一脸笑眯眯地看着裴昊辰。

来嘛,你找得不对,跟我们走吧。

裴昊辰的铲子没了一半在沙地里,他瞥了夏朵朵一眼,忽然弯腰把铲子从沙子里拔出来,就在夏朵朵露出欣喜的目光以前,他已经开口:"要过去你自己过去,这边都挖了一半了,我继续,你们随意。"

要不要这么固执!怎么就不承认自己的错误呢!夏朵朵恨不得拿着铲子

在他脑袋上抡一下，真是太固执！死要面子活受罪！要是没生活费看你怎么傲娇！

这么想着，夏朵朵也生气了，她鼓着腮帮子站起来，握着自己的小铲子伸手牵住胡驰的手："胡叔叔你带我去找小贝壳吧！"

摊上这么个任性的男人，家庭生计的重担都落在了她的肩上！夏朵朵有生以来第一次感受到了生活的压力！

哈哈！胡驰心里大笑一声，小心翼翼地牵着夏朵朵的手："好啊，走！"

酷狗也特别会来事儿，他迈着小短腿儿跑到夏朵朵另外一边，十分小绅士地接过她手里的铲子，然后伸出另外一只手牵住她，又酷又认真地说："走，我带你去找小贝壳！"

你们真是好人！夏朵朵觉得这父子两个真是友善，任由他们牵着走出几步，夏朵朵还是忍不住回头看一眼蹲在原地铲沙子的裴昊辰。

看我，看我一眼我就陪你继续铲沙子！

裴昊辰低着头。

夏朵朵的心里仿佛有一只气球，在看到裴昊辰固执且故意转过去的背影时，"咻"的一下，漏了气。

算了！现在不是玩乐的时候！夏朵朵和胡驰父子到了贝壳密集的中央，一把抄起被酷狗拿着的小铲子，像是被上了发条似的，趴在地上就开始铲铲铲！

等到朵朵走远了，裴昊辰才转过头看了一眼那离开的三个背影。

呵呵，你们和谐，你们美满，你们三个就是幸福快乐的一家！

裴昊辰嗤笑一声，继续埋头挖自己的。

酷狗和胡驰时不时还会找她说话逗她，可是夏朵朵多半都在认真埋头铲沙子。

对不起，家庭的重担落在她肩膀上，她没有时间和他们聊天！

二十分钟过去，刘鸿宇父女找到了十五个，黎家父子找到了十六个，胡驰父子找到了十四个，阮诚父子也找到了十九个，而陈然父子找到了十二个，可怜的夏朵朵抱着小铲子铲得那么卖力，只挖到了四个……

夏朵朵：一秒变穷鬼怎么破！

再看看远处依旧固执地挖坑的裴昊辰，夏朵朵几乎想要扑过去把他的脑袋踩到沙坑里！

为什么！你这个别扭的老男人到底是为什么！穷到一起去乞讨你才不枉此行吗！

此刻的夏朵朵，因为卖力，衣服都汗湿了，她把自己的帽子摘下来放小贝壳，原本以为可以放很多，可事实证明……

她满身汗水狼狈地坐在沙坑上，拿着只装了四颗小贝壳的帽子，然后……

果果弟带着一种爱的目光走到她面前，咚，丢了一颗小贝壳进去。

夏朵朵蒙了一下……这个感觉，为什么这么奇怪。

然后 Kitty 和兜兜以及小伍哥都拉着自己的爸爸说了什么，下一秒，他们都从自己的兜兜里摸出了一颗小贝壳走到夏朵朵面前。

咚、咚、咚……

夏朵朵瞬间恢复神志，心里的小人已经泪流满面……

上一次跟着裴昊辰，她穿上了小乞丐的衣服。

这一次跟着裴昊辰，她正式成为了小乞丐……

可是人在屋檐下，生活压力大。夏朵朵捧起自己的小帽子，珍惜地看了一眼里面可怜的八颗小贝壳，说："谢谢……"

酷狗哥看着夏朵朵可怜兮兮的，眉头忽然一皱，转身就把胡驰手里所有的小贝壳拿在手里，一副要全部丢到她帽子里的架势！

儿砸！不是这么玩哒！胡驰手忙脚乱，一把拦住酷狗，他的计划不是这样的啊！

然而就在这时，工作人员忽然发出了惊叹声，其他五个家庭茫然地望向惊讶的来源，连夏朵朵都瞪大眼睛张圆了小嘴儿。

原本六个家庭，一百个小贝壳，加起来也就只有一千块，按理说一个家庭三天两百块就差不多，但是现在注定是不够分的。可是该死的导演明明说身后的沙滩分布了一百个小贝壳，谁能告诉他们，为什么裴昊辰的手里，居然有一只装了差不多二十颗小贝壳的袋子！

那只袋子浮夸得很，下面还缀了个牌子，牌子上写的是——宝藏！

裴昊辰真的挖到了宝藏！？

夏朵朵惊呆了！

嗷嗷嗷嗷，他们要变成有钱人了！

此时此刻，夏朵朵觉得自己怀里的几颗小贝壳已经无法惹得她悲伤了！她小短腿一迈，咧着嘴笑呵呵地朝裴昊辰跑过去了！

土豪我们做朋友啊！

身后的家庭：朵朵！把刚才给你的还给我们好不好……

裴昊辰手里的那一袋小贝壳，的确是剩下的二十颗小贝壳。这也是节目组给的一个惊喜环节。二十颗小贝壳，换成人民币那就是两百块，加上夏朵朵手里的八颗小贝壳，他们现在拥有两百八十块的巨额生活费！

夏朵朵一路小跑，跑到裴昊辰的面前，因为她卖力地刨沙又跑来跑去，汗津津的脸蛋上红扑扑的。忽然，她好像想到了什么似的，在距离裴昊辰三步之外的距离停了下来，两条小肥腿儿很淑女地搅在一起，神色也变得有点不好意思，期期艾艾道："你、你找到了呀。"

其实，夏朵朵心里的小人已经飞奔过去抱住了裴昊辰的大腿！她真的真的不是想抛弃他啊，她那么卖力地跟人家跑，不就是为了多找几颗小贝壳增加家用吗！好辰辰应该不会那么小气对不对！

裴昊辰一只手掂着巨额财富，因为身高差，他望向夏朵朵的角度自然而然就成了一种高高在上的俯视。

糟了,这个眼神不对!夏朵朵综合了裴昊辰这个大贱贱的各种表现,忽然就觉得自己可能要先想办法把他哄回来了。

为什么她的人生总是出现这么多苦逼的障碍……

她小心翼翼地迈着小碎步凑过去,仰着小脸笑眯眯地说:"辰辰你好厉害啊!"

裴昊辰面无表情地看着她,忽然哼笑一下,怪里怪气地说:"哦,是吗?"

是呀是呀是呀!夏朵朵点头如捣蒜!不过你别太拿乔啊!

裴昊辰叹了一口气,修长的手指钩着宝藏的带子,就在夏朵朵觉得他又要阴阳怪气地说一些让人恨不得呼他巴掌的话的时候,他忽然一反常态蹲下身,脸上也露出了几乎可以称之为"和蔼"的笑容!

裴昊辰伸手摸摸她的头,语气温柔得让夏朵朵的小心脏扑通扑通的,他说:"下次还要不要随便跑了?"尤其是跟着一些不靠谱的人跑!

专业跟风三十年的夏朵朵坚定地摇头,严肃的小眼神儿简直和少先队员宣誓一样认真。不会哒,她再也不跟着别人跑了!

裴昊辰笑了笑,温柔依旧:"这样啊,那我们去换钱吧。"

然后他伸手牵住她的小手,一大一小两个身影已经率先走向了沙滩外面临时支起来的贝壳兑换处。

夏朵朵……有点蒙。

总觉得跟平常的裴昊辰有点不一样!

总共一百颗,裴昊辰不知道走了哪门子的狗屎运一捡就是二十颗!二十颗啊!六个家庭平均分都分不出这么多好吗?

看到裴昊辰已经去兑换,其他家庭也没有找下去的意义了,平日里买白菜都用批发的大户们,现在总有那么一两个为了刚才送出去的价值十块钱的小贝壳而痛心疾首!

到了兑换处,夏朵朵忽然抱着自己的小帽子跑到刘鸿宇面前,认真地找出一颗小贝壳,抬手递给刘鸿宇:"叔叔给你。"

刘鸿宇愣了一下,紧接着,是过来拍特写的摄像师!

国内的众多综艺节目,多多少少都要融入大天朝的美好品德在里面做到一个发扬光大的意思。其中这种户外真人秀更是如此,游戏的竞争总是其次,合作才是真善美!这样固然失去了一些游戏本身的乐趣,但是作为无法撼动的主流,大家也只能从主角身上找到自己的萌点。

而此时此刻,夏朵朵刘海汗湿,乱七八糟地黏在额头上,小胖手举着小贝壳递给刘鸿宇的样子认真而又诚恳,这反倒让一直后悔给出小贝壳的刘鸿宇有些不好意思。

"叔叔你拿去吧,我们现在有好多小贝壳了!"夏朵朵这句话说得是真心的。她倒不是想表现什么,只是通过相处,她很清楚如果刘鸿宇拿不到更多的钱,后面的生活就会很拮据,第一个要哭闹的必然是Kitty这个正经八百的小萝莉。身为大人,夏朵朵觉得自己很有必要照顾照顾这只小萝莉,毕竟Kitty也很可爱啊!

反正他们现在是大户,不差钱!豪迈的小富婆夏朵朵如是想。

面对执意要还贝壳的夏朵朵,刘鸿宇有些不好意思,最终还是伸手拿回了那颗小贝壳:"谢谢朵朵啊。"刘鸿宇低头去推自己的女儿,"跟朵朵说谢谢啊。"

谁料Kitty还没张嘴,夏朵朵又把一颗小贝壳给了Kitty:"这个给你!"

身后的裴昊辰抽抽嘴角——还真是不是你的钱你就不心疼是吧!可是这样的抱怨只是一闪而逝,看到夏朵朵这个样子,裴昊辰终究还是无奈地笑了笑。

算了,随她去吧,她乐意就行。

Kitty第一时间抬头去看爸爸,刘鸿宇当然鼓励女儿拿下,他只说:"说谢谢啊!"

Kitty耸耸鼻子,手上因为汗湿沾了不少沙子,她接过小贝壳:"谢谢朵朵。"

不谢不谢啦!夏朵朵似乎爱上了发贝壳这件事情,认真地当起了善财童女。根据她的统计,这里面大概也就阮诚父子两个找到的最多,有十九个!她手里还剩六颗,最后,她分给了胡驰父子两颗,剩下的四颗,全都给了果果弟。

"给你!"夏朵朵是兜着自己的小帽子递给果果的。

可怜的果果弟年纪小,又秀气,陈然照顾儿子都来不及,找到的自然也就少,现在有朵朵给的四颗,他们家也有了十五颗贝壳!

果果弟红着小脸蛋礼貌地接过,小眼神深深地看了夏朵朵一眼:"谢谢朵朵。"

夏朵朵依旧是那副慈爱的目光。不要谢啦,说了要罩着你哒!以后就跟我混吧!

"哼!"一旁的酷狗哥冷哼一声,重新架在脸上的小黑超让人看不到他凌乱而又心痛的眼神。他小脑袋一扭,望向苍茫的大海。

胡驰瞥了一眼儿子,嗤笑一声,出息。

......

拍摄场地是被圈起来的,外面围了一大片人墙,这里面有工作人员,也有附近跑来看热闹的居民。车里的男人不急不躁,也没有跟着去看热闹,他只是握着手里的手机,看着那边人群密集的方向。

夏朵朵的表现让现场所有的人都很意外,也给节目想要宣扬的精神点了个题,也许是因为有这样一个美好和谐的开端,接下来的环节进行得异常顺利。

第二个环节叫作——找帐篷!

节目组准备了六顶规模不同的帐篷,可是要找到帐篷,就需要去到不远处的一个菜市场!

六顶帐篷的照片分别放在菜市场中的不同摊位,六个家庭需要前往菜市场寻找。可是这些摊主不会直接告诉他们自己手上有没有照片，如果想要找摊主询问，就必须买他们家的菜！其中一个规则是，即便找到了一顶帐篷也可以继续找其他的，从中择优，最后手上如果有多出来的帐篷，可以按照"租赁规则"租给其他的家庭，并且收取租赁费用！

这个游戏，最惨的结果莫过于买菜用掉了大半的钱都找不到拥有帐篷照片的摊主，最后还得从别人手里租帐篷！

六个家庭：这真是一个拼人品的时代！

要去菜市场，得骑着节目组准备的嘟嘟车过去，嘟嘟车也就是四轮儿小电动，是红滩这一片常见的租赁车，很稳很有意思，喇叭也是嘟嘟声，所以叫嘟嘟车。

于是，导演一声令下，六个家庭全都抱着小孩子冲向嘟嘟车，夏朵朵被颠得声音乱颤："辰~辰，你~要~加~油！"

裴昊辰人高腿长，飞快走到一辆嘟嘟车面前把夏朵朵放进去，用节目组额外准备的安全带把她捆好，抬眼看了看她，又是一个和蔼的笑容："好，我会加油！坐稳了！"

哎哟，她的太上老君如来佛！今天的裴昊辰表现很不错啊！从他不计她丢下他自己去刨沙子的前嫌开始，到现在他的温和善良，夏朵朵仿佛在裴昊辰健硕的身躯周围看到了一层神圣的光芒！

高尚！伟大！为你点赞！

夏朵朵暗暗握拳，辰辰，我会和你一起加油的！

很快，六辆嘟嘟车齐发，"嘟嘟嘟"的声音顿时弥漫在这一片美丽而纯净的红滩。

海风带着淡淡的咸味儿，夏朵朵坐在后座，前面是裴昊辰宽大的后背，她伸着小手抱住裴昊辰劲瘦的腰身，满足地把左脸贴在他的后背上。

裴昊辰心里莫名一暖。

这样的车，他从来都没有骑过，可是此时此刻，感受着腰上小小的手臂和后背贴上来的脸蛋,一个奇异而温馨的想法忽然就这么冒了出来——也许以后这样也不错。

如果她的家人真的因为遇险又或者是其他的原因,也许他会认认真真考虑收养她。

然后,她就该上小学了,接着是中学、大学。也不知道这样的性子,以后会做什么样的职业。

有些想法就是这样奇怪,明明离第一步还很远很远,可是一旦开了头,就忍不住继续往下想。想到她忽然从一个小萌货变成亭亭玉立的少女,裴昊辰的心里忽然就有一种很奇怪的感觉。

等她长成一个少女的时候,他呢?应该是真正的老大叔了吧……

"辰辰辰辰!"身后的夏朵朵忽然焦急起来,那温馨美好的瞬间就这么被打破。夏朵朵似乎很着急,拼命扯他的衣服,"停停停下来啊!"

裴昊辰皱眉:"干吗?"

身后车里随行的摄像师提醒:"裴老师!刚才你没拐弯儿!"

夏朵朵都快哭了:"你走错啦!早就该转弯了啊!"

裴昊辰回过头,身后十几米开外果然有一条向左拐的道,可是他走在路的右边,又出神了片刻,于是……

夏朵朵欲哭无泪,扯着小嗓子:"你为什么不拐弯啊!"

裴昊辰抿着唇,认命地转弯往回走,然而这时候,他的心中再无旖旎,因为耳边充斥着夏朵朵的哼唧哼唧碎碎念……

"为什么不拐弯……为什么不拐弯……为什么……"

怪我咯!裴昊辰一扭把手,嘟嘟车瞬间加速!

夏朵朵立马闭嘴,赶紧抓住裴昊辰的衣服,紧紧地贴着他的后背!

真的有人能把嘟嘟车开出生死时速的味道啊!可以换乘吗!?救命啊!!!

第❾章
水果系小泳衣 》》

等裴昊辰和夏朵朵抵达菜市场的时候，其他的家庭已经开始游走于各个摊位了。

"快快快！"裴昊辰还在停车，夏朵朵已经急得两条小腿儿乱晃。

裴昊辰好气又好笑，伸手解开她的安全带一把抱起来往菜市场冲。红滩这一片的菜市场很大，差不多这一片的居民都是到这里买菜，放眼望去，大致有五十多个摊位，大大小小，鱼肉蔬菜。

其他五个家庭已经开始四处寻找，裴昊辰抱着夏朵朵，两个人四只眼睛，慢慢走进菜市场，两个人四只眼睛顿时就化作了小雷达，扫射着这片菜场里一个个笑得乐不可支的菜农们。

"一只小鸟树上落呀，叽叽喳喳对我笑呵呵呀……"远远地，传来了Kitty清脆的歌声，其他四个家庭也顺声望了过去。

只见穿着粉红色小裙子的Kitty站在一个菜农摊子前面，正在载歌载舞地表演节目！

心机婊！居然利用特殊手段！

其他四个家庭也不是吃素的，要是真的按照节目组的安排，买一家的菜才能问得到消息,那得被坑死!

你行我也行!下一刻,兜兜哥在老头的示意下,瞄准了一个卖蔬菜的圆脸大妈凑了上去:"阿姨~"

好儿砸!就是这样!阮诚也是豁出去了,他本就长得端正,因为年岁渐长,更有男人沉淀的味道,这样走过去,圆脸大妈的脸蛋儿倏地一下红了,连连笑着摇手:"你、你们得买菜!"

夏朵朵咽了咽口水,在她发表意见以前,另一边又出奇招!

黎军和他儿子小伍哥直接找上了一家正在卸货的米店,可怜小伍哥长得清清秀秀,竟然毫不犹豫地跟着自家老爹撸起袖子一副要帮忙的样子。另一边,陈然抱着"小夏恩华"果果弟一起凑到一个卖鱼的老板跟前,三个人玩起了自拍!

夏朵朵:卑鄙!居然出卖她家小大花的色相!

裴昊辰看着陈然平时那么正经八百的一个人居然比起了"2",他忽然就觉得他真的很二。

身后跟着的摄像师和分派到这个家庭的女性工作人员,见到裴昊辰不急不缓地抱着夏朵朵,威武地站在菜市场门口当门神,小声地说了一句:"裴老师,你们不找吗?"

然而工作人员的提醒并没有什么用。

说来也真是奇怪,刚才进来之前,朵朵这个小姑娘还急得很,可是现在被抱着站在这里,居然一点儿都不着急!?还是看到别的小朋友都要表演节目,号称节目热场王的小朵朵也害羞了!?

他们的主角不动,摄影师和随行帮忙照顾的工作人员也不能动,只能干巴巴等着。

这是几个家庭进入菜市场之后发起的第一波攻击,通常第一波攻击的效果总是最好的,平时只能在荧幕上看到的明星忽然出现在自己面前,又是卖萌又是耍宝,很快就拿下了一批菜农们!

四个家庭中,没有一个找到拥有帐篷照片的菜农。

四个摊位被排除。

就是现在!冲!

夏朵朵和裴昊辰几乎是同时发动攻击,然而夏朵朵被裴昊辰抱着,原本她也是有自己的目标的,可是现在不得不和裴昊辰跑向同一个位置!

诶,不对!

刚才只有四个家庭啊!夏朵朵的小脑袋四处张望,果然就看到胡驰跑向她原本瞄准的方向,似乎是感觉到了夏朵朵的目光,胡驰回头看了她一眼,一只手抱着酷狗,一只手食指与中指并拢对她微笑耍帅。

夏朵朵心下打定——好厉害的对手!跟她一样聪明呢!

玩过扫雷没有!?分布在这个市场的摊位就犹如一个大型的扫雷场,前面四个家庭已经身先士卒,但是凭借他们选取的那个摊位的摊主反应,并观察附近摊主的反应,总能看出些端倪来,比如其中一个家庭正在和其中一个摊主打交道的时候,周围几个摊主是什么表情?比如第一个家庭没有取得照片之后,摊主们又是什么表情!?

裴昊辰和夏朵朵不约而同地想到了占这个便宜获取线索的想法,所以进来之后反而不着急了。夏朵朵盯上的是果果弟他们对面的那个摊主。果果弟他们拍照的时候,那个摊主看着看着就伸手去摸自己摊位下面的一个本子,拿起来又放下,一副要翻不翻的样子,每次等到果果弟他们似乎有要看过去的趋势的时候,摊主又飞快地把本子放回去,总而言之,十分不自然!

可是现在夏朵朵被裴昊辰抱着往西边跑,就只能眼睁睁地看着胡驰抱着酷狗朝东边跑!

眼看着被裴昊辰抱到了一个猪肉摊面前,老板是一个身材魁梧的大叔,看到裴昊辰走过来,手里的刀不知道该拿起来还是放下。

裴昊辰捏了一下夏朵朵的小屁股。

又捏屁股！夏朵朵小屁股一僵，心头一颤，不再像从前那样说挥巴掌就挥巴掌的。更重要的一个原因，是她觉得自己读懂了裴昊辰这一捏包含的讯号！

她眼珠子亮晶晶的，小嘴儿一咧，声音软软："叔叔好！"

大叔一愣，因为是夏天，上身没有穿衣服，就穿了个杀猪专用的防油围裙，听到夏朵朵的问候，大叔笑得肚子上的肉都跟着乱颤："好！好！小朋友你也好！"

裴昊辰十分满意，又是一捏。夏朵朵就跟小机器人似的，给什么指令发什么话，立马又道："叔叔你有没有帐篷的照片呀？那是我们晚上的房子，我们想找房子住。"

两个人一大一小，颜值养眼，裴昊辰身后还跟着摄影师和工作人员，摄影师跟拍的时候，自然把猪肉大叔也拍进去了。大叔大概这辈子第一次上电视，紧张得很，原本两只手就不知道该往哪儿放，现在站在镜头面前，又后悔自己穿了个这么豪迈的防油围裙，遮左不遮右的，那黑黑的脸上居然泛起了红晕，人也直接弯下腰摸出一张照片，无措的眼神和尴尬的笑容交织在一起，让他整个人似乎还有点不在状态："是、是不是就该给他们了？"

这句话……大叔是对着摄影机说的！

照片！

夏朵朵眼睛一亮，肥肥的小手指指着照片："就是那个！"

一边的菜农忍不住笑着提醒："刘哥你傻啊！他们要先买你的东西你才能给！"

"啊？这样啊？"胖胖的大叔又笑得肥肉乱颤，但是这时候显然要更加淡定，大手一挥，"算了！女娃娃长得这么好看！拿去吧！"

"谢谢叔叔！"夏朵朵被裴昊辰抱着，上半个小身子都探了出去，双手接过，笑容浅浅，酒窝轻陷。就在这时候，身后也传来了骚动，裴昊辰和夏朵朵望过去，是胡驰和酷狗找到了帐篷。

夏朵朵耸耸鼻子,迫不及待地炫耀:"我刚才就要去那边的!"

有时候,裴昊辰会觉得夏朵朵真的比一般的小萝莉要聪明很多,所以现在听到她这么说,他竟然也不怀疑,甚至笑了出来,俊眉微挑,逗她:"你这么聪明?"

夏朵朵小脸一红:"我本来就很聪明啊。"然后目光落在了手里的照片上。

照片里的帐篷从这个角度看应该是双人帐篷,无论如何都是他们住得下去的。裴昊辰看了看夏朵朵手里的照片,又看了看她:"还找不找?"

意思很明白,接着找,找到了就能赚租金。

夏朵朵摇摇小脑袋:"不找了,是不是找到了就可以回去了?"

裴昊辰看了一眼身后的工作人员,工作人员表示可以先回去领取自己的帐篷。

裴昊辰把她往上抬了抬抱紧:"行,回去!"

然而在他们走的时候,胡驰和酷狗也走了。和剩下的四个家庭打了招呼,在果果弟的无限留恋中,夏朵朵忽然扭了扭自己的小身子,拍拍裴昊辰的手:"放我下来!"

忘记小弟了!

又搞什么鬼!?裴昊辰不得不把她放下来,哪晓得夏朵朵脚一落地就直接往果果弟那里跑。

酷狗哥哥在后面猛地摘掉了自己的小黑超,一脸不可置信。

她又去找果果了!

眼看着夏朵朵跑进来,果果弟终于迈出了人生第一步,勇敢地靠近了夏朵朵,小声地说:"你们找到了呀。"

夏朵朵神秘兮兮地冲他招招手,凑到他的耳边嘀嘀咕咕。

酷狗哥的内心几乎是崩溃的:他们还咬耳朵了!

交代完了另一个她发现可疑的地方,夏朵朵笑眯眯地和果果挥挥手,果果激动地看着夏朵朵,赶紧牵了还在苦苦买菜寻找的陈然去那边的摊点。

就夏朵朵这个德性,裴昊辰已经练到她屁股翘一下就能看出她想干什么的程度了,这会儿见她蹦蹦跳跳地跑回来,伸手扫扫她丑丑的刘海:"哟,助人为乐啊。"

不远处的酷狗:不要再说了,我不想听。

夏朵朵笑眯眯地看着他,忽然绷直了小手臂对着裴昊辰。

唔,抱抱。

裴昊辰望向一边笑了下,认命地弯腰把她抱起来。

夏朵朵觉得今天简直幸福得不要不要的!首先是裴昊辰好运到爆,然后是他忽然间不闹情绪不耍脾气,紧接着是他们居然都选取了同样的战术并且取得成功!原来真的就是出来玩一玩,完全没有生活的压力嘛!

夏朵朵很高兴,她一高兴就忍不住说话,看着裴昊辰似乎是英俊许多的侧脸,夏朵朵很好心地伸手为他抹了一把额头上细细密密的汗珠:"辛苦了啊!"

裴昊辰轻笑一声,似乎是对她这种小大人的样子没办法:"唔,不辛苦。"

真的不一样了诶!

夏朵朵双手环着裴昊辰的脖子,忽然歪歪脑袋:"辰辰,我觉得你今天表现得特别好!"

裴昊辰瞥了她一眼,走到嘟嘟车边把她放下,小心地用安全带捆住她的小腿儿:"哦,哪里好啊?"

夏朵朵比了一个很大很大的范围:"哪里哪里都好!"

啧啧,这张嘴甜得。

裴昊辰捆好她,忽然抬起头望向她,笑容温柔得几乎让夏朵朵的小心脏停了一下,就听到他说:"因为我们是一家人。"

一……一家人。

夏朵朵睁着大大的眼睛，差点被裴昊辰的笑迷了眼睛。他说，他们是一家人。

裴昊辰的话还没说完，他伸手摸摸她的头，帮她顺好了刘海："因为是一家人，所以不能随便发脾气无理取闹，对不对！？"

简直太对了！夏朵朵闪着泪花，忽然有种我家宿主终长成的喜悦感！裴昊辰啊！终于像个人了！说的话也人模人样了！对嘛，这才是真男人应该说的话啊！

夏朵朵重重点头，十分赞同："嗯！"

裴昊辰浅浅一笑，勾魂夺魄，温柔至极："既然觉得对，就要认真记住，不仅要记住，还要做到，知道吗？"

哟哟哟……都升级成教育频道了！？

好好好，念在你今天的表现实在是可圈可点，这一条通过了！夏朵朵继续点头，认认真真一板一眼："我会记住的！"

裴昊辰欣慰地看了她一眼，转身上车。

嘟嘟车重新发动，夏朵朵忽然扯了扯裴昊辰的衣角："辰辰。"

裴昊辰："嗯？"

"记得拐弯儿啊！慢点啊！"

裴昊辰："……"

嘟嘟车以一个正常的速度以及正常的方向回到营地之后，夏朵朵和裴昊辰成功拿到了属于他们的帐篷！

帐篷很快就搭好了，为了方便，这些帐篷都是自动的，收放自如。导演在现场主持，搭完帐篷的家庭可以自行换衣服，自由活动。

哟呵！换泳衣！夏朵朵只要看看那一朵朵浪花翻涌，心里就不自觉地跟着欢腾。自从她开始工作之后，每天都要整理资料和照片，几乎没有时间出来玩！

然而，五分钟后，夏朵朵像一只发狂的小狮子冲到正在整理睡袋的裴昊辰面前，抓着他的衣领吼道："我泳衣呢！？"

裴昊辰一只手撑着地上，转过身来坐好，波澜不惊地看着她："朵朵，家人之间怎么能随便发脾气呢？"裴昊辰诚恳的目光看着夏朵朵，里面精准地传达着一个意思——说好的一家人呢？

夏朵朵暗暗地倒抽一口冷气，目光凶狠，肺里聚满了能量，拔高了三个调子重复了一遍："我泳衣呢——"

裴昊辰这个禽兽，居然偷偷丢掉了她的泳衣！

"朵朵怎么了？"胡驰来送冰西瓜的时候，见到的却是被紧紧拉起来的帐篷。裴昊辰正在一边临时搭建的灶台切香瓜。

看到这对无时无刻都会出现的父子，裴昊辰忽然就没了那个力气跟他们斗智斗勇，他无奈地看了一眼拉起来的帐篷，苦笑一下："闹脾气呢。"

胡驰和酷狗对视一眼，嘿嘿，闹脾气好啊，闹脾气他们才有可乘之机啊。可是闹脾气总得有个原因吧，知道原因才知道怎么哄。

胡驰放下西瓜，抱着儿子凑到裴昊辰身边："咳咳，怎么又闹脾气了，刚才不还好好的吗？"

裴昊辰切香瓜的手一顿，警惕地看了这父子俩一眼，收回目光，淡定切瓜："哦，大概是跑累了吧。"

唔，这个还是很有可能的，看着跟个小马达似的，到底也只是个小姑娘而已。胡驰有些失望地看着紧闭的帐篷，把西瓜端走了……

"那我们等会再来吧。"

裴昊辰切瓜的手一顿，瞥了一眼优哉离去的父子二人，抽抽嘴角。谁要你们来了！

香瓜是夏朵朵喜欢吃的，念叨了好久，可是就在刚才她发现自己的小泳衣不见了之后，差点没气得掀了帐篷。可是虽然是自由活动时间，没有了跟拍的摄像师，这周围还是安置了不少摄像头，小东西大概是知道吧，随后把他赶走，一脑袋扎进帐篷里，闷着不出来了。

切好了香瓜，还带着凉气，裴昊辰走到拉起的门帘边上，从上方镂空的一个小纱网往里面看，这不看还好，一看才知道，这货根本没睡觉。

"没睡就出来。"裴昊辰不算冷，只是调子多少沉了几分。里面的人猛地转过小脑袋，立马就看到了纱网外裴昊辰那双墨黑的眼睛，两人就这样对视——一秒，两秒。

忽然，夏朵朵扯过边上的睡袋，咕唧一下钻了进去，小脑袋朝里面，也不知道在干什么。

裴昊辰眼色一冷，话语中终于带上了几分勒令的味道："大热天的，憋坏了！出来！"

夏朵朵拱拱拱，小脑袋总算拱出来了，短短的丑刘海也乱七八糟："那你把泳衣还我啊！"

裴昊辰淡定地看了她一眼，扭头就走："你继续。"

什么态度！继续就继续！夏朵朵脑袋一钻，继续蒙着。

等到裴昊辰走了之后，夏朵朵躲在睡袋里思考人生——她现在在干什么啊？

夏朵朵忽然想起，自己现在还处于异常的状态，她需要尽快找到大哥，让大哥带她走，也只有大哥出面，才能好好处理这件事，原本只要这个节目播出了，大哥一定能得到信息，但是她好像忘记了自己的身份和任务，真的把自己当成了一个被宠着的小孩子。

"被宠坏"其实和"由俭入奢"一样，再容易不过了。

夏朵朵觉得眼睛有点酸酸的，她仰起头，一个清晰的念头在脑子里浮现出来——也许，她是真的喜欢上当裴昊辰身边的小孩，喜欢惹他生气却被他宠着的感觉了。最开始的时候，她是因为刚来家里，裴昊辰让小杜一直看着她，所以她找个打电话给夏恩华的机会都没有，到了现在，她好像完全没有想过要打给夏恩华,即便有机会,也完全没有利用起来。心里就像是裴昊辰说的那样想着——慢慢来吧,等到节目播出了,家人自然会看到,急什么呢!

然而,她总是要走的,裴昊辰知道真相,绝对没办法接受!那时候,他肯定不会像现在这样对她了……

这样复杂的心情,让夏朵朵渐渐遗忘了自己前一秒还在和裴昊辰置气。

裴昊辰很快就去而复返,他微微喘着气,对着帐篷里面淡淡道:"出来。"

夏朵朵一个激灵,扭过头从那个小小的网子看到外面的裴昊辰,四肢并用地爬到门口,刺啦一声,拉开了拉链,声音中带着沮丧:"干什么啊。"

她忽然开得这么干脆,倒是让全副武装准备好好赔罪的裴昊辰愣了一下,看着她怏怏的小样子,他把手里的一只袋子丢在她面前:"拿去!"

这是什么啊。夏朵朵因为不开心,一时间没有反应过来。裴昊辰见她呆呆的样子,心里莫名地就有些不爽,他半跪在她面前,亲手帮她拆开了那个精致的包装袋,里面赫然是一件新的泳衣!

只不过,这件小泳衣并不是比基尼。

连身的泳衣裙,下面是很可爱的裙摆,小泳衣的做工很精致,料子也很舒服,样式上虽然不怎么"大胆",但是可爱的猴子图案照样使得这件小衣服看起来精致又可爱。

裴昊辰把新款的小泳衣丢在她面前,嘀咕了一句:"小孩子就要穿小孩子该穿的。"

夏朵朵愣住,没有回话——所以,他是专程去买了新的泳衣!?回想一下,这边一带都是靠着红滩的名声起来的,这些泳衣,包括他们刚才买菜看到的烧烤出租店,基本上也是围绕红滩开放的。

夏朵朵拿起裴昊辰新买的泳衣,终于抬头看了他一眼,这才发现他额头上都是汗,额前细碎的黑发都因为汗湿变成一缕一缕的。

夏朵朵忽然抬手帮他抹了一把汗:"谢谢你啊。"

嗯?裴昊辰被她的反常彻底弄蒙了。他就像一个战士,都准备好全方位三百六十度无死角和这个小东西周旋了,他甚至想烧烤的时候多做点她喜欢吃的,比起穿的,吃的更容易吸引她。

可是现在她忽然画风一变,变得这么乖巧听话。裴昊辰第一反应是去摸她的额头……

没有生病好吗!夏朵朵无奈地看着一只大手盖住自己的额头,想到上一次在古城,因为她忽然不舒服,最后主动求和,所以他是成了惯性思维吗?

可是不得不承认的是,当裴昊辰皱着眉头来探她的额头时,她一点也不想躲开。

摸吧,摸吧,反正要说再见,现在摸一次少一次了。

这样想着,夏朵朵觉得更难受了。

好好的,想这些干什么!?好讨厌!

终于还是察觉到夏朵朵不对劲,裴昊辰耐心地坐到她身边的垫子上,伸手把她捞过来放到腿上,又抬手把她的小刘海捋了捋。

齐刘海其实长得很快,刚刚剪的时候都露出了一半额头,现在已经快到眉毛边上了。

裴昊辰:"就那么喜欢你自己选的小泳衣!?"

他以为她的难过全都来自于下落不明的小泳衣。夏朵朵不知道该怎么解释。

裴昊辰叹了一口气:"我没扔,给你放家里了。"

夏朵朵耳朵动了动,瞅了裴昊辰一眼:"真的吗?"好吧,小泳衣她也是在意的。

裴昊辰失笑:"你这么喜欢,我回去帮你把那几件泳衣挂在你房里,天天看着好不好?"

"扑哧——"夏朵朵忽然被逗笑了,鼻子"噗"地冒出一个鼻涕泡泡,然后"啵"的一声炸了。

裴昊辰愣了一下,然后很不给面子地笑起来了:"你怎么傻里傻气的!?"

你才傻！你一户口本都傻！

裴昊辰开始催促："去吃香瓜！"

夏朵朵舔舔嘴唇，精神了一些，她想吃好久了！

裴昊辰看着她的小样子，低笑了一声。

节目组虽然安排了拍摄环节，但是并不是全天都是密不透风，就像这时候，完成了任务找到了帐篷，因为时间仓促，凭借各自的生活费买到的食物就算是中饭，从现在到下午的活动开始之前，都是自由活动的时间。

吃着冰凉凉的香瓜，夏朵朵觉得从喉咙一路往下都是沁凉凉甜滋滋的。裴昊辰出去了一会儿，回来之后就一直陪着她吃香瓜。夏朵朵时不时地拿小眼神瞅他，裴昊辰只当作没看见，其实有时候他真的不懂她的眼神是什么意思……

夏朵朵吃香瓜很有意思，或者说她吃这种硬邦邦的水果的时候都这么有意思，先咬一口含在嘴里，然后牙齿再模仿切割机似的横着"切"三下，再转一转竖着"切"三下，最后才嚼烂。她的嘴巴小小的，往往吃得腮帮子鼓鼓，整张小嘴儿都被汁水润得亮晶晶的。

最后一口吧唧完，夏朵朵摊着小手，小脑袋四处转。

"过来。"

小脑袋望向裴昊辰，才发现他手里早就拿着一张湿纸巾，等着给她擦手。

湿纸巾啊……

想到最开始的时候那些荒唐的相处，夏朵朵嘴角的笑容再也收不住，真是满满的回忆啊。她心里莫名一暖，抿着小嘴儿凑过去让他擦手。裴昊辰捉住她的小手，展开纸巾一点一点擦掉还留在手上的香瓜籽。

夏朵朵看着裴昊辰耐心地帮她把粘在手上的香瓜籽弄掉，忽然道："辰辰，这些香瓜籽是不是可以种出新的小香瓜！？"

裴昊辰的动作一滞，挑眉看她。你什么意思？

夏朵朵小嘴儿亮晶晶的，眼睛也是亮晶晶的，这个想法一冒出来，好像就迅速地在她心里生根发芽了一般，她兴致勃勃："辰辰，我们把它们拿回去种小香瓜好不好！？"

香瓜籽能不能种出小香瓜，裴昊辰真的没有想过这个问题。可是……这倒也不是什么难事。

"你是潲水桶吗？买的还不够吃，还要自己种？"裴昊辰的眼神写满了嫌弃，毫不留情地把香瓜籽给擦干净，将湿纸巾丢到一边，"睡会儿觉吧，下午还有活动。"

真的不种吗！？夏朵朵留恋地看一眼那些掉在地上的香瓜籽，撇撇嘴去睡觉了，玩了这么久，她真的有点累了。没多久，整理好杂事的裴昊辰也钻进来了，他赤着上身躺在夏朵朵身边，转过头看了一眼闭着眼睛张着小嘴睡觉的人。

看来她真的喜欢张着嘴睡觉，裴昊辰伸手捏了捏她的两片唇瓣，触碰到的那一刻，惊人般的柔软。他只是愣了一下，就毫不犹豫地捏住了唇瓣。

嗯，合拢了。

可是手一松开，啵，她又张开了，还发出了小小的呼噜声。

裴昊辰好像爱上了这种无聊的游戏，乐此不疲地伸手捏她的嘴巴，捏完了松开，再捏再松开。

终于，睡梦中的人皱了皱小眉头，拳头无意识地就往自己脸上招呼，裴昊辰飞快缩回手，夏朵朵的肉掌往嘴巴上拍了一下，把自己拍醒了。

睡眼惺忪地睁开眼，扭头发现身边忽然睡了个高大的男人，夏朵朵眨眨眼，小身子一扭，直接把小屁股对着裴昊辰，继续睡觉。唔，在录节目，在外面不能丢人，这一点她的意识很清晰。

佯装睡觉的男人还闭着眼，嘴角微翘。

睡午觉的美好时光总是匆匆而过，裴昊辰被工作人员叫醒的时候，已经是下午两点半了。

下午的活动就稍微有些激烈了。六位爸爸分成两个阵营,展开一场沙滩排球赛!

为此,节目组更是请来了最近十分出名的排球明星李素。

作为曾为国争光的女将,李素的到来无疑受到了所有人的热烈欢迎。其他几位小朋友对李素没有什么印象,可是夏朵朵不一样,她大学的时候选修的体育课就是排球,那会儿也不知道是抽什么风,她作为一个新闻专业的学生,志向却是成为排球小将,就冲着这股劲儿,她那年的体育课得了95分,全班第一名!

就算是曾经的梦想,可现在看到偶像就在眼前,夏朵朵下意识地两眼放光精神焕发,因为午睡被叫起来的起床气荡然无存。全场的小朋友里,别的小朋友都在为爸爸呐喊加油,只有夏朵朵一个人捏着两只小拳头直勾勾地盯着担任裁判的李素,激动不已!

偶像啊!

场上六个男人都是曾经意气风发过或者正值意气风发的时候,男人和男人之间,一旦与"竞争"两个字挂钩,多多少少都会有那么点儿硝烟味道。此时此刻,面对无数的摄像机和自家宝贝的注视,在导演宣布了比赛结果直接决定晚饭水准的基础上,这种紧张感越发强烈了!

李素今年三十岁,已经结婚生子,多年的运动和比赛让她依旧保持着姣好的身形,手臂上也有结实的肌肉。比赛还没开始,李素忽然转过头对上了那道一直注视着她的目光,就看到一个剪着齐眉刘海,长相十分漂亮萌气的小姑娘在看着她。

李素的儿子今年也这么大了,所以夏朵朵几乎是立刻获取了李素的好感,那边的队员已经各就各位,这边李素则是走过去一把抱起了夏朵朵,笑容满面地站回自己的位置!

"爸爸!加油!"

"爸爸！加油！"

比赛还没开始，小观众们已经抱着水果笑呵呵地开始加油，小嗓门儿齐刷刷的，清脆动听，顺利地将自家爸比的目光吸引了过来。

在场的唯一一位伪爸爸也开始找自己家的那只，不看还好，一看心里就不是滋味儿了。

你有必要对着一个第一天才见到的人这么流哈喇子吗！？那一刻，裴昊辰的脑子里甚至有了一个神奇的想法——她该不会是为了贿赂裁判采取卖萌吧！？

阴谋辰正在脑补，可他怎么也想不到，此刻夏朵朵的心情是他难以想象的激动。

嗷嗷嗷嗷！女神抱着她了！抱着她了！夏朵朵咧着嘴傻笑，小脑袋转了半天，激动地憋出一句话："阿、阿姨你好漂亮！"

其实李素不算是大美女，但是五官端正，眉宇间自有一股英气，听到这样的夸赞，只是爽朗地笑出声，伸手捏捏她的小脸蛋："你也很漂亮啊！"

嗷嗷嗷嗷！好激动！夏朵朵的小脑袋开始四处乱晃，排球呢！有多余的排球让她签名吗！？

李素却会错了意，笑着伸手抬起夏朵朵的下巴，在她略显呆萌的眼神中，操纵着她的下巴让她望向已经站在场中的爸爸们："爸爸们都在比赛呢！"

终于接收到了夏朵朵望过来的目光，裴昊辰嗤笑一声，扭过脸去。

夏朵朵几乎是同时收回目光望向李素，谁要看他们了，她要找排球签名呢！

李素也发现她不是在"找爸爸"，好笑地问了一句："你找什么呢？"

啊，被点名了。夏朵朵收回目光，期待地看着李素，小指头不自觉地搅着自己的衣角，期期艾艾道："阿姨，你等会儿可以给我签个名吗？"

李素愣了一下。这大概是她主动索要签名的球迷中，年龄最小的了！

"你懂排球啊！？"

懂啊懂啊懂啊！夏朵朵刚想点头，然后猛然发现自己可能会暴露，然后小指头一指裴昊辰，软软地说："裴叔叔最喜欢看阿姨你打球了，裴叔叔做梦都想要阿姨的签名！"

饶是一个已经结婚生子的女人，忽然被告知自己是当红天王、万千少女妇女的偶像的偶像，李素的脸还是不自然地红了一下，可她生性大方，虽然没想到裴昊辰居然是自己的球迷，但是无论如何她也不会拒绝这个请求。

"行！没问题！"李素抱着夏朵朵，宣布比赛开始！

场上一共六个男人，阮诚和黎军的年龄是最大的，分别在两个队伍，而裴昊辰和胡驰作为两个牵头人物，也在不同的阵营，剩下的陈然和刘鸿宇旗鼓相当，依旧是两个阵营。

这样一来，实力也不算是悬殊。

开始之前，裴昊辰忽然拉着其他两位爸爸，修长的手指指着球网的方向说了什么，还比画了一下，似乎是在部署。另一边的胡驰也没有放过这个机会，和自己的两名队员商讨起战术。

李素眼前一亮："还都挺专业的样子啊。"

夏朵朵认同地点头，和李素如出一辙的表情让摄影师抓了个大特写。

一声哨响，胡驰首先发球。

胡驰本来就长得高，一个漂亮的上手发球，眼看着一颗排球飞速越过网子，来势很猛，就见裴昊辰动作更快，反应更灵敏，弹跳极好地拦住那个球，与此同时他直接指挥陈然："你上！"

陈然反应不算慢，赶紧上前颠了一下球，再次缓冲了一次，已经将球逼到球网的边沿，下一秒，阮诚一个弹跳，杀球！

得分！

"哇！"夏朵朵看呆了，眼睛瞪得圆圆的，嘴巴都能塞进一个鸡蛋，惊讶的表情显而易见，连赞美都是由心而发，"辰辰好帅啊！"

对！帅！

夏朵朵一直觉得，像裴昊辰这样爱装逼的人，不管自己会不会，都不会允许让别人觉得他是不会的！再加上他这个人既小心眼又霸道，夏朵朵想象中的裴昊辰应该是——

【左边的傻逼滚开你是在当人墙吗！右边的low货别挡着你是要用意念控球吗？！全都闪开让我来！】

可是现在看来，一切和她想得完全不一样。

开球之前，裴昊辰瞥了一眼夏朵朵的方向，从她的眼睛里看到了"居然是个高手"的惊讶，忽然就心情愉悦，伸出大拇指跟她比了比。

棒棒棒！面对裴昊辰出人意料的表现，夏朵朵回报的是十二万分的热情，直接用两只小手比了"棒棒"的姿势，激动地看着他！

比赛越来越精彩激烈。胡驰的进攻固然是势如破竹，但是在裴昊辰的指挥下，他这一方的三个人也是进退自如，仿佛是被设定好的机器人一般，默契度直线上涨！

看懂了的夏朵朵和李素都看得出来，这些都是凭着裴昊辰的指挥，他在短时间之内迅速地估算出球的方向和着落点，所以才能自如地指挥自己的队员。胡驰的性子本就有些吊儿郎当，从他和酷狗的相处即可看出，他还带着一种年轻的热血，所以在比赛中他更青睐于狠厉的杀球，这就使得他在思考杀球的角度和力度时，防守和配合上略逊于裴昊辰。

也许碰上更强大的对手，一个神一样的领袖带着一群猪一样的队友不一定会获胜，但是很显然，在这场比赛中，足够获胜。完美的配合就是最好的防守，再加上裴昊辰主攻，三局比赛，裴昊辰毫无悬念地拿下了前两轮的胜利！

于是，晚上的烧烤食物，获胜方将得到至尊豪华烧烤晚餐。

胡驰认输地抱着酷狗和裴昊辰握手，而爸爸们也一一走过来和李素握手。国民女将，一向是值得人敬重的。

然而，就在裴昊辰和李素握手的时候，夏朵朵不知道什么时候去把场中的排球抱了来，期待地递给李素。李素找节目组拿来了记号笔，龙飞凤舞地签下自己的大名，然后笑着递给了一旁的裴昊辰："你很厉害，希望你一如既往地喜欢排球，也很感谢你的喜欢。"

裴昊辰："……"

夏朵朵已经踮着脚接过了排球，狂喜地抱在怀里，下一秒，她的小身子一僵，似乎是感觉到了来自某个人审视的目光。

夏朵朵用意念感觉了一下自己身边的摄像机数目，然后大胆地望向裴昊辰，一张小脸笑成了花："辰辰！这个签名是我帮你要的！开不开心？"

哇塞！一旁的爸爸们也很意外，怪不得裴昊辰这么厉害，原来偶像是李素啊……

裴昊辰静静地看着夏朵朵，嘴角扬起一丝耐人寻味的微笑。然后，他一手钩过球，一手抱起夏朵朵，对着李素淡淡一笑："很感谢你的签名，国民女将就是国人的光荣。"

李素这会儿没了那种女儿家的作态，爽朗地笑出声："谢谢！"

比赛圆满结束，输赢已有分晓。

现在只需要回去坐等吃晚饭了。刚一回到帐篷，夏朵朵小腿儿一蹦就要去抢排球，裴昊辰手速极快，一勾手臂躲开她的掠夺，直接把摄像机遮住，居高临下地看着她："真是劳您费心了啊。"

费什么心！？夏朵朵脑子一顿，伸手要球："那个是我要到的！我想要！"

裴昊辰有点蒙："你的偶像是李素？"

夏朵朵脖子一梗，声音响亮："当然啦！我小时候最喜欢看她的比赛了！"

说完后的那一刻……

帐篷里陷入了史无前例的安静……

第 10 章
夏朵朵，你想家吗 》》

小时候……

裴昊辰的嘴角抽了抽。

你才多大。

糟糕！夏朵朵见到偶像又拿到了排球签名，早就高兴得一塌糊涂，差点忘记自己的样子了。可是现在明显不是心虚的时候，她眨眨眼，继续梗着脖子看着裴昊辰。

对！不要心虚！

然而，夏朵朵的担心显然和裴昊辰的思绪不在一条道上。她都做好准备跟他扯淡兜圈儿了，哪儿晓得他手忽然一松，直接将手里的排球还给了她："喜欢就拿去吧。"

夏朵朵反应很快，两手一兜就把排球抱在怀里，只是那两只眼珠子滴溜溜转着，一脸狐疑地打量着裴昊辰，你没觉得我刚才的话有什么问题吗？没有吗没有吗！？就在这时候，隔壁的帐篷忽然传来了Kitty惊天动地的哭声。

因为哭声太惨烈，裴昊辰和夏朵朵都走出去看了一眼，就见刘鸿宇已经将Kitty抱到外面边走边哄。Kitty哭得像个小可怜，嘴巴里还在不断地喊着："妈妈,我要妈妈……"

夏朵朵觉得Kitty长得很可爱,在边上看着都觉得心疼,然而就在这时候,头顶上忽然传来了裴昊辰的质疑声:"朵朵,怎么从来都没有听到你哭着想爸爸妈妈?"

夏朵朵循声望去,就看到裴昊辰的注意力早就从Kitty那里收回来,落在她身上。

话说回来,只要稍微细心一些,就会发现夏朵朵根本和一般的小孩不一样,不仅是言行举止,有时候就连思维方式都不一样。裴昊辰没有带过孩子,甚至他周围接触的人没有几个是有孩子的,可是饶是如此,他还是感觉到了朵朵和其他小孩子不一样的地方。

其实,有些问题对于夏朵朵来说,不一定要撒谎才能回答。

她的眸子渐渐少了些光彩,抱着排球的小手不自觉地抠着排球的纹路,只是沉默片刻,她就扬起小脸看着裴昊辰,认认真真地说:"爸爸妈妈要出去工作,喊了爸爸妈妈也不会回来呀。"

裴昊辰定定地看着她,心里却因为她刚才的那句话猛地一紧。他的面色缓和了一些,似乎是想伸手摸摸她的头,可是看着她已经乱七八糟的刘海,原本的"扫"就那么变成了"抚",他将她的刘海轻轻地捋顺,淡淡道:"等到节目正式播出,也许你的家人就找到了,到时候就能回家了。"

回家啊。

夏朵朵张了张嘴,好像要说什么。

裴昊辰的心情难得有片刻的温柔,他蹲下来帮她扯了扯因为抱着排球而皱起的小裙子,说:"你想说什么?"

夏朵朵心里有一只小鼓正在咚咚咚地敲着,看着眼前的裴昊辰,她暗暗地舒了一口气,问他:"辰辰,等我'长大'了,你还会记得我吗?"

裴昊辰被她这个问题和那张严肃的小脸逗笑了,他伸手刮了刮她的鼻子,堂堂一个天王影帝,语气里竟然带上了幽怨:"就你这么麻烦,跟着你简直操碎了心，怎么可能忘记？倒是你，等你长大了，不记得我的可能性比较大。"

夏朵朵急了，赶紧道："不会的！就算我长大了，也一定记得你的！"

夏朵朵的眼神是从未有过的认真和诚恳，裴昊辰盯着她看了看，倏尔一笑。记得啊，那你一定要记好啊。她这样急于为自己辩解的样子，也让裴昊辰第一次意识到，自己和这个小东西好像真的已经生活了很长一段时间。她说她长大了也不会忘记他，这样很好。只是长大还要好久，以后的事情谁又说得准！？

气氛好像忽然就有点生离的味道了，裴昊辰有点不太习惯夏朵朵这个样子，他忽然站起来，语气一转："记不记得住都是其次，你老老实实地待着，在你家人找来之前都别惹事我就该烧香拜佛了。"

然而就在这时候，负责裴昊辰他们家庭的工作人员小陈忽然跑过来通知他们，晚上的晚饭可能会有一点变故。

"因为请来了李素，李素之前就发了微博，所以跟来了很多粉丝，再加上第一次拍摄结束之后有一部分拍摄场的私人照片被泄露出去，台里也制作了很多宣传片，现在第一期节目播出在即，已经有很多粉丝接到了消息，上午还好，可是从排球赛开始，就有很多粉丝开始往这边聚集了。"小陈简单地陈述了一下外面的情况，总而言之就是一个意思——大批粉丝正在接近，为了拍摄不受到影响，希望爸爸们能和自己的小宝贝沟通一下，做好准备。

为了筹备这档节目，节目组请来了裴昊辰就已经是一个最大的噱头，虽然在制作之前已经对节目的效果进行了预估，但是每一档节目都会有它超出预估的部分，比如——来势汹汹的粉丝们。

晚饭之前的一段时间就是自由活动时间，夏朵朵换上了裴昊辰给她准备的泳衣，虽然没有"大胆"的设计，但是依旧俏皮可爱，仿佛真的像一只小猴子一般。

衣服……自然是裴昊辰换的。比起从前，夏朵朵现在的心态已经十分稳当了，裴昊辰给她换衣服的时候，她还能给一点类似于"我的胳膊卡住啦！拔出来呀"这样的提点和指导。

　　裴昊辰在身经百战后，对于给小朋友穿衣服也是越发得心应手，把夏朵朵打扮得漂漂亮亮的。裴昊辰摸着下巴看了她一会儿，忽然拿起了她的小梳妆盒——这是贴心的小杜阿姨为她准备的，里面有儿童专用的皮筋发卡以及发胶等各种梳妆用品。

　　裴昊辰对着她勾勾手指，过来梳头。

　　在夏朵朵惊奇的目光中，裴昊辰已经熟练地拿起梳子，拿过自己的手机翻了翻，然后往夏朵朵面前一放："喜欢哪种！？"

　　哟哟哟！夏朵朵好奇地凑过去，然而在她看到手机网页里的标题——"适合丑刘海的六十八种发型"时，一张脸就像是吃了屎……

　　想到裴昊辰之前试着帮她吹个头发，差点要了她半条命，这一次夏朵朵说什么都不让他碰，一双小手把脑袋捂得严严实实，还一个劲儿地摇头。

　　谢谢你的好意，可是我真的不需要你梳头！

　　夏朵朵不给面子，裴昊辰也不恼不怒，他手指灵巧地把玩着手里的梳子，耐心地说："外面都是粉丝，你确定要这么蓬头散发地出去？"

　　粉丝诶。

　　夏朵朵的小脸一红，她长这么大，第一次被粉丝追着跑诶。

　　"你扯得疼。"凡事有商有量，新生活新模式！

　　裴昊辰诚恳地看着她，耐心至极："我保证不弄疼你。"

　　【我保证不弄疼你】据说这是男人的十大谎言之一！

　　夏朵朵的思维一开小差，一不小心就想到了不健康的东西！就在这一瞬间，她已经被裴昊辰拉过去，眼看着他的手已经抓住她的发圈，心里一紧，轻、轻一……

　　……点！？

　　好像还没感觉到疼，头发就已经散开了！

夏朵朵惊奇地扭头去看裴昊辰，裴昊辰坐在她身后，眼中带着笑意："不疼吧？"

嗯！不疼！他真的没有骗人，梳头的时候，他都是按着她的发根或者先握住一部分，然后才用梳子轻轻地去理顺她的头发末梢，一点一点往深处梳，动作流畅，全程无痛！

夏朵朵很惊讶："辰辰，你什么时候会梳头啦？"

然后是男人略显嗫嚅地哼笑一声，以及一句："这有什么难的。"

……

晚上的烧烤就设在海边，所谓的豪华烧烤系列，是一个超大的无烟烤炉，周围的食材囊括了海陆空各种美味，加以漂亮的蔬菜装饰盛盘，仅仅是看一眼就很有胃口。

而在整个拍摄场地周围，已经围了一圈黑压压的人群，因为周围有灯光师打光，外围的一圈人脸都看不清楚，可是那攒动的人头以及隐隐传来的拍照声，能把看到美食的饥饿感全都给抵回去……

当着这么多人的面吃东西……压力好大。

晚饭已经开始了，虽说比赛分出了结果，可是这样的节目，又怎么可能真的泾渭分明？到了最后必然都是一起吃大锅饭。所以当外面围了一圈工作人员和粉丝的时候，炉子边上是几个在烤食物烤得满头大汗的爸爸们，一旁是几个玩沙玩得不亦乐乎的小朋友们。

裴昊辰挑了一只大虾，正准备问问夏朵朵喜欢什么口味，差点就被她那个鬼样子震惊得滑了手。

顶着一个包子头，梳着和奥黛丽赫本同款刘海的夏朵朵，正叼着一根鱿鱼丝，静静地坐在桌子边，目光恬静而美好，是个拍照的好姿势。

裴昊辰哭笑不得，他第一次发现，原来她也挺爱演的。

整顿饭下来，夏朵朵都表现得出奇好，谁给她夹菜她都是笑眯眯的，每一个动作都很适合迅速定格拍照。

裴昊辰看着她的小样子，没好意思戳破。

然而最令人激动的时刻还是到了！

晚饭的拍摄之后，在大家回到自己的营地休息之前，可以有短暂的时间和个别粉丝合影。

这也是必然的，人家在边上站了大半天，多多少少还是要意思一下，这当中也不乏造势和利用免费宣传的意图在里面。

可就在夏朵朵精神百倍地准备和粉丝合影的时候，竟然被裴昊辰直接丢给了Aaron，并且予以嘱咐："看好她。"

为什么要看好她呀！她不用跟去拍照吗！？夏朵朵扑腾几下，无果，茫然地看着离去的裴昊辰。

走向粉丝的裴昊辰无疑引起了滔天巨浪般的呐喊声，因为天色已经暗了，各种闪光灯齐刷刷地亮起，几乎全都是粉丝跟裴昊辰的合影，虽然一旁已经有工作人员维持秩序，但是粉丝的力量实在是太可怕。

其中还有个别准备充足的粉丝，直接带了礼物，眼看着裴昊辰这边的势头越来越凶猛，Aaron赶紧把夏朵朵给了小杜照顾，自己跑去救场。

夏朵朵的心情犹如从天堂坠落到低谷……

原来……人家根本没拍她啊……

那她还作个屁啊！

她放着龙虾都没啃啊啊啊！

其实这也不奇怪，网上固然是有人知道了她，但更多的是因为裴昊辰的缘故，而最早收到消息的粉丝们也是听到"×××明星来此拍摄"的讯号，当然是冲着偶像来的。

夏朵朵忽然间犹如泄了气的皮球，耷拉着小脑袋回去找吃的，她觉得肚子又饿了……粉丝什么的，最伤人了……

裴昊辰回来的时候，见到的就是盘着腿坐在毯子上，一手抱着一个排球大的小西瓜，一手拿着小勺子戳得欢快的夏朵朵。

　　"这么晚了还吃这么多，泳衣都快涨破了。"裴昊辰把手里的一个礼物盒随手放在一旁的桌子上，走到夏朵朵身边坐下。

　　夏朵朵乜斜了他一眼，扭过小身子直接背对着他，又往嘴里塞了好大一口西瓜！

　　裴昊辰愣了一下，为什么从她的姿态上，他看出了一种另类的"借酒浇愁"的味道？

　　而一直守在一旁的小杜差点笑岔了气儿，她把裴昊辰拉到一边说明了原委，裴昊辰抽搐着嘴角听完。等到他回过头看垫子上的夏朵朵时，她好像吃撑了，把勺子丢到西瓜里一只手撑在地上，正在小憩。

　　夏朵朵说不上多难过，难堪倒是真的。

　　她还以为自己有粉丝了呢……

　　这么想着，她就觉得自己刚才特别傻，刚才那不是普通的聚餐啊，是在录节目啊！她的傻样子一定全都被录下来了！怎么办怎么办，她刚才肯定很作……说好做最真实的自己呢……

　　身边的垫子猛然陷了下去，忽然多了一个男人，高大的身躯横躺在边上，单手撑着脑袋挑眉看着她。

　　"诶。"裴昊辰喊了她一声，还颇有耐心地伸出修长的手指，帮她把脸蛋上的沙瓤抹掉，嘴角含着笑，语气挑衅，"你在吃醋啊？"裴昊辰毫不脸红地胡说八道。

　　夏朵朵眼睛一瞪，用一种"你瞎啊"的眼神望向裴昊辰，她霸气地把小西瓜往他面前一放，仿佛是在告诉他——这明明是西瓜啊！

　　裴昊辰轻声一笑，越发专注地逗她玩儿："嘶——难道被我说中了！？还真的吃醋了！？"

　　你个神经病谁理你！夏朵朵重整旗鼓，抱着小西瓜就要往旁边转，小身子却被一只大手给拦住。裴昊辰单手撑着身子一跃而起，整个人凑到夏朵朵身后，从后面把她搂到怀里，变魔术般摸出了手机，笑着嘀咕："我跟粉丝合个照你也吃醋，怎么这么小气？"

等等！？什么意思！？明白过来的夏朵朵恨不得把整个西瓜扣到他脑袋上。有病啊，谁因为他跟粉丝合照吃醋了！？自恋都成了癌症晚期了吗！？她用足了劲儿去挣脱，奈何西瓜真的吃多了，稍微一动作就觉得小肚子和胃都沉沉的，难受。

"来！我们也拍！"裴昊辰已经调好了相机，下巴搁在夏朵朵的脑袋上，夏朵朵抱着西瓜，茫然地望向自己面前的镜头。裴昊辰这厮偏偏还用了美颜相机，夏朵朵顾不上别扭了，她慌忙地抬手去擦自己糊了西瓜汁的脸，裴昊辰眼疾手快，咔嚓，拍了！

照片经过三秒自动美颜，出来的就是一个神色惊恐以手捂脸的小东西，她的脑袋上还有一颗大大的脑袋，只是两张表情一上一下，上面的那个是恣意悠然，下面的这个，完全可以用惊魂未定来形容！

"非常好！"裴昊辰松开她，手指轻点，然后把手机搁在她面前，"怎么样！？"

主屏幕背景……

夏朵朵苦着一张小脸看着裴昊辰，委屈到了极点："删掉吧……"好丑的说……

裴昊辰挑眉，手指又点点点："删了干吗？"

夏朵朵羞愤上脑，撇开西瓜一个猛扑就要抢手机："删掉啊！"

裴昊辰一把接住她，任由她把手机抢走。夏朵朵滚到裴昊辰的怀里，神情严肃地去删照片，可是拿到手机的那一刻她就傻眼了。

要密码！

裴昊辰手机的密码 Aaron 和小杜都知道，夏朵朵小身子一拱，从裴昊辰的怀里爬出来："小杜阿姨！"

裴昊辰也不拦她，抱起被抛弃在一边的西瓜吃了起来。小杜听到夏朵朵的声音，赶紧过来把她扶着站起来，警惕的夏朵朵猛地回头，脸色一沉，扯着小嗓子："谁让你吃我西瓜啦！"

裴昊辰的回应是用勺子舀了超级大一块，嗷呜一口塞进了嘴里，还不慎"biu"了一点汁水出来。他丢了勺子，随意地抹了一把嘴，眼角眉梢都带上了笑，仿佛在说——吃了你西瓜你能怎么样！？还能吃了我！？

浑蛋！夏朵朵愤怒地扭过脸，把手机伸到小杜面前，严肃得就像是在拆炸弹一样："小杜阿姨，你能帮我打开吗！？"

小杜当然得看一眼手机的主人，可是裴昊辰一副优哉游哉吃西瓜的样子，显然是不在意的。小杜强忍着笑，先扯了张纸巾给夏朵朵擦了脸，这才给她解密码。

咦！？

半分钟后，小杜一脸愧疚地把手机还给夏朵朵："辰哥密码改了……我打不开……"

打不开！？夏朵朵和小杜一起望向裴昊辰，夏朵朵那个可怜的小西瓜已经被裴昊辰刨得见白了。

夏朵朵惊得凑过去看自己的小西瓜，悲愤道："你吃光了！"

裴昊辰晚上吃得不少，这会儿已经撑得不行，他把西瓜皮扔掉，抹了抹嘴："反正你也吃不下。"

夏朵朵反驳："谁说我吃不下了！"

裴昊辰一只手推开她的小脑袋："吃得下也不准吃！"都已经大晚上了，她还抱着西瓜猛啃，后半夜不知道要上多少次厕所！

西瓜没了，手机也解不开，夏朵朵懊恼地去洗澡了。

因为是在海滩附近，所以有专门的公共澡堂，只是平时营业都需要收费，两块钱十分钟。为了增加节目效果，他们的设定是一分钟一块钱。于是，平常幸福的洗澡时光全都变成了战斗澡!

去洗澡的路上，裴昊辰拎着装了两个人干净衣裳的小篮子，一只手抱着夏朵朵，舒适的沙滩短裤在这夜风中被吹得舞动着。现在是自由时间，身后没有跟拍。裴昊辰感觉到怀里的小脑袋耷拉在自己肩膀上，忽然说："你觉得有粉丝是一件很幸福的事情吗？"

没有了跟拍的人，说话好像都变得轻松起来。夏朵朵不知道是在走神还是困了，有一句答一句："他们会很喜欢你啊。"

裴昊辰不否认，迎着凉爽的海风，他淡淡道："哦，就因为这个？"

夏朵朵缓缓眨眨眼，补充答案："会送给你礼物，喜欢你。"

裴昊辰把她往上抬了抬，走到了比较平稳的地方，声音低沉好听："说你是小鸟脑袋，要那么多人喜欢你干什么？你欠人喜欢吗？不觉得累吗？"

夏朵朵当然明白，做公众人物固然有粉丝追捧，但是风光的同时也会有许多负面的东西影响心情，不说也罢。可是谁没个小虚荣呢？忽然告诉她有好多粉丝，她当然会不自觉地把自己往里面套呀，脑子发热是那一时，剩下的也是被裴昊辰这个自恋狂气出来的。过了这一阵儿，脑子的热度退了，这件事情也就不了了之了，好比现在她就觉得赶紧洗澡睡觉这件事情比有没有粉丝更重要……

感觉到怀里的人又没了反应，裴昊辰轻咳一声，忽然问了一句："当我的粉丝，你这么不情愿？"

夏朵朵的脑袋搁在他的肩膀上，无意识地看着远处的灯光，看样子是真困了："当你的粉丝有什么好的啊。"

裴昊辰失笑。这是他第一次听到这样的回答。可是这个问题竟让他在那一瞬间认真思考了一番。

是啊，当他的粉丝有什么好处？他很少回应，很少互动，他们只是一味喜欢，对他而言，这样的喜欢和崇拜必不可少，却并不会一一回报的。

这样看来，当他粉丝好像真的很没意思……

裴昊辰的思维就这样被夏朵朵带到了一个奇怪的路线上，他思考了片刻："别的粉丝我不知道，不过如果是你的话……"

肩膀上的小脑袋忽然动了动，好像是在等着他发话。是我的话怎么样！？

裴昊辰定定道："以后粉丝送的礼物，你可以作为后援会的小会长代为打理。"他顿了顿，又加了句，"比如送来一箱小香瓜，你可以代收……唔，尝一尝也是允许的。"

真的吗！？夏朵朵的生命力瞬间被小香瓜注满了，真的可以让她代收吗！？

裴昊辰眼角含笑，侧过头看她："干什么？不愿意？那算……"

"我愿意我愿意！"夏朵朵咧嘴一笑，两只手放在裴昊辰的肩膀上，亮晶晶的双眸看着裴昊辰，"辰辰，我一定会好好帮你收礼物！"

自此，裴昊辰的储物室中所有来自粉丝的礼物全都易主，交由夏朵朵打理，这是后话。

到了澡堂，其他五个家庭都来了，好在是单间小浴室，澡堂中间摆了一张大桌子，上面贴了节目组的标签，也放了其他几个家庭的衣服。就在裴昊辰准备给夏朵朵脱衣服的时候，隔壁的胡驰忽然叫了一声"别动你个小兔崽子"，然后就见到光溜溜的酷狗哥噔噔噔从里面跑出来！

酷狗哥满头都是泡沫，似乎是在洗头发，胡驰随后追出来，也是光着，只是在关键部位围了浴巾。

酷狗哥眼睛里进了水，只能闭着眼，眼看要撞到桌子，夏朵朵飞快地跑过去拉住他："别跑呀！"

霎时！酷狗哥睁开眼，在看到面前的小女神的同时，洗发水也进了眼睛里！

"呜哇——"不知道是因为眼睛痛还是见到女神的震惊，酷狗哥忽然猛地捂住自己的小弟弟，一脑袋撞进了胡驰的怀里。胡驰也愣住了，可是酷狗眼睛里进了洗发水,他顾不得许多,跟裴昊辰点头致意后,赶紧进去帮他洗干净。

夏朵朵也不知道酷狗到底怎么样了,本能地往胡驰那边探了探头,终于被不忍直视的裴昊辰抱回来了:"你还没看够!?怎么跟个小流氓似的!"

不是啊,谁看那个啊!夏朵朵脸蛋一红,忽然间就不知道怎么为自己辩解了……

酷狗的哭声其他几个家庭自然也听到了,阮诚隔着洗澡间教胡驰怎么清洗眼睛,一时间澡堂里很是热闹。

时间就是金钱,一分钟一块钱实在是耽误不起,裴昊辰飞快地给夏朵朵洗完,把她擦干净穿好衣服才放出去。见到陈然和果果已经洗完,他便将夏朵朵托付给他们:"麻烦帮我看着她一下。"

陈然和果果自然接受。果果弟洗完澡穿了一件蜘蛛侠的小睡衣,夏朵朵盯着他的蜘蛛侠,心里忽然就想到下次给大花也买一件!他就是缺少童趣,以后结婚生孩子一定也是冷冰冰的面孔!

果果的想法就简单多了,他主要负责……脸红。见到夏朵朵一直盯着自己的蜘蛛侠,他干脆抓着衣摆凑过去给她看,咬着并不清晰的口音说:"Spiderman!"

夏朵朵被这样温暖的小夏恩华融化了,她甜甜地笑着,伸出小指头指着他的睡衣,也跟着学舌:"Spiderman。"哪儿晓得手伸得长了点,不小心戳到了果果弟的小肚子,果果弟的脸更红了,咯咯笑着躲回陈然的怀里。

陈然知道自己的儿子腼腆又不善表达,所以看到他能和朵朵玩得这么起劲,也跟着笑起来,推着果果往朵朵面前凑:"你个小男人躲什么,朵朵跟你闹着玩呢!"

果果的脸更红了,他羞羞地看了一眼夏朵朵的小熊睡衣,也学着夏朵朵的动作去指她的睡衣:"熊熊!"

夏朵朵不经意地就把果果带入到了小夏恩华的角色里,并且深深地觉得,如果有一天夏恩华能对着一个女孩子，笑容温和地指着她的睡衣说："你看，熊熊。"那么他的婚姻大事就不用操心了！

然而就在这时，胡驰抱着已经清洗干净的酷狗出来了，目光触及门口那一对的时候，酷狗的小身子猛地一僵，然后整个人就像是被抽了魂似的，快快地靠回了胡驰的肩膀上。

胡驰忍着笑，轻轻地拍酷狗的背。

儿砸，我懂你。她刚刚看了你的身体，转身又对着别人笑，很心痛对不对！？

短短的时间里，裴昊辰也洗完了。陈然完成交接，带着恋恋不舍的果果先离开了。裴昊辰看了一眼格外低落的酷狗和忍笑忍得肩膀都在颤抖的胡驰，疑惑地望向夏朵朵。

我洗了个澡而已，你又干了什么！？

夏朵朵也很无辜，看什么看，她什么也没做啊！

裴昊辰将信将疑地把她带回营地，等到她拱进帐篷里，裴昊辰叫住了准备回去休息的小杜。

小杜："辰哥，怎么了！？"

裴昊辰淡淡道："今天的粉丝太多了，回去之后留意一下有关朵朵的信息，那些无聊的言论，能处理掉的都处理掉。"

小杜自然懂，可是还没转身，又被裴昊辰叫住。

"回去之后去物流市场订一箱香瓜送回去。"裴昊辰想了想，"就弄成粉丝送的样子。"

小杜目瞪口呆，意思是，让她扮演成粉丝给家里买一箱香瓜？

回过神来时，裴昊辰已经回去了，小杜带着微裂的三观，也回到自己的帐篷睡觉了。

裴昊辰回来的时候，洗得香喷喷的夏朵朵已经睡着了。

这一点裴昊辰也真是佩服她，说睡就睡。

……

红滩的夜晚,海边的营地已经进入了夜间模式,而在离红滩附近不远的度假酒店,却有人没能顺利入眠。

跟踪拍摄团队一整天,夏朵朵的一言一行都被夏恩华看在眼里,他站在靠近海滩的窗边,目光幽深,休息了一会儿,转而回到了电脑前。

夏朵朵失踪的第二天他就察觉到了,同一时间,他当天要带给夏朵朵的伤药被莫名掉包成实验室研发的药剂的事情也被察觉,一个不好的预感油然而生。

夏朵朵的车子没有开走,家里的东西全都没带,甚至连衣服都没有换。

夏朵朵的公司那边任务还没有交接完,夏恩华去善后的时候,无意间从夏朵朵同事那里得到了一个劲爆的消息——天王裴昊辰很有可能参加国内首创的一档亲子真人秀,可谁都知道,裴昊辰根本没有孩子。

裴昊辰,这个名字夏恩华实在是太熟悉了,夏朵朵失踪之前一直在跟裴昊辰的新闻,全面地掌握了一手信息。

鬼使神差,他通过各种关系去获取有关裴昊辰新节目的种种信息,在第一次林江古城拍摄的时候,他一眼就认出了裴昊辰身边那个熟悉得不能再熟悉的小小身影。

那时候,夏恩华第一次感受到了什么叫作噩梦成真。

电脑幽幽的蓝光反射在他薄薄的镜片上,数据分析和资料查询已经看了一整天,药只有一颗,就这样被夏朵朵吞掉了,这甚至是一颗还没有做过实验的新药。夏恩华双手交叠抵在唇边,眉头紧皱。

就在这时候,他的手机忽然响了。

"妈,你们什么时候能回来?"

那一头的夏妈妈似乎有些疲惫,但依旧打起精神和儿子通话:"Evan,这件事情是你的疏忽,我和你爸爸以及几位叔叔讨论过,现在最好的方法是将朵朵带回来,你知道没有试验过的新药是危险的,我们不能让朵朵冒险。我和你爸爸会在最快的时间之内赶回来。"

夏妈妈说得很对,没有试验过的新药,最让人担心的两点无外乎药效的持久程度以及副作用,已经过了这么久,朵朵都没有变回来,但即便如此,也不能再放任她一个人在外面。可是听到这些话,夏恩华也并没有感到多么放心。

把朵朵带回来之后呢?为了让她早点解除这样的状态,就要她成为实验室里新的小白鼠,被所有人研究,抽血化验接受各种检查?

她会开心吗?

"给我一个准确的时间。"夏恩华求证道。

"一个月之内。"

第❶章
如何分辨影帝是否在演戏 >>>

舒适的夜晚总是过得太快,第二天一大早,裴昊辰还没醒,夏朵朵就已经睁开眼睛了。

嗯,又是一个好眠夜!

扭过头,裴昊辰还在睡。

夏朵朵也是前不久才知道裴昊辰的睡眠很浅,这些是小杜告诉她的。也对,像他这样的天王影帝,忙起来的时候的确够呛,熬夜什么的都是小菜一碟,再加上他真的是非常敬业的人,只要是工作上的事情,他都不允许打折扣。自然,这些也是小杜说的。

忽然一下子心血来潮,夏朵朵揉揉眼睛,趴在垫子上,用两条胳膊撑着身子,歪着脑袋打量起裴昊辰的睡颜。

裴昊辰这个样子,如果是放在古时候,用"陌上人如玉,公子世无双"这句文绉绉的话来形容是最适合不过了,可他又不是那种文绉绉的孱弱。相反,他有脾气,有原则,打沙滩排球的时候更是果断狠厉,也有汗水淋淋的男人味道。有那么一瞬间,夏朵朵觉得自己好像了解了为什么有万千粉丝为他着迷了……

熟睡的男人忽然间动了手臂，大手直接对准了夏朵朵的小脑袋轻轻一按，微微使力，就把她的脑袋转到一边。夏朵朵猝不及防，小胳膊的支点忽然失去了平衡，整个人一歪，滚到一边去了。

"是不是很开心？"坐起身的男人单手支撑着身子，姿态慵懒，含笑望向身边的小东西。

夏朵朵扭着小身子跟着坐起来，乜斜了他一眼，四肢并用地往外面爬。一大早起来就发神经，懒得理你！裴昊辰那一推，果断把夏朵朵心里那一点点好感给推翻了……

可是她爬啊爬啊爬，还没越过裴昊辰，腰上就是一紧，整个人腾空而起，被抱到了裴昊辰身上坐好："全国上下的粉丝里，只有你一个人能一大早近距离偷看偶像，你就偷着乐吧。"裴昊辰好像爱上了逗她的这个游戏，简直乐此不疲。

呸！夏朵朵鄙视他，要不是看在小香瓜的面子上，谁要当你粉丝啊！

"我要出去！"夏朵朵不安分地扭动身子，继续哼哧哼哧四肢并用。

外面已经有工作人员进来："裴老师，可以开机了吗？"

裴昊辰放开夏朵朵，后者立马爬了出来，对他们组的工作人员甜甜地喊了一句："小陈叔叔早上好。"

"朵朵早上好！"小陈征得了同意，打开了摄像头，退了出去。

裴昊辰从床垫子上起来，看了一眼已经跑到临时搭建的水池边踮着小脚挤牙膏的夏朵朵，嘴角的笑意就抑制不住。

夏朵朵正在努力地够牙膏，眼看着就要拿到了，一只大手忽然间就把躺在那里的牙膏轻轻松松地拿走了。

她仰着小脑袋往后看，就看到穿着白背心沙滩裤的裴昊辰顶着乱糟糟的头发站在她后面，垂首看着她。

"给我啊。"夏朵朵伸手要牙膏。

裴昊辰微微挑眉，慢条斯理地把牙膏盖子旋开，伸了过来。

哎哟,清晨服务吗!?

夏朵朵眨眨眼,很是自觉地把自己的卡通小牙刷凑了过去。

裴昊辰笑了笑:"你还真不客气啊。"

夏朵朵瞪着他:"你挤不挤啊!?"

裴昊辰失笑,叹了一口气,带上了几分哀怨:"挤!为了讨粉丝开心,偶像也很拼啊。过来啊!"

讨厌!夏朵朵被他这句酸麻麻的话震得鸡皮疙瘩掉一地,手则是又凑过去几分。

裴昊辰做出了挤牙膏的姿势,刚挤出一点点,在夏朵朵认真地接牙膏时,忽然将手往上提了提,专注接牙膏的夏朵朵不自觉地就踮起脚,裴昊辰越提越上,夏朵朵终于发现被耍,怒视裴昊辰:"还刷不刷牙啦!"

"刷啊,我不是在挤吗?"裴昊辰比她更无辜,拼演技,夏朵朵怎么会是对手!?

牙膏又过来了,夏朵朵憋着气伸手去接,可是在碰到的那一刻,牙膏又"飞走了"……

"你烦不烦啊!"生气了!真的生气了!为了表示愤怒,夏朵朵一口咬住牙刷头,怒目而视,大有一种叼着香烟的江湖老大的味道!

这回裴昊辰也不装无辜了,他伸手摸摸她的头,感叹起来:"你怎么这么矮啊……"

浑蛋,还能不能好好刷牙了!为什么一大早起来就要惹她生气啊!最后,夏朵朵是气呼呼地刷完牙的。

仿佛每一颗牙齿都是裴昊辰,她的力道差点把牙刷毛全都卡在牙缝里……

今天的行程很简单,甚至说很轻松——沿海一日游。

当然,所有的花销都是靠小贝壳兑换的生活费,六个家庭一起游玩,还配备了几名导游为他们讲解红滩的故事,节目组还另外给出了通知,听到的所有故事都将成为晚上回去之后的知识问答题目,而最后的成绩将决定下一期节目抢房子的占优势程度!

于是乎,游玩的任务也变得十分艰巨!

六个家庭坐的是超大号的嘟嘟车,而大家也得到了一个确切的消息,第一期的节目将在今天晚上播出!

第一期节目的反响,对后面的录制都很有影响,甚至对每一个家庭每一个孩子都有影响,各自都有不同的在意程度,反而没了轻松游玩的心情。

夏朵朵原本也很好奇第一期节目会做成什么样子,可是当她无意间望向一边的时候,思绪立马飞走了!

那辆车……好像是大花的车啊!

夏朵朵的吃惊不止一点点,然而即便那辆车开得再快,她也一眼就认出来那是大花。夏恩华为人严肃冷漠,不苟言笑,对待工作更是十二万分专注,与其让夏朵朵相信夏恩华是因为有闲情逸致出门游玩才来的,她更愿意相信夏恩华是一路跟来的。

可是大花放着比命还重要的工作不做,跑这里来跟着她干什么!?他是发现她了还是凑巧碰到了?

裴昊辰发现夏朵朵似乎不在状态。小身子一个劲儿地往外探,他皱着眉,伸手把她拉回来:"张望什么?你就不怕掉出去?"

夏朵朵不敢乱看了,她心虚地看了一眼裴昊辰,小眼神再往边上看的时候,早就看不见夏恩华的车了。

红滩的开发不过两三年时间,除开天然海滩的美景,周围的一片其实尚且没有一个完善的开发案,多半都是瞧见了商机,大家将许多红滩特色聚到了这里,赚些小钱。一些小摊子既随意又富有特色,这样摆满一条街,很容易让人流连驻足。

"爸爸这里好漂亮啊。"看到那些稀奇古怪的小饰品,Kitty拿着一颗七彩的贝壳笑眯眯地说着。

兜兜比较直接,他瞅了瞅手里的装饰小贝壳,下一秒就往嘴里送,还好被及时拦下来,被告知这不是食物,不能吃!

酷狗和果果蹲在一个卖贝壳手链的摊子前面,堂堂两个小男子汉,一会儿摸摸这条一会儿摸摸那条,样子实在是不能更认真。

夏朵朵看中的是一个贝壳制的小器物。黑色的底座上是两扇微微张开的大贝壳,既可以做装饰,中间的位置还能放些小东西。不知道是因为加工过还是天然形成,大贝壳的纹路清晰可见,摸起来十分有质感。

"辰辰,这个好看吗?"她举着底座给裴昊辰看。

裴昊辰看了一眼就收回目光,一边伸手拿起一个精致的贝壳小相框,回答得相当之敷衍:"波斯圣女,买这个回去做你的圣火令吗?"

讨厌!夏朵朵小脸一板。真是不懂得欣赏!下一刻,她还是把"圣火令"放回去了……

"这个就不错。"裴昊辰把小相框亮在她面前。其实到了这里,你主打贝壳我也主打贝壳,你用贝壳做烟灰缸,我用贝壳做相框,看久了也就视觉疲乏了。但是裴昊辰选的这个相框不仅仅是外形小巧精致,周边的装饰是带有雕刻和花纹的小贝壳装饰起来的,做工就比一般的装饰品上了好几个档次,当然,也比夏朵朵的"圣火令"要高档很多。

最后,裴昊辰买回了那个贝壳小相框。一旁有导游一直在介绍红滩的历史,从自然地貌上的变化到周围的变化,甚至是一些真真假假的故事传说,愣是让这个还没完全开发出来的地方,变成一个颇具历史底蕴的经典。因为这些是晚上的知识问答内容,一边逛摊子的家长们全都聚精会神去听导游的解说。

唯独裴昊辰一个人,听着听着总要分神去扯一扯东张西望的某个人。

裴昊辰最后一次把她盯着铁板章鱼的小脑袋转回来的时候,忍不住说:"你敢不敢认真听!?"

夏朵朵躲开他的手:"我在听啊!"

你在听！？骗鬼！裴昊辰嗤笑："看来你下次是准备睡狗洞了对吧？"

夏朵朵乜斜了他一眼，继续盯着铁板章鱼……

然而回去的路上，裴昊辰才知道夏朵朵是怎么"听"的。

一路的游玩和拍摄结束之后，大家都显得有些疲惫。夏朵朵从自己的小兜兜里掏出一副耳机，插在了自己的手机上。她把手机放在口袋里，伸着小胳膊往已经闭着眼小憩的裴昊辰耳朵里塞了个耳塞子。

裴昊辰睁开眼，见到的就是一条还没来得及收回去的小胳膊，以及那张笑眯眯的小脸。

"其实在很多年前，有这样一个传说……"耳机里的声音有些嘈杂，可是带着扩音器的导游声却清晰无比。裴昊辰一愣，呆呆地看着夏朵朵。

嘿嘿，职业习惯。她采访的时候都会用录音笔记录，今天没有录音笔，手机也是可以的！

这对于夏朵朵来说固然是职业习惯，可是对裴昊辰来说就不是一个简单的"职业习惯"了。有时候，她会不会真的有点机灵过头了？这真的是一个四五岁小孩的智商！？她是什么时候录的？连他都没发现。

运用了特殊的作弊手法，回去的路上乃至到晚饭前的休息时间，裴昊辰都和夏朵朵窝在床上认真复习。裴昊辰记忆力好，基本上听一遍就都记住了，可是当他转过头望向夏朵朵的时候，才发现她早就不知道什么时候睡着了。

裴昊辰失笑，伸手帮她把耳机取下来，一圈一圈缠好，连带着手机一起放到一边。

她就是这么用功的！？以后上学考试能不能毕业？

他收好手机，静静地看着睡着的夏朵朵。回来之后，她换了一套干净的睡裙，她的睡裙五花八门，都是小杜买回来的，无一不是卡通人物，丑萌丑萌的。一旁的电风扇还在吹，她的睡衣边角被吹起了一些。裴昊辰正准备伸手帮她扯一扯裙子盖被子，忽然发现她的大腿内侧好像有什么东西。

总不至于是没洗干净吧……裴昊辰轻轻握住她的小脚，抬起她的小肥腿儿看了一下，大约在膝盖上面的大腿内侧，真的有一块小小的胎记，不规则的形状，看不出像个什么。

裴昊辰笑了笑，她居然还有胎记。不过这么白白嫩嫩的小身子，忽然多了一块胎记，总觉得有些碍眼。裴昊辰放下她的小腿，给她盖上了被子。

就在晚饭开始之前，裴昊辰被叫走录了一个采访，夏朵朵醒过来的时候，尚且还在录制的帐篷里并没有什么人。

之后的晚饭进行得异常顺利，因为明天就要回去了，大家又发挥了一次"大家庭大集体"的团结精神，把剩下的钱拿来买了很多菜肴，这几天孩子吃海鲜吃得有点多，海鲜这个东西不好多吃，所以这一顿是很正规的晚饭，掌勺的人，居然是所有人都想不到的裴大厨！

胡驰抱着酷狗牵着夏朵朵，不禁感慨："他还真会做菜啊？"

他们站得离裴昊辰不远，夏朵朵立马接口，语气里全是自豪："辰辰做菜可好吃了！"

裴昊辰切菜的时候瞥了她一眼，明明很想对她的夸奖表示不屑，可还是忍不住扬唇一笑。

在红滩的最后一个晚上之后，就该回家了。

夏朵朵受到身体条件的限制，体力到底不敌一个大人，往床垫子上一趴，人就眨巴着眼睛开始迷迷糊糊直到睡着。

裴昊辰把帐篷里面的蚊子都赶走，又插上了电蚊杀，拉上了帐篷的拉链之后才出了帐篷。

Aaron和小杜已经在忙着收拾东西。

夜渐渐深了，裴昊辰回到帐篷的时候，意外地发现夏朵朵居然醒了，她愁苦地盘着小腿儿，认真地抠脚。

"怎么起来了？"裴昊辰走过去，目光却是盯着她的小脚。

夏朵朵抬头略幽怨地看了他一眼:"你放了一只蚊子进来!"

裴昊辰挑眉,这才看清楚她不只是小脚,小腿儿小胳膊全都有红点,他坐到她身边把她的脚放到自己身上,修长的手指摸了摸那个红红的小包,微不可察叹了口气。

裴昊辰:"咬你第一口的时候你就不知道起来叫我?一定得咬得受不了了你才知道起来?"

那怪她咯!夏朵朵毫不客气地用小肉拳朝着裴昊辰的胳膊捶了一下:"你去哪里啦?"

裴昊辰盯了一眼她的小拳头,没有说话。

夏朵朵无端端地就怵了一怵。她不是恶意打人啊!就……就是抱怨一下啊,不疼吧!?

仿佛感觉到了夏朵朵的异常,裴昊辰的眉间渐渐舒展开来,他忽然伸手握住了她的小肉拳。夏朵朵吓了一跳,赶紧往后缩,连忙示弱:"对不起……"她不是故意动手的……

可是让她想不到的是,裴昊辰握着她的小肉拳,直接使力又往自己胳膊上抡了一拳头,男人低沉好听的声音夹杂在隐隐约约的浪花声中:"对不起什么?让你被咬成这样是我不好,允许你再打一下。"

他轻轻地握着她的小手,笑容是从未有过的温柔。

又来了又来了!扑通扑通!心脏忽然间跳得不受控制,好像任由它这样跳下去,能直接跳出来!

夏朵朵飞快地收回手,在暗暗的灯光下低调地脸红,咕哝着:"硬邦邦的,打了手疼!"

这不是夸张,裴昊辰这一身肌肉不是白练的,他绷直了,一拳下去还得把自己打疼!

可是夏朵朵没能成功逃脱,裴昊辰轻笑一声,把手里的药膏放下,转而握住她的小脚:"那踹一脚也行。"

谁要踹你啊！神经病，放、放开啊！夏朵朵的脸蛋忽然充血。这不是裴昊辰第一次握她的脚，可是她自己也不知道，为什么同一种接触，在不同的时候总是有不同的感觉。男人的大手修长干净，握着一只白皙滑嫩的小脚，好像舍不得使一点力气，生怕弄疼了一样。夏朵朵感触着这样的温柔，终于还是在心如擂鼓中收回了自己的脚，给了一个合理的理由："痒……"

她说的是被摸着脚觉得痒痒，裴昊辰却误以为是被蚊子咬了的红包痒痒，收起笑容转身拿了药膏，动作娴熟地在指尖挤了一些："过来擦药。"

还过来……夏朵朵缩到里面，小脑袋摇得像拨浪鼓，支支吾吾："忽、忽然又不痒了……"

夏朵朵虽然显得格外聪明和机灵，但是不可否认的是，在裴昊辰看来，她有时候和一般的小孩儿一样，也会忽然就任性起来，好像对着干是一种乐趣一样。

真是有意思，《育儿指南》上不是说叛逆期多半出现在十二三岁的青春期吗？难道她早熟！？裴昊辰心里嘀咕着，面上则是不容商榷地把她拉过来放到自己腿上，捉着她的小腿认真地上药膏，语气淡定得让人心醉："嗯，这时候忽然不痒了，等会儿你'忽然'又痒起来怎么办？"

夏朵朵窝在裴昊辰怀里，涨红着脸任由他将指尖上的药膏涂在她的包包上。

耳边是他低沉的声音："还有哪里？"

她的小指头就指路："这里……"

"怎么咬了这么多？"男人的眉头微微皱起，那样的神色，大约是自责吧……

夏朵朵用小眼神的余光瞟了裴昊辰好几眼。他从身后抱着她，在她的左边和她的脑袋靠在一起，认真而温柔地帮她抹药。

瞟了两眼，他好像都没有发现啊……

夏朵朵咽咽口水，缓缓地转过头正眼看他。

几乎是夏朵朵那颗毛茸茸的小脑袋一动,裴昊辰就察觉了。然而,就在他弯着嘴角准备开口说话的一刹那……

"啪!"

一声脆响,记忆犹新。

夏朵朵猛地出手,结结实实地拍在他的脸上。

下一秒,她的神色忽然变得舒爽开心,仿佛报了十年大仇一样,拿开自己的手,另一只手的小指头指着拍了他脸的那只手掌,脆生生地大喊:"辰辰!就是它!"

它……

夏朵朵小小的手掌中间,一只大蚊子已经被打扁,满满一肚子血全被打了出来,想也知道是刚刚从她身上吸的血。

裴昊辰是沉默的。

夏朵朵的畅快只是那一瞬间,下一秒,她终于明白自己干了什么!她慌忙望向裴昊辰:"辰辰……我不是要打你,我看到……"看到这么一只大蚊子在他脸上,她怎么能坐视不理呢!

他可是靠脸吃饭的啊!

夏朵朵一紧张,小手就不自觉地乱动,裴昊辰眼疾手快,一把抓住她还粘着蚊子尸体的手掌,免得她蹭到自己衣服上。

她还在极力解释:"小、小杜阿姨说……你靠脸吃……"话还没说完,裴昊辰忽然直接把她抱起往外走,夏朵朵吓坏了,身体来回挣扎,"辰辰对不起……"

裴昊辰叹了一口气,把她放在外面,拿过一瓶水冲她的手:"把手洗干净……"

原、原来只是带她到外面洗手啊……

夏朵朵觉得自己真是蠢透了,她顺从地伸出手洗手,还认认真真地打了三遍香皂。

裴昊辰帮她擦手的时候，忽然浅笑着抬眼看她："你刚刚想说什么？靠脸吃饭？"小杜会这么跟她说？

夏朵朵点点头，没错啊。

裴昊辰丢掉手巾，把她抱起来放回帐篷里："男人靠什么脸？有实力的男人靠什么都能吃饭。"

夏朵朵咕噜一下滚到里面，看着一同睡进来的裴昊辰。

怎、怎么办！为什么她现在有一种，他随便说一句话都能让她心跳加速的感觉！？

裴昊辰躺下了，发现她还在咬着小指头，连眉头都皱着，他自然而然地以为她是在为刚才的那句话困惑。他觉得好笑，伸手帮她把凌乱的刘海理顺，一只手枕在脑后："以后长大了，也别看到一个男孩子好看就巴巴地跑过去，光靠一张脸的男人屁用都没有，知道吗？"

夏朵朵："……"好、好奇怪的感觉。

"哦。"

"睡觉，明天就回家了。"

"……好。"

夏朵朵躺下睡觉，可是身上的疙瘩却不是抹了药之后就能迅速当它不存在的，再有效的药膏也不会立竿见影，所以她难免要伸手去抓一抓。

可是在熄了灯的帐篷里，她才刚刚一动，就被裴昊辰准确无误地捉住了小手，随即而来的是男人疲惫中略带鼻音的声音："干什么？"

夏朵朵很诚实："痒……"

裴昊辰抓着她的手不准她乱动，半响，他轻轻地叹了一口气，起身把她的可折叠小纸扇拿出来。

"不准抓，睡觉。"裴昊辰言简意赅地下了命令，手里的扇子却轻轻地拂过她的手臂，借以减轻痒的程度。

夏朵朵看不清楚裴昊辰的脸，她眨眨眼，真的不再抓自己的疙瘩，乖乖闭上眼。

在红滩的最后一夜,依旧是在海边的浪花声中度过的。而这一天,第一期的节目也顺利播出,只是正在录节目的六个家庭并没能第一时间看到。

第二天一早,节目录制已经到了尾声。

开始前,六位家长分别带着自己的孩子做了一个小小的采访,裴昊辰抱着夏朵朵走到他们的位置,刚刚放下她,就给她喷了防蚊虫的喷剂。

节目组的工作人员关心了一句:"朵朵很招蚊子吗?"

夏朵朵可怜巴巴地点头,还乖巧地把小胳膊露出来,展示着自己身上的包包。

裴昊辰收好喷剂,把她的胳膊收回来,似笑非笑地看着她:"很骄傲?还迫不及待地展览一下?"

夏朵朵撇撇嘴,说得好像你不知道蚊子是谁放进来的一样!

工作人员真心觉得这一对大概是最萌最萌的一对了!大的有看点,小的有萌点,虽然他们现在还不知道昨天首播的收视率情况,但是所有工作人员都极其有信心!

访问:"朵朵觉得这里给你最大的印象是什么?"

夏朵朵忽然间就想到了昨晚给她抹药的裴昊辰。

在小脸蛋红起来之前,她毫不犹豫地一指胳膊上的红疙瘩。

工作人员和裴昊辰都笑了。

继续访问裴昊辰:"现在和朵朵的相处会觉得比工作更累吗?"

访问的问题,按照加入到合约中的条约,是不可以过于敏感的,这样的问题从一开始的设置就是希望把裴昊辰推向转型的端口。

然而,面前坐着的男人居然苦笑了一下,坦言道:"比工作还累。"

下一句,他说:"但是有比努力工作获得成绩还要重要的东西,让我觉得很珍惜。"

夏朵朵心里一动,脸蛋开始发烫。

然而下一刻,裴昊辰忽然望向她,轻轻地在她的额头上点了一吻,在快要醉掉的工作人员以及镜头前,裴昊辰的一举一动毫无做作,每一个表情和举动似乎都能牵动人心,他说:"见到朵朵的那天,其实心里很复杂,因为她是一个走失的小孩,让人想要疼爱。但是相处这么多天,我真的很喜欢朵朵,也很希望,即便有一天朵朵的家人出现,我依旧有这个机会,能和她完成这一次的旅行。"

什么时候能清楚地分辨出一个影帝级别的男人是在演戏还是说真话?

关于这一点,夏朵朵完全没有过经验。

但是从裴昊辰的这句话说完后,她的小内心世界不自觉地又发生了变化。

是不是真的可以……先完成所有的旅行再离开呢?

做人要有始有终……不能半途而废的……

第 12 章
朵朵桃花开 >>>

节目真的火了,比制作方预估的数据高了不止一倍,第一期节目播出的全网收视率稳居同时段第一,所有的热点头条全都变成了节目的嘉宾和节目内容。

六只萌宝全都得到了广泛的关注,然而夏朵朵这匹黑马,毫无悬念地占据了最大的关注版面,其吸睛程度直接碾压了原本是节目组请来镇场的天王影帝裴昊辰!

而类似于#×××我要给你生朵朵##国民萌神#的话题却如雨后春笋,一个个冒出,继而以极其可怕的发展速度盖过了整片娱乐版块!

小杜一直知道朵朵惹人疼爱,可是没想到的是她带来的影响会这么大,裴昊辰看着五花八门的点评和话题,忽然把手机丢到一边,让小杜拿来了电脑。他们昨天才从红滩回来,晚上他又有事情外出,所以根本没看到第一期节目,而就在他刚刚点开视频的时候,夏朵朵房间的门开了。

夏朵朵揉着眼睛迷迷糊糊地往外走,裴昊辰和小杜都坐在客厅的沙发上,见到她出来,两个人全都齐刷刷地望过来,那个眼神……很是微妙。夏朵朵眨眨眼,一脸莫名其妙地看着他们,转身去洗漱。

裴昊辰今天有通告，要去录制一个访谈节目，见夏朵朵自己能吃能睡后，便专心忙自己的工作，让小杜在家里照顾她。可是他怎么都没有想到，作为一只出道十一年，终于红透半边天的天王影帝，竟然敏锐地感觉到周遭的一片不是欢呼期待，而是失望和……张望……

裴昊辰出场的那一刻，观众：我们朵神为什么没有来！

其他时候……

"辰辰，请和朵朵永远在一起！"

"朵朵我们永远支持你！"

"辰辰，为什么朵朵没有来……"

"我们想见朵朵，想见朵朵！"

从棚里出来的那一刻，等待已久的粉丝蜂拥而至！只是往日的尖叫狂欢和穷追不舍的主角，似乎……隐约……大概……好像有点偏离。而从前一声声"昊辰"，悉数变成了今天的"辰辰"。

Aaron 和保安们一起驾轻就熟地为裴昊辰开出一条路来，可就在这时候，一个粉丝太过激动，竟然直接被挤了出来，她的手里抱着一只蛋糕盒子，眼见着快摔倒了，她还是拼命护住了那个盒子！

Aaron 眼疾手快，扶住了这位粉丝，将她轻轻扶到一旁："大家不要挤，很感谢大家对昊辰的支持，请让一让好吗？"

然后，回应 Aaron 的是——

"朵朵！请问朵朵在吗？"

"朵朵没有跟来吗？"

刚才被挤出来的粉丝眼泪都要出来了，她抱着手里的蛋糕盒子宝贝得不得了："这、这个是我和宿舍的朋友一起做出来的蛋糕，可以送给朵朵吃吗？"

Aaron 简直想扶额："感谢大家的支持，大家的礼物我们稍后会统一接收，大家的心意昊辰和朵朵都很感激……"

然而这些话并没有什么用。

来自粉丝亲手做出来的蛋糕、DIY全手工缝制的公主裙、手工发夹、洋娃娃、各种玩具公仔……铺天盖地的呼喊声和礼物，让裴昊辰和Aaron目瞪口呆。

"不好意思。"就在一片嘈杂声中，裴昊辰忍不住发话。

"因为工作脱不开，也不方便带着朵朵来，所以朵朵只能待在家里，我一直很担心，希望大家能配合工作，让我早点完成工作回到家里陪朵朵，可以吗？"

话音刚落，原本纷闹的粉丝骤然安静下来，下一秒，已经有人不满："这样很不好诶！"

又有人说："是啊！最近好多小孩独自在家出事的新闻！怎么能这样呢！"

总算有人分了一点爱给裴昊辰："我们知道了！您快回去照顾朵朵吧！"

一听这话，Aaron就太阳穴一跳。这随便来个黑子，明天就变成"天王无耻靠女童洗白，人前假意照顾人后漠然不理"的热点新闻了。他赶紧挡住裴昊辰解释道："不是一个人在家，昊辰也有很多工作，带着朵朵会更加不方便，节目播出之后会有很多昊辰带着朵朵和大家见面的机会，朵朵现在有人陪，但是昊辰还是不放心，所以希望大家能配合，让昊辰及早结束这边的行程！谢谢！谢谢了！"

这么一说，气氛稍微缓和了些。下一秒，粉丝们真的自动自发地选出了现场的负责人，主要任务是收好大家要送的礼物和信件，再统一交给Aaron。裴昊辰戴着墨镜上了车，车门"哐"的一下关起来的那一刻，也终于把那连绵不断的"辰辰""朵朵"隔绝在外。

Aaron半个小时之后才上车。原因只有一个——礼物太多了，信件也太多了，又叫了一辆车来运回去。

Aaron笑着揉肩膀："以前是你一个人的，现在是你和朵朵的，你知道吗？居然有人送了一整套童话故事，最新修订版啊！光是壳子我觉得都有一斤！玩具也多得很，什么都有。目测比你的还多！"

裴昊辰抬手揉了揉眉心："回去吧。"

Aaron 看了一眼裴昊辰，认真地说："昊辰，这不是解决问题的方法，想也知道后面还有很多通告，你肯定是需要带着朵朵出席一两次露面的。"然后又像是想起来什么，"你刚才那些话很有问题，你一直都挺会说话的，但是在对待朵朵的问题上，考虑得还不够。你自己注意，以前黑你的那些都是子虚乌有，现在朵朵的影响力这么大，毫不夸张地说，她现在能给你带来多少人气，就能给你带来多大的风险。"

Aaron 算是站在一个比较客观的角度，说得并没有错。朵朵现在人气这么高，可是人红是非多，未来会有什么不好的事情发生，那都是正常。

Aaron 看了一下行程表，又说："还有一件事情，这次节目火了，所以要趁热打铁，增加你们和观众之间的互动，刚才我跟你说过朵朵总是要出来见人，要和大家有交流，所以，就从这个微博访谈开始吧。"

微博访谈？又是那些无聊的问题。

裴昊辰看着窗外，没说话。

谁料，就在裴昊辰和 Aaron 到家之前，竟然接到了小杜的电话，朵朵发烧了！

裴昊辰整个人都是一愣，下一秒，他对着司机大吼道："快回去！"

司机不敢耽误，猛踩油门飞奔回去。

裴昊辰和 Aaron 回来的时候，小杜已经打电话给了孟医生，并且表示孟医生会马上过来。裴昊辰心里恼火，张口就吼："不是让你好好看着她吗！怎么忽然就发烧了！？"

小杜心里着急，可是这时候也说不出什么辩解的话来，只能为朵朵着急。

这么久以来，夏朵朵都极其乖巧逗人喜欢，毫不夸张地说，有时候整个家里的生气都是她一手带动起来的。裴昊辰今天要出去工作，小杜做饭的时候,还没听到她的声音,就已经觉得有些奇怪。虽然说从红滩回来的确很累,但是她早上已经起得很晚了,怎么一转眼又去睡觉了?

这不探还好,一探就吓了一跳,小东西可怜巴巴地缩在床上,全身简直烫得吓人!

孟医生迟迟没有来,裴昊辰心急如焚地给他打了电话,孟医生表示很快就会到,如果症状很严重,他们现在可以先实施一些降温措施。

裴昊辰偏着头夹着电话,按照孟医生的嘱咐,裴昊辰给朵朵量了体温,打开窗户通风,帮她擦了擦身子,最后用沾了水的毛巾给她做物理降温。

夏朵朵被弄醒了,迷迷糊糊地睁开眼,看了看身边皱着眉头拿着毛巾给她擦胳膊的裴昊辰:"辰辰……"

因为发烧,连声音都有些哑哑的,裴昊辰的眉头皱得更紧。他跪在床边,伸手摸摸她的额头,低声道:"生病发烧了知不知道?"

夏朵朵的眼神有点茫然,慢吞吞地摇摇头。

裴昊辰忽然就有点生气,语气忍不住有些重:"我跟你说过多少次,你就不知道一有什么不对劲就叫我吗!?被蚊子叮的时候也是,现在发烧也是,要把人急死你才开心吗?!"

一个这么小的孩子,裴昊辰也不知道自己为什么要对着她吼,可是他就是很火大,也不知道是在气她还是气自己,再想深远一些,以后她要是回到自己家里,那些弄丢她这么久都没有找上门的"家人"真的能好好照顾她吗?

脸上被一只热乎乎的小手轻轻碰了碰。裴昊辰回过神来,伸手握住了她的小手:"对不起……"不是真的想要吼她,只是忽然间有点着急,也有点难受。

夏朵朵眨眨眼,泛着红晕的小脸因为小嘴抿着,有两个若隐若现的酒窝,她轻轻拍拍他的脸,就像是安慰一样:"辰辰,我不难受。"

裴昊辰的目光动了动,他点点头,起身坐到床头把她拉起来,背靠着自己的胸膛,声音有些低:"嗯……不难受就好……医生马上就过来,你看完医生就会好了……"

夏朵朵没有因为听到医生要来就害怕，她安然地靠着裴昊辰，笑眯眯地点点头："哦。"

裴昊辰现在有点乱，好像夏朵朵一生病一受伤，他就容易乱。

夏朵朵烧得有点厉害，裴昊辰把她抱在腿上，用小勺子给她喂水，夏朵朵抿着红润的小嘴唇，一口一口地把水喝下去，简直乖巧得可怕。

孟医生很快就来了，然而在诊断结束之后，结果让一屋子的大人都开始不安——不明原因发热。

现在是夏天，小朋友在夏季忽然发烧，最怕的是因为传染疾病，尤其是流行性乙型脑炎这样多发于十岁以下小孩的疾病。可是就算是这种病，那也有原因，现在孟医生皱着眉头给出一个不明原因发热，一下子就将整个屋子里的气氛降到了最低点。

夏朵朵肚子饿了，一个人坐在餐桌边吃着烤吐司，发现客厅的方向很安静，小声地喊："辰辰，你不吃吗？"

面对夏朵朵，裴昊辰自然不能表现出一点点异常，他和孟医生简单地沟通了一番，决定带着朵朵去医院好好检查一番，然后才去了餐厅陪她，看着她脸上沾着的果酱，伸手帮她抹掉："我不饿，你还要吃别的吗？"

夏朵朵舔了舔嘴角，摇摇头："我吃饱了。"

裴昊辰有些担心地看着她，小心翼翼地问："吃饱了我们出门，好吗？"

裴昊辰很少用这样小心翼翼的语气跟她说话，夏朵朵眨眨眼，直接戳穿他："我们要去医院吗？"

到了这一刻，裴昊辰所有的紧张和小心翼翼都在她"勇敢"的表现前变得有些可笑。也是这个时候，他才发现其实朵朵真的很省心，很懂事。那些在别的孩子面前需要小心翼翼的东西，到了她这里，原来这么简单这么容易。

不知道是不是因为她生病让他有些心慌，这样的感觉到了现在，才越发明显。

"嗯，去医院。"

夏朵朵小脑袋一点，刺溜一下滑下椅子，朝房间跑。裴昊辰紧张地看着她："干什么去？"

夏朵朵扭头看他一眼，回答得无比自然："换裙子去看医生！"一句话，说得裴昊辰心里又酸又暖又疼。

帮忙收拾的小杜笑着看了朵朵一眼："你慢点啊，我来帮你换。"

裴昊辰已经起身走过去："不用了，你收拾一下，我来吧。"

Aaron坐在沙发上，通过裴昊辰的工作微博，把第一期时夏朵朵因为生病导致拍摄缺席后出现在医院洗手间的照片发了出去。

第一期播出之后，大家喜欢上朵朵之余，也对朵朵之后消失的原因充满了不解。虽然节目的官方微博给出了解释，但是依旧有质疑声。所以当初Aaron就很有先见之明地拍了一张照片。

照片里，夏朵朵站在古城附近的一个卫生院病房的马桶边认真地刷牙，裴昊辰则像是一个监工一样守在一边监督她刷牙。医院卫生间的摆设很简单，后面也有她坐在病床上的照片。照片不多，但是已经有了足够的说服力，也能成功安抚所有的朵粉。

当然，Aaron才刚刚发出照片，朵粉的后援团立刻转载，并且有了大量评论。其中最多的莫过于"我朵神为什么多灾多难"！于是乎，Aaron轻轻松松就把大家对朵朵第一期缺席的关注原因，转成了"节目组到底是怎么对待嘉宾的"。

房间里，裴昊辰为夏朵朵换了一件淡蓝色的裙子。没有层层叠叠的复杂设计，棉质的布料吸汗透气，穿着很舒服。夏朵朵听话地钻脑袋伸胳膊，但是即便如此，她红彤彤的小脸、发烫的身体和孟医生给出的诊断结果，都让裴昊辰心忧不安。

孟医生为朵朵安排了病房，裴昊辰带着朵朵过去的时候，一切都已经准备就绪了。专门为小朋友准备出来的病房并不惨白，裴昊辰把夏朵朵放到床上，蹲下帮她脱小凉鞋的时候，夏朵朵荡着小脚问他："辰辰我们不回去了吗？"

为什么她有种要在这里住院的感觉?

裴昊辰愣了一愣,可是很快就恢复正常。他把她放到病床上,耐心道:"当然要回去,但是不能带着病回去,别担心,我们都在这儿陪着你。你乖乖地检查身体,该吃药吃药,该打针打针,等好了我们就马上回去。"

夏朵朵把小脚收到床上:"哦。"

Aaron很快带着病历本和单据回来:"那边准备好了,带朵朵过去吧。"

裴昊辰抱起夏朵朵带她去检查身体。

因为不放心,裴昊辰要求给她做全身的检查。漂亮又温柔的护士姐姐把她抱走的时候,她连哼都没哼,护士连连夸她听话的时候,她还没忘记跟裴昊辰挥挥手。

Aaron在一边沉默了片刻,走到守在门口的裴昊辰身边,忽然道:"昊辰,我觉得趁着微博访谈的机会,可以适时地放出消息,把已经和朵朵家人取得联系的消息放出去。"

裴昊辰正盯着里面认真配合做检查的夏朵朵,闻言愣了一下:"为什么?她哪里来的家人!??"裴昊辰本能地不想放出任何有关朵朵不实的消息。

Aaron也看着朵朵,没有立马解释。

他是裴昊辰的经纪人,有时候站在一个功利的角度来说,他也需要为自己的艺人考虑。裴昊辰带着朵朵上节目之后,确实引来了更多的粉丝,也圆满地盖过了裴昊辰自己给自己泼脏水的事情,之前的一些绯闻假消息已经淹没得差不多了,只要裴昊辰自己不乱来,他能保证裴昊辰继续顺风顺水。

但是问题就出在夏朵朵这里。

因为她身份特殊,导致节目播出之后,所有的风向直接偏向为朵朵寻找家人。那么他希望裴昊辰上节目的另一些目的,达成的效果就有些不理想。

现在放出这个消息,能让更多的粉丝把注意力从朵朵身上,转变为朵朵和裴昊辰两个人身上。他更希望粉丝看到的是两个人的相处,是裴昊辰的转变和为人,这才是他需要的。

裴昊辰明白了 Aaron 的意思之后,最后给出了自己的态度:"你处理就好。"

Aaron 点头,明白了。

全身检查的结果不是一时半会儿可以出来的,所以等到夏朵朵出来之后,裴昊辰就带着她回病房休息了。病房里面只有他们两个,裴昊辰挨着她靠在床上,夏朵朵则是闭着眼睛似乎睡着了。

但事实上,夏朵朵此刻的心情十分焦虑。也是从今天发烧的时候开始,她忽然觉得自己的身体有些奇怪的感觉!那不是普通的生病,她觉得浑身上下都像是被无形的手给揉碎了一样,剧痛袭遍全身,她倒在床上的时候疼得一身都是汗。

可是她从小都健康得很,夏恩华每年都带她体检,她绝对没有什么病痛。可是现在是怎么回事?

闭着眼睛,夏朵朵心里不停地思考这件事情,忽然间,她想到了自己变小的那一天,就是在发烧!之后只吃了大花的药,接着身体就变小了。难不成,现在是身体在给她暗示,告诉她,她可能会变回去了?

在这里?那裴昊辰怎么办?这里的人怎么办?她不能当众被揭穿啊!节目第一期已经播出去了,按照现在的宣传力度来看,曝光度一定很高,大花多少一定会看到的!他什么时候会来找她呢?

也许是因为想得太入神,夏朵朵动了一下,立刻就惊动了身边的裴昊辰。

"嗯?醒了?"男人低沉的声音传来,夏朵朵睁开眼瞅了他一下,忽然就愣了一愣。

这个感觉何其熟悉?

就在不久以前,她也因为和他闹矛盾,最后去了医院。那个晚上,裴昊辰不嫌她拉肚子,也完全不计较白天的矛盾,一门心思地照顾着她。

现在,明明同样是在医院,同样是她病着,他守着。可是夏朵朵觉得心情完全不一样了!

从小到大,爸爸妈妈忙于科研工作,她几乎是夏恩华一手带大的,十岁的时候,夏恩华就已经能负责她的衣食住行,打理得妥妥帖帖。等到夏恩华也走向了爸妈的路,那些事情,就轮到她自己来学着做了。她从小就是一个独立自主的姑娘,所以才会一意孤行,凭借爱好做了记者。

自从来到裴昊辰身边,一开始的确是有不愉快,甚至是恼人的矛盾。但是渐渐地,所有的相处,都变成了属于她的前所未有的宠爱。

这个男人,其实并不像外界说的那样冰冷无情,相反的,他把自己全部的温柔和耐心都捧到了她的面前,几乎让她生出过类似于"要是一辈子都这样该多好"的想法。

在红滩的时候,她就意识到自己总有一天要离开,如果说之后她还想自我催眠,将这些事情忘一忘,那么现在身体的反应,让她没办法再忽视自己总会离开的事实了……

吧嗒。

一滴热乎乎的眼泪滴在了枕头上,吓坏了裴昊辰。

他小心翼翼地把人捞过来面对着自己:"朵朵?怎么了?"修长的手指帮她揩了揩眼泪,裴昊辰觉得一颗心都乱了,"怎么哭了?是不是哪里疼?"

夏朵朵吸吸鼻子,摇摇头。裴昊辰更急了:"到底怎么了?"

夏朵朵感觉裴昊辰的情绪有些激动,想了个理由:"我……梦到鬼了……"

裴昊辰总算是松了一口气,好气又好笑地看着她:"你怎么老是梦到鬼啊!下次梦到我,梦到小杜阿姨,就不会害怕了!"

夏朵朵抿着小嘴点点头,抬手抹了一把眼泪,镇定下来。

裴昊辰觉得不能让她沉浸在一个噩梦的影响里,伸手拿过手机,让她靠在自己的怀里,搜出动画片给她看。

夏朵朵盯着裴昊辰的手机,忽然一扭小脑袋:"我不想看这个。"

裴昊辰耐心极好:"那你想看什么?"

夏朵朵的小指头指着手机："我想自己玩……"

裴昊辰笑容不改，话语却是不容拒绝："小孩子不可以玩。"夏朵朵瞬间歪着脑袋，一副无精打采的样子，小指头抠着被子，神情怏怏。

裴昊辰心里顿时就软了，他把她往自己怀里抱了一点："要玩也行，不过不是现在。"

夏朵朵的眼睛瞬间亮了，裴昊辰含笑看着她："等会儿有个微博访谈，你可以玩一个小时。"

微博访谈？

对吼！她的节目已经播出了呢！夏朵朵拉住裴昊辰的手："辰辰，我们来看电视啊！"

裴昊辰一经提醒，也想到节目播出的事情，于是乎，两个人开始就着一部手机，开始看他们的第一期节目。第一期节目，夏朵朵缺席，所以看到前面的时候，她笑得乐不可支，裴昊辰也被她的儿歌，还有果果和酷狗的样子逗笑，但是到了后面两个人没有再拍的时候，她就沉默下来了。

裴昊辰有点拿不准她在想什么，过了一会儿，夏朵朵扭头看着裴昊辰，小声地说："辰辰……对不起……"

裴昊辰一愣，有些没想明白，看了一眼节目，才明白过来她可能是在为上次的事情道歉。于是，裴昊辰一面为她良好的记忆力感到惊讶，一面拉着她的手笑道："朵朵，你是不是想起上次的事情了？"

夏朵朵很认真地点点头："辰辰，我再也不和你吵架了。"

裴昊辰笑着抱了抱她："没关系，吵就吵。"

夏朵朵心里一揪，靠在裴昊辰怀里继续看节目，心里又酸又甜。

也是这个时候，她心里冒出一个清晰的想法——她、她好像真的喜欢上裴昊辰了……

孟医生的检查结果出来了，夏朵朵的各项身体机能显示完全没有问题，与此同时，夏朵朵居然又不发烧了！这一反转性变化，让裴昊辰和 Aaron 等人有点吃不消。

"通常来说，小朋友的体温都比成年人要高，因为小朋友的新陈代谢和成人相比较快，另外小朋友的下丘脑的体温中枢调节不如成人好，一天里清晨和下午四点左右体温最高……"孟医生看了报告，给出了这样的解释。

裴昊辰皱眉："可是她早上都过了三十八度，人都昏昏沉沉的。"

孟医生也很无奈："不排除朵朵早上有发热症状，但是她自己恢复得可能性也不是没有，至少检查报告上她并没有任何异常。另外虽然说小朋友体温在特殊时段偏高且处于三十七度七以下这种情况是正常，但是由于个人的体质不同，朵朵的体温可能偏高。不过无论如何，她现在很正常，人也精神，你可以去看看。"

所以说，早上这么一闹，其实是有惊无险。

裴昊辰和孟医生回到病房，夏朵朵已经盘着腿坐在床上看书了。

小杜很细心，原本以为朵朵发烧一时半会儿好不了，还带了粉丝送给她的故事书，她也不要人念，自己趴在床上翘着小脚就开始看起来了，裴昊辰回来的时候，她一歪脑袋瞅了他一眼，笑眯眯地说："辰辰。"

看样子，是真的恢复精神了，好像连脸上的红晕都不见了。裴昊辰走过去坐在床边，垂首看着她："现在感觉好些了吗？"

夏朵朵很认真地思考了一下，点点头："很好呀！"

其实早上起来的时候，她的确觉得好热，也没什么精神，后来吃早饭的时候也昏昏沉沉，可是除此之外没什么感觉了呀，孟医生检查的时候她就已经觉得好些了，等到了医院之后，就完全没有任何不舒服的地方了。

裴昊辰将信将疑地摸摸她的头，真的不那么烫了……

搞什么鬼？还真是虚惊一场。

最后，裴昊辰不放心，决定留夏朵朵在这里观察一个晚上，确定真的没事了再回去。

对此，夏朵朵完全没有任何意见。

有关于微访谈的活动是从晚上开始，一直到第三期节目的录制之前，每周这个时候晚六点到八点半，和粉丝进行互动。

活动开始之前，官方微博做了很多预热的宣传，果然引起了大批粉丝的追捧，还没到晚上六点，已经有好几万的留言跟在宣传后面。裴昊辰怕夏朵朵无聊，又因为他也很想知道晚上这个活动的氛围怎么样，所以干脆和夏朵朵一起靠在床上刷微博。

夏朵朵觉得，自己现在已经算是了解了自己的心意。但是现在她可能随时都没办法继续以这样的状态留在这里，所以她需要有一个计划，一个改变现状，又能继续喜欢他的计划！

夏朵朵靠在裴昊辰的怀里，因为身体没有异样，她连吊水都免了，看着裴昊辰修长的手指滑动屏幕，好几次她尝试伸出自己的小指头去触屏的时候，裴昊辰都特别灵敏地移开，还加一句："别动。"

她其实特别想问他：你有 QQ 号吗！微信也可以的呀！

发现一个小眼神不断地瞟自己，裴昊辰看了她一眼："干什么？"

夏朵朵眼神乱飞，装模作样地转移注意力。裴昊辰觉得她有时候的举动实在很能引人发笑，偏偏她自己好像不明白似的，一个劲儿装得跟真的似的。

裴昊辰被她的样子雷到了，但也没有要揭穿，就继续看她在这儿耍宝。

小杜下午又回去了一趟，带了电脑过来。裴昊辰把夏朵朵床尾的架子拉近，把电脑放在上面，界面已经是微访谈的后台网页，网友的提问都会在后台显示，可以择取问题回答。

然而，当时钟指向六点，大批的问题出现在后台界面的时候，夏朵朵忽然扭着小身子要下床。

裴昊辰正在看问题，夏朵朵一动，他就望了过去："干什么？"

夏朵朵头也不回地往洗手间跑："尿尿！"

然后"哐"的一声,她把门给关上了。

裴昊辰皱皱眉,咕哝了一句,继续翻看网页。

其实从前他也参加过这样的微访谈活动,但是对于大多数的艺人来说,并没有多余的时间一条一条地回复,往往是他们口述,助理回复,又或者直接由助理把问题整理,询问,最后统一作答,最夸张的莫过于直接由助理来回答。

换在以前,裴昊辰一定毫不犹豫把这件事情交给小杜来解决。他并不喜欢这种麻烦的事情。

但是今时今日,他竟然会等着厕所里的那个小东西,一起来做这样的活动,他自己想起来都会觉得不可思议。

可是夏朵朵的这个尿尿的时间有点久,裴昊辰盯着网页,叮咚,一个ID名为"朵朵桃花开"的人提出了问题——

"辰辰,请问你有结婚的打算吗?你认为自己的适婚年龄是几岁呢!?"

辰辰……

之所以看到这个名字,是因为ID开头那个名字一瞬间吸引了他的目光,然而看到这样的提问,裴昊辰连停都没有停一下,鼠标一滑,继续往下翻。

"辰辰"也是你叫的吗?还有,这明明是节目的提问环节,问他适婚年龄是什么鬼!?这一问,过!

而另一头,蹲在坑头的夏朵朵苦恼地看着裴昊辰的手机。她好不容易在裴昊辰用电脑的时候弄来他的手机登录自己的微博账号,一定要问出些有意义的答案啊!可是……为什么不回答问题呢!?难道提问太多,他没看见!?!夏朵朵懊恼地一敲脑袋!真是枉费她给自己改了一个这么棒的名字!

"你好了没?"外面的裴昊辰忍不住开始催促。夏朵朵最后看了一眼手机,确定了裴昊辰完全没有鸟这个问题,咬咬牙:"算你狠!"

她装模作样地按了一下冲水的按钮,虎着一张小脸出去了。

见到她出来,裴昊辰不免多看了她一眼。

这个表情……不太对啊。确定是尿尿而不是便秘？

夏朵朵重新爬上床，目光望向后台网页的时候，果然看到了铺天盖地的问题。这些问题其实不算是问题，多半都是粉丝对他们表达喜爱的话，一些带着问题的，也是一些"干什么""吃了吗""睡了吗"这样毫无技术含量的内容！

夏朵朵这时候也是一根筋扭着了，她还不信自己问不出想要的答案了，小手把裴昊辰握在鼠标上的大手挤开，假装研究鼠标，小指头把中间的那个小轮轴拼命地往下滑，与此同时，是不断地往前滑动的网页！

"这不是玩具。"裴昊辰只当她玩得起兴，忍不住伸手去阻挠她，"我们要回答大家的问题才对。"

他也知道要回答大家的问题吗！那为什么不回答她的问题！？明明她问得那么有诚意！

在哪儿呢在哪儿呢！夏朵朵面上随意，心里其实急得不行，终于，她眼前一亮，小嘴咧开一笑，两眼放光地伸出小指头指着网页上一个叫作"朵朵桃花开"的 ID 名："辰辰你看！"

都指给你看了，赶紧回答啊！

裴昊辰扫了一眼，然后挤开了夏朵朵握着鼠标的手："哦。"修长的手指一滑，那个问题又不见了……

夏朵朵：谁准你滑走的！

她望向裴昊辰："我们不回答问题吗？"她想了片刻，直接给出了一个充分的理由，"它也叫'朵朵'啊！"

裴昊辰对着她温柔一笑，伸手摸摸她的头："可是我们有很多问题要回答，大家都很关心你的现状，那种问题一看就是怪阿姨问出来的，没有意义，知道吗？"

夏朵朵：你妹的说谁是怪阿姨！

第13章
对不起我要回家了 >>>

微博的访谈进行得如火如荼，虽然大多数的提问都是千篇一律，但是粉丝的热情可见一斑，通篇的"朵神"字眼几乎让人目不暇接，而裴昊辰居然完全不假他人之手一条一条回复。

这中间，夏朵朵去过五次厕所，一次是上大号，一次是洗手，一次是洗脸，还有两次……她说只是单纯地想去厕所坐坐……

裴昊辰觉得她有点不对劲，可是她似乎对那个"朵朵桃花开"的ID很有兴趣，每次去了厕所回来必然要亲自动手翻一翻问题记录，可是这个ID的问题和这次的主题并不符合。裴昊辰甚至觉得类似于"现在有没有理想的对象""以后准备生几个孩子"以及"我看你好像没什么照顾孩子的经验，我有一个不错的人选，需要介绍吗？"这种问题，实在很可笑也很无聊。

当夏朵朵鼓着腮帮子第六次要往厕所跑的时候，裴昊辰拉住她："你是不是不舒服？"

呵呵……他的感觉很敏锐嘛，她真的快暴走了！选择这样的平台来进行"成年人之间的交流"的想法真是蠢毙了！

夏朵朵一扭脸："没事啊……"然后瞅了一眼源源不断的粉丝提问，终于还是认输,"快回答啊!"

裴昊辰确定她是真的没事了,这才重新开始浏览问题。

网友:看我看我!辰辰我们朵神平常都吃什么!为什么长得这么好!

裴昊辰瞅了一眼盘腿坐在一边皱着小眉头的人,手指轻敲——她比潲水桶都威武。

夏朵朵悄悄地也斜了他一眼。

网友:第一期节目里面朵神好像生病了,前两天好像又出意外,朵朵好些了吗?辰辰你照顾得不好!

裴昊辰想了想,回复:的确是我疏忽,她现在很健康。

夏朵朵扯过一只大枕头,双手叠在脑后靠过去,还颇为神气地翘起了小脚丫,嫩白如玉形状美好的小趾头动来动去,模样很坦然。

随便他写了,他开心就好。

网友:大爱朵神!辰辰请允许我向朵神表白!那些无聊的人不要理会!我朵神就是天生丽质!我爱朵朵朵朵朵神!

裴昊辰思索了片刻:先告诉我你是男的还是女的……

咚。

一边传来一个重重的声音,裴昊辰扭头一看,刚才还安逸地靠着枕头的朵朵一脑袋栽到一边去了。

她艰难地重新爬起来,看着裴昊辰的眼神就像是在看白痴……

裴昊辰不自然地看了一眼电脑屏幕……

她应该不认识那么多字才对……

裴昊辰伸手把她扶好:"坐都坐不稳?"

夏朵朵抽抽嘴角,不想回答这个神经病。还"你是男的还是女的"呢……他到底在想什么?!

夏朵朵觉得有点乱。

某一个瞬间，她甚至萌生出一种很可怕的感觉——裴昊辰，不会真的拿她当女儿养吧！

如果说刚才的那个问题还不足以完全激起夏朵朵心里的担忧，那么接下来一个问题足够让她再把脑袋栽一回——

网友：谁也别拦我！辰辰请正面回答我，如果我家朵神和我家狗哥在一起了，你会祝福吗！求撮合求祝福啊！我狗哥一片真心，朵神你造吗！他为了看你眼珠子都抽筋了！心疼……

裴昊辰的目光忽然就变得微妙起来，他蹙眉看着夏朵朵："你喜欢Hugo吗？"刚刚问出来，又觉得不可思议，"他居然偷看你？"眼神中充满了嫌弃……复又一脸探究地看着她，"你……也看上他了吗？"

夏朵朵：不要胡说好不好！他几岁她又几岁！？她怎么可能对酷狗有什么想法！可是她绝望地发现，自己身为小萝莉都不会对同为小豆丁的酷狗来电，不是恰好证明了身为大男神的裴昊辰面对自己……那必须来不了电啊！

心里好苦涩……

也不知道是不是因为网友们看到了前面的提问，从这一问题开始，有关于国民萌神朵朵的CP问题也得到了广泛关注！

问题变成了如下内容……

网友：兜兜能吃！小伍绅士！果果温柔！壮哉我大狗哥，妥妥一只忠犬！辰辰请选择！

网友：壮哉我大狗哥！辰辰你先闪开！我希望和朵神正面地来一次心与心的交流！不选狗哥还能选谁！

呵呵……他都能直接闪开了……

然后，他挑选了最激动最具有代表性的一个网友提问，大大方方给出了答案——

"朵朵当然最喜欢我。"

夏朵朵：不要脸！

然而裴昊辰这一句却并不是真的"不要脸",因为在他给出这个答案后,又有大批的"辰朵CP"粉冒了出来,直呼辰辰才是真绝色!喜欢辰辰和朵朵在一起!

据分析,这样的拥护者通常都是从辰粉转变而来的。而专注于"胡朵CP"三十年的粉丝们,则是通过节目直接喜欢上朵朵的。

辰朵粉的出现犹如雨后春笋,有一就有二,裴昊辰浏览了一遍,只觉得越发地赏心悦目,心情颇好地看了夏朵朵一眼,还伸手去逗她的下巴。

夏朵朵坚贞地把自己缩成了小小一团,躲开了他的手兀自发愁。她觉得现在的情况并不乐观……

微博访谈的活动是同时开启,只是六个家庭分成了三组,在三个不同的平台同时进行,好巧不巧,裴昊辰他们就是和酷狗一组。同一平台,问题都能同时看到。同一时刻的酷狗父子在另一头的电脑边,暗搓搓地看着网友对裴昊辰的提问……

没办法,要是朵朵真的留在裴昊辰身边,人家就是当之无愧的天王巨星兼国民岳父了……

天王巨星什么的,胡驰其实并不是十分在意,他的追求并不在此,可是国民岳父……想想就很心塞!

他把这些信息告诉酷狗,父子两个的动作如出一辙,都伸出大拇指啃啃啃,一脸愁苦,自己这边反倒回答得并不积极。

虽然问题的答案要到最后才会整理出来统一显示,但是父子俩还是十分纠结,就在这时候,胡驰眼睛一亮,瞅着一条提问,乐了。

网友:超级喜欢我们狗哥和朵朵在一起的画面,大驰快去辰辰家里提亲!

胡驰想都没想,乐颠颠地回答:"好啊好啊!我彩礼都准备好了!"

小酷狗认得的字还不算很多,陌生的字组合在一起更是不太明白这个意思。可是他看着自己老头笑,总觉得是件什么好事……

胡驰越看越觉得心情好，最后干脆把酷狗抱起来："咱们明天去看朵朵怎么样？"

胡煜小朋友用一种纠结的眼神看自己的爸爸："可是妈妈说你要认真工作，不能总是陪我们玩。"

换作平常，作为一家之主，一定会感动到流泪的，可是介于自己儿子的尿性，胡驰忍不住挑着眉问道："那你要怎样？"

酷狗很严肃地想了一下，给出了一个自认为很棒的办法："还是我自己去吧，爸爸你工作就好了。"

胡驰：……

微访谈开通的第一天，仅仅是胡驰和裴昊辰两个家庭，两个半小时就收到了两万余条提问。但是介于精力有限，裴昊辰挑出了一百条作为回复，其实原本主办方的意思是二三十条就够了，但是一来网友们实在是太可爱，二来夏朵朵根本没有睡意，在医院的病床上滚来滚去玩脚丫，裴昊辰怕她无聊，索性继续回答。

然而滚着滚着，夏朵朵忽然消停下来，悄悄望向裴昊辰的侧脸。

这个男人，其实真的和外面说得很不一样。也是真正相处这么久之后，她才深切体会到了什么叫作人红是非多。有时候一些是是非非的问题，一传十十传百，假的也被说成真的。

她想做一个说真话报实事的好记者。事实上，她也的确这么做了。整个公司里，没有人比她更会弄到各大明星的爆料，就算她不行，大花那么多厉害的朋友，都会帮忙开外挂。她追踪精准，潜伏一流，语句犀利，见解独到，她一直觉得自己很厉害，也觉得自己只要说的是真的，就足够了。可是每个人都在努力，她那股努力的劲头渐渐地朝着"业务量"的方向发展。比起最初的想法，她更在乎自己知道的是不是最多，技术是不是最好，地位是不是最稳。

就算当初被裴昊辰捡回家,她第一个想到的也是挖一挖这个神秘男人的秘密。她是娱星一姐,当然要掌握一手资料啊!

可是事实上,从开始到现在,她一天都没有真正履行过自己的职责。

换在从前,她不一定想得通这个道理。

可是今时今日,夏朵朵觉得,自己好像懂了。

成为一个厉害的娱记,她会自豪、会骄傲,却唯独不会觉得满足。

也许她从一开始,要的就不是一个充实忙碌,能带来荣誉的工作。和裴昊辰的相处,从最开始的纷乱摩擦到现在的宁静安逸,改变的是她对这个男人的看法,不变的,是他从来没有真正丢下过她。

她的梦想,其实并不是走上事业巅峰。就算只是在一个小低谷,有一个人陪着、宠着,在你消失的时候他会着急,在你出现后他甚至会生气,也比一个人匆匆忙忙地勉力攀登,要好得多。

她早就陷在这样的处境中无法自拔,如果不是此时此刻看着裴昊辰的侧脸,脑中闪过这样一个感想,她甚至都忘记了自己是怎么来到裴昊辰身边的。每次回忆起来的时候,全是和他相处的点点滴滴,想着想着,还会忍不住笑出声来。

小东西好像看了他很久了。

裴昊辰这一次没有转过头看她,他运指如飞地敲击着键盘,同时开口:"怎么不滚了?才滚了十九圈,再滚一个凑个整数吧。"

夏朵朵原本的愁绪都被裴昊辰的一句话一扫而光,她居然很听话地在床上滚了一圈儿,脑袋刚好挨到他的大腿,眼睛亮晶晶地从下往上看他,脆生生地说:"二十!"

裴昊辰也忍俊不禁,他敲完最后一个标点,目光从电脑上移开,把她抱起来放到腿上,伸手去摸她的额头。

夏朵朵知道他还记挂着她的身体。其实她今天真的很好,完全没有任何异常。可是面对裴昊辰的紧张和关心，她愿意静静地去感受，甚至去享受。她并不喜欢医院，所以当初发生车祸之后，夏恩华确定了她没事，就立刻带她回家了，而今天，她都在这里待了整整一天了，也完全不会觉得厌烦，抽抽小鼻子，全都是一个男人熟悉的气息。

裴昊辰："真的没有任何不舒服的地方了？"

夏朵朵摇头，她皱着小脸，忽然十分高深地叹了一口气。裴昊辰正准备嘲笑一下她这个老气横秋的样子，就见她忽然抬起小胳膊圈住他的脖子，一脸正经："辰辰，我们什么时候能回家啊？"

这一次，她说的家，是她和裴昊辰的那个家。

裴昊辰看了她一眼，伸手把她已经隐隐盖过眉毛的刘海理了理，懒懒道："如果真的没问题，今天睡一觉，明天我们就回家。"

真的吗！？夏朵朵的眼神变得亮亮的，她忽然扭着小身子往床头爬，灵巧地钻进薄薄的被子里，然后又把拖过来的枕头放好，刺溜一下滑下去躺好，认真地看着裴昊辰："那我睡了啊！"

裴昊辰笑了笑，转身去关电脑："好，你睡。"

回答的问题也差不多够数了，裴昊辰准备把这边都收拾好，然而身后一阵窸窸窣窣的声音之后，又传来一个弱弱的小声音："辰辰……"

裴昊辰回过头，微微挑眉。

只见刚刚已经睡下的夏朵朵又爬起来了，红着一张小脸让出了半个枕头，小手拍着空出来的那半边，声音比平时还要软还要细："这边留给你啊，我睡了！"

然后重新躺下去，小身子还在往边上扭，真的让出半个床位来，她闭着眼睛红着脸，补了一句："真的睡了啊！"

裴昊辰忍不住笑出声，有点无奈地看着紧闭着双眼，睫毛却在颤动的小东西。

她的身子小小的，空出一个位置来，他完全可以舒舒服服地躺上去。一起睡觉不是什么问题……只是……她的脸为什么这么红……又发烧了？

等到裴昊辰收拾好了所有东西，拿着温热的毛巾帮她擦身子的时候，发现这会儿她是真的睡着了……因为睡着了，她的手放松地蜷缩着，呼吸间还能听到粗粗的声音，睡相更是一如既往地粗犷，裴昊辰看着这样的夏朵朵，忽然觉得这一刻心中无比充盈。

夏朵朵的身体已经完全恢复正常。但是第二天一早，Aaron临时接到导演的电话，是关于裴昊辰即将开拍的一部电影，所以必须赶过去谈一谈。

裴昊辰原本是不愿意的，但是这件事情Aaron完全不让步，加上这边有小杜，又有那么多医生，夏朵朵更是乖巧地挥挥小手："辰辰你去吧！"

所以最终裴昊辰还是决定早去早回。

早早起来，夏朵朵的肚子有点饿，小杜去给她准备吃的，而夏朵朵怎么都没想到，她会在这个地方看到一身白大褂的夏恩华！

"大哥！？"夏朵朵惊呼一声，还好她这边是单人病房，周围也没有闲杂人等，所以她的动静并没有引起什么人注意。

夏恩华会在这里出现，代表着他对夏朵朵的一切都非常了解，夏朵朵在起先的惊讶过去之后，还好好问问有关于变小的问题和自己身体异常的事情，但夏恩华已经抢先把事情都说了一遍。

夏恩华迟来的解释差点让她蒙掉。原来，这种新药是用来保存濒临灭绝的稀有动物用的！通过对身体机能的改造，达到返老还童的作用！可是问题在于，这个药本来就不是给人吃的，所以实验对象并不针对人。只是没有想到，夏朵朵吃了这种药并没有出现任何问题，反倒真的变小了，所以夏恩华一直担心这种药的副作用，加上它还没有被试验过，就算是他也没有把握。

之前没有告诉夏朵朵，是怕她被吓着，本来没有什么的倒被吓出点什么。可是福不是祸，是祸躲不过。世上没有那么多侥幸，他更是不能让她冒险。他的语气平淡，却让她听出了不容商榷的决绝。

夏恩华："朵朵，你仔细听我说。你现在身体已经出现了不寻常的反应，很有可能是因为药物的副作用出现，会对身体机能造成损伤，你的消化功能已经出现问题，也许以后还会相继出现各种问题，如果在你不能自主的情况下被裴昊辰他们发现，后果会……很严重。"

夏朵朵原本还强忍着眼泪和恐惧，但是不知道为什么，听到裴昊辰的名字，她就忍不住地掉眼泪了。也许是因为心里隐隐清楚夏恩华给出的选择是怎样的，更清楚以后又会怎么样，所以心尖尖猛然酸楚，眼泪就忍不住掉了下来。

她吸吸鼻子，又抬手臂摸了一把眼泪，尽量用最正常的音调去和夏恩华说话："怎、怎么严重啊？"

夏恩华微微皱眉。

她哭了。

可是就算是哭，这件事情也绝对没有商量。

他深吸一口气，冷静地告诉她："你想想看，第一次是发烧，接着是身上疼，到最后，你身体中的各项功能可能都会有问题。幸运的话，也许药效过了，你能变回去……如果不幸……"夏恩华说到这里，索性下了狠心，"你希望他们看着你出事却无能为力吗？"

夏朵朵的心里抖了一下。

眼泪"吧嗒吧嗒"往下掉，夏朵朵再也冷静不了了，她抽抽搭搭地问："大哥……就、就这样走吗？我、我可以跟他说吗？或者……"或者现在就告诉他，把所有的事情都说清楚！

然而这个想法刚刚冒出来，夏朵朵就自主地否定掉了。

夏恩华说，她其实是有危险的……

回想之前那种痛苦的感觉，万一她倒大霉出什么事，真的要让裴昊辰看着她这个样子吗？万一她口不能言，手不能指，身体发生什么变化吓到他，那又该怎么办呢？他会不会觉得自己是个怪物，然后避之不及，自始至终，他喜欢的都是现在这个小朵朵，那……是不是让他永远记住这样的朵朵……

比较好呢?

心忽然疼起来,好像是有什么珍贵的东西要活生生地从心里挖走。

裴昊辰觉得,从病房里出来之后,整个人都很不对劲。那种感觉就像是有什么事情要发生,但是又不知道是什么,直到他接到小杜的电话,被告知朵朵不见了!

朵朵不见了?什么叫不见了?

裴昊辰冷冷地问出这一句的时候,小杜已经连大气都不敢出了。她也心急如焚,可是她只是买了个早饭,谁会知道说不见就不见了呢?!

最后的结果,是裴昊辰差点拆了医院来找夏朵朵。

但凡能找的地方全都找遍了,依旧没有她的踪影。

因为之前医院曾经发生过几次恶劣的伤人事件,事后整个医院的安保系统和监控系统全都更新换代了。最后,关系到公众人物的形象以及裴昊辰单方面的施压,院方给出了当时医院里面所有的监控录像。

可是看了很久很久,都没有什么突破性的进展,直到画面中终于出现了朵朵的小小的身影。

然而匪夷所思的是,画面里并不是朵朵离开医院,而是从外面返回来。她一只手捂着小肚子,脸色并不好。她出现的地方是医院门诊大楼一楼的入口,进来之后一颗小脑袋四处乱晃,直到她发现了角落的摄像头,仿佛是在找它,终于找到了一般。

她手里拿着什么东西,走到角落处的一个花盆下蹲了一会儿,把东西塞到花盆下面了。

来医院的人多半是行色匆匆,要么是去挂号,要么是探病,很少有人会注意去看那个角落里的孩子。

裴昊辰盯着画面看了三秒,当即冲了出去,直奔一楼门诊室的花盆。

大家也看傻了,有点不明白这是什么意思。直到裴昊辰在花盆底下找到一张便笺纸，上面用歪歪曲曲的字体写了一行字。

【对不起辰辰，我要回家了。】

Aaron和小杜看到这个的时候，全都愣住了。

这件事情，真的一点也不好玩，也有太多让人震惊的地方。

怎么好好的，说走就走了？更何况在之前，根本一点征兆都没有！如果实在要走，也应该有一个缓冲的准备才对啊！现在节目怎么办？粉丝那边要怎么办！？

看着裴昊辰僵硬而又颓然的背影，Aaron第一次觉得遇到了一个头疼的难题。

他不是没有想过有一天朵朵的家人会找上门来，那些说辞他都打了无数遍的腹稿了，只是怎么都没想到，朵朵会以这样的方式忽然就消失！

"昊辰……昊辰？"Aaron上前拍了拍裴昊辰的肩膀。

一边已经有人认出了他，围观的人也渐渐多了起来。小杜在Aaron的示意下凑了过来，满心满脸都是愧疚不安："辰、辰哥……"

裴昊辰的目光动了动，终究是有了反应。他将那张小字条叠好握在手里，面色沉静地离开了医院。

然而，这件事情还没有等到他们想出个头绪来，已经被狗仔们察觉，各种新闻报道在第一时间占据了各大板块！

"人气萌星疑退出节目""走失萌星疑被家人强行带走"的新闻铺天盖地，小杜只是随便翻了翻，眉头就紧紧地皱在了一起。

粉丝无一例外地沸腾崩溃了。因为她们的担心终于发生了。

更有神通广大的人不知道怎么弄到了当天医院的闭路电视，把朵朵塞字条的那一段发了出来，一时间大家对这件事情的说法全都不一样了。

有表示理解，但是情感上不能接受的，更有带着某种目的的人蹦出来指出这件事情一定是一开始就是炒作，最后被朵粉无情喷死，剩下的，则是情感胜于理智，表示再看节目都会变成一种伤痛的朵粉和辰粉……

这件事情传开，对小杜和 Aaron 来说，首要的是解决节目方面的问题以及可怕的朵粉的问题，但是对于裴昊辰……

小杜有些忧心地看了一眼朵朵的房间。

房间门关着。

回来之后，裴昊辰就一言不发地去了朵朵的房间，晚上也睡在里面，饭也没吃。一同参加节目的胡家父子和很多合作过的朋友，甚至是导演都发来消息核实这件事情，但是裴昊辰一概不理。

小杜很担心，可是 Aaron 更了解裴昊辰，他只是说，不要打扰裴昊辰。

小杜悄悄地走到门口，才发现门并没有关严实。她很想先敲门再进去，但是心里的担心还是让她不动声色地把门推开了一点点。可是当房门被推开一条缝，外面的光溢进去的时候，颓然地坐在地上的裴昊辰猛地转过头来。

小杜吓了一跳，默默地伸手捂住了嘴。

他的眼睛是红的，人也死气沉沉的。即便不喝酒不发疯，但就这么静静地坐在地上，也让人觉得担心。

望过来的那一刻，目光中有期待，有期盼。可是在看到站在门口的是小杜的时候，那一瞬而逝的光芒，根本掩饰不起来。

"朵朵……回来了吗？"裴昊辰声音有些喑哑，第一句话，却是这样一句话。

小杜不知道怎么回答，在她看来，如果不是因为她一时疏忽，也许朵朵的家人出现的时候就能立刻发现，就算不能阻止朵朵被带走，也不至于像现在这样，对朵朵的去向一无所知。她有点不敢直视裴昊辰的目光，低下了头：

"辰、辰哥……你……要不要吃点东西？"

就在这时，门铃忽然响了起来。裴昊辰目光动了动，忽然从地上站了起来。可是他好像这样坐着太久了，站起来的那一刻，竟然不自觉地跟跄了一下，膝盖直接撞到了床角，发出了一声闷响。

小杜想上前扶他，他却直接拂开小杜冲向大门口。

他打开门的那一刻，看见的却是一个陌生的男人。

男人衣着得体，见到裴昊辰后淡淡一笑："是裴先生吗？您好，我是向阳果园的负责人，之前你联系过我们想要买一块地，实在是我们的疏忽，不知道您和陈先生原来是好朋友，事情处理得可能不是很有效率，其实主要是因为当时我们那里的工作人员都是新来的，不熟悉我们的业务流程，您要的那一块地已经打理好了，是这样的，我今天过来处理一些小的手续，另外您之前需要的那一批绿宝石珍品香瓜的果种已经到了……您看……"

"不好意思，这些让我来吧……"看着喋喋不休的负责人，小杜赶忙冲上前帮忙处理这件事情。

绿宝石珍品香瓜的果种，负责人带了一点样品过来。裴昊辰的目光落在那上面，伸手拿过了那一小袋种子。负责人愣了愣，似乎是感觉到这个气氛有点怪。裴昊辰看了一眼小杜，一言不发地转身进屋。

小杜没有想到裴昊辰竟然私下在林江市最有名的果园里买了一块地，可是震惊之余，她还是要处理这件事情。小杜招呼了负责人进来，裴昊辰已经回到了夏朵朵的房间。

夏朵朵的房间和平常一样。

铺得整整齐齐的床，摆得整整齐齐的小圆桌和椅子。裴昊辰看着那副小圆桌和椅子，甚至能想象她平时坐在上面，一边荡着小脚一边捧着香瓜猛啃的样子。衣柜里的小裙子一件接着一件，衣柜的下面有很多衣服都是当初为了应急，小杜匆忙间为她买的，而后有很多，是他亲自给她挑的，另外的柜子里，还有墨镜、帽子……

浴室里，她的毛巾挂着，洗脸的粉色小毛巾，洗澡的蓝色小毛巾，还有洗完澡的大浴巾。洗漱台上的牙刷放在漱口杯里，随意地倒向一个方向，洁净的浴缸空空荡荡……

其实又何止是这些?

整个房子里,哪里不是她留下来的痕迹?

冰箱里还有她心心念念却没有吃完的酸奶和香瓜,储物室里有一大半都变成了粉丝送给她的小礼物。厨房里的电动打蛋器不知道什么时候被她拿出来玩过,以前都蒙尘的东西,现在则是干干净净……

手中的字条已经被揉得面目全非,笔画间因为纸张的褶皱,已有了白色的裂痕。

裴昊辰定定地看着那一行字,目光深沉无底。

就在这时候,小杜再次来敲门:"辰、辰哥……那块地还要不要?"

如果现在买,什么问题都没有。可是关键在于,连她都知道这块地大概是买了送给朵朵,专门用来种她最喜欢的小香瓜。现在朵朵不见了,买地还有什么意义呢?

裴昊辰最后一次看了看自己手里的字条以及那一小包种子,最后,他缓缓走到房间的小圆桌边,把小字条放在了圆桌上,又将那一小袋绿宝石珍品种子压在了字条上。

裴昊辰面色沉静地走出了夏朵朵的房间,因为声音有些喑哑,让他的整句话都蒙上了一层暗淡的色彩:"把门窗都关好,这间房要每天打扫。"

这句话简直让小杜听出了遗言的感觉,她心里一跳,有点害怕。

可是下一秒,他就说:"把 Aaron 找来,我有事情跟他说。"顿了顿,看了一眼还在客厅躬身等候的负责人,淡淡道,"如果合约文件没有问题,拿来给我签了,有时间我会去那边看看。"

说出这句话的时候,裴昊辰好像总算是有了几分精神,也让小杜松了一口气。

这个语气才算是正常了一点。她不敢耽误,立马去处理。而裴昊辰也不闲着,转身进了书房。

Aaron之前就说过,裴昊辰这个男人有不同寻常的坚韧,他疼朵朵,是所有人有目共睹的,说他完全不在意这件事情,Aaron不会相信。这件事情其实也是Aaron失算,原本觉得,有一个不同的人来改变改变裴昊辰的现状,会让裴昊辰拥有一种不同于过去的生活。裴昊辰只有一个母亲,却也在他十一岁的时候离开,他举目无亲,那个时候对这样的孩子的照顾政策并不完善,他就守着自己那个破房子,开始往离家最近的一个剧组跑,这一跑,就过了这么多年。

他的确有本事也很强大,更加肯拼。唯有骨子里总是少了一点东西。这点东西,朵朵带给了他,Aaron很是欣慰,可在发生这件事情之后的同一时间,Aaron开始担心,会不会随着朵朵的离开,那点好不容易出现在他骨子里的东西也随之抽离。

事实上,Aaron的担心显然是多余的。

和节目组简单地交涉了所有的问题,把赔偿违约的事情全部谈妥赶回裴宅的时候,Aaron见到的是一个已经投入工作的裴昊辰。

Aaron把他往后一年的工作全都列了出来,其中还包括成立工作室以及副业的打理,一条一条,清晰明了。

"那边是不是表示过,电影要赶在明年的一个热潮前上映,提前选角,是想要提前开拍吗?"裴昊辰说这句话的时候,目光盯着电脑屏幕,修长的手指轻敲键盘,语气寡淡。

的确是这样,因为考虑到环境问题和小演员的问题,真的要按照原定计划明年开拍,只怕一年都拍不完,要是再拖一下拖到天气冷了,那就更难。现在选好角色开始培训,多沟通多了解,演员全都准备了,会让整个影片的拍摄顺利一些。至于特殊取景,那些都不是事儿。

"去了解一下,给出一个具体的时间。我这边不会有任何问题,唯一的要求是要他们的安排和计划的详细资料给我一份儿。"没等Aaron回复,裴昊辰再次给出了自己的要求。

这个样子……貌似有些正常过了。Aaron 皱着眉头盯着他看了一会儿,裴昊辰的目光望了过来,波澜不惊:"还有什么事吗?"这会儿连 Aaron 都有点摸不准他了。Aaron 摇摇头:"好,我明白。"裴昊辰收回目光,盯着电脑屏幕,不知道还要做什么。

Aaron 要去联系剧组那边,走出书房的时候,还是忍不住看了一眼裴昊辰,轻叹一声:"昊辰,朵朵的事情……"

"这件事情……"裴昊辰沉声打断他,目光中终于多出了一丝工作以外的情绪,他的声音很低沉,"你们都不用操心,我有分寸。"

他有分寸!?有什么分寸!? Aaron 还想多问一句,已经直接被裴昊辰请了出去。房间里面重新安静下来,裴昊辰看着空荡荡的房间,又重新沉默地坐了回去,仿佛被抽离了生气。

朵朵,你到底去哪里了?

第14章
夏朵朵失忆了 »

三个月的时间一闪而逝。

但是这三个月对于娱乐圈来说，有些东西并没有办法那么轻易地抹掉。当红影帝和萌神的两期亲子真人秀节目，因为小萌神朵朵的离开，被节目组直接挖了出来做成了特辑，收视率完全不亚于节目最初播出时候的火热。

原本的消息都是媒体散播出来的，大部分舍不得朵朵的粉丝们起先是不愿意相信的，直到第三期节目播出的时候，节目组官方微博以及裴昊辰以个人名义发微博说明了这件事情，粉丝们才真正地了解到，朵朵是真的走了。

原本有人质疑这件事情是不是从一开始到最后都是裴昊辰的工作团队为他策划的一场炒作，然而就在言论越来越汹涌的时候，处于风口浪尖的天王影帝忽然销声匿迹，所有的大小场合一时间都没了他的身影，就连电影节中的奖项都是以"裴昊辰工作繁忙为由"，交由别人代领。

粉丝又一次送来了很多的礼物，其中以信件和卡片最多。多数都是来安慰裴昊辰并表示支持。只不过到了最后，这些信件全都由小杜一个人接收打理，因为裴昊辰……真的很忙！

裴昊辰提前进组，和整个剧组在边缘山区待了一个星期，终于选定了一个当地的孩子作为这个电影的童星角色。那个孩子只是个普通的孩子,却因为十分符合剧本中的人物形象,被导演一锤定音。可是对于这样的孩子,拍电影简直就是天方夜谭,有太多的东西,都要从头开始教。所以接下来的两个多月,他都要接受一连串的学习。

让人没想到的是,小远学习的这件事情,让整个剧组乃至导演都大跌眼镜。

裴昊辰独力揽下了和这个孩子沟通以及演技传授的所有工作,不得不说,他也是从一个无名小卒爬起来的,对于从新手入行要怎么快速学习,他的经验无疑是最宝贵的!

Aaron 也终于看清楚,朵朵的离开,并没有将裴昊辰缺少的那一部分东西带走。相反,一个懂得关怀和照顾的男人,不仅仅只是想要追逐在演艺事业上的成就。这无疑让裴昊辰整个人都透出了一种不一样的男人味道。

如果说从前看到他,能想到高冷帅气,影帝光环。

那么现在,他给人更多的,是温暖和温柔,以及对待事情明显的宽容之心。

对于工作人员的敬佩和客气,还有那些时不时就能听到的夸赞,裴昊辰并没有什么很大的反应。在和那个叫小远的小男孩相处了近三个月之后,裴昊辰趁着进组开拍之前,带着他回了一趟裴宅。

豪华精致的小洋房看得小远有些发愣。进门的时候,裴昊辰弯腰换鞋,顺手打开鞋柜的时候,不由得一愣。下一刻,他拿出了一双女孩子的粉色小拖鞋摆在了小远面前,歉意一笑:"家里没有小男孩的鞋子,先穿这个吧。"

小远是个听话的好孩子,他乖乖地点点头,弯腰给自己换上了小拖鞋。

进门后,他都小心翼翼地打量着四周。

同样的一双拖鞋,同样大的人,小远走起路来是安安静静的。裴昊辰看着穿拖鞋的那双小脚,不由自主地想起了从前家里"嗒嗒嗒"的声音。

大概也只有她,能把好好的拖鞋穿得嗒嗒响。

裴昊辰收回目光,笑着招待小远坐,自己则是去给他拿吃的。

"冰箱里有水果有酸奶,你要是想吃随时都可以拿。"裴昊辰把香瓜摆在他面前，直起身子看了一眼一楼关着的那个房间，沉默了一会儿才继续道，"晚上你就跟着我睡这间房。"

小远懵懂地看了一眼一楼那个房间，安静地点点头。

和那个让人头疼的小姑娘不一样，小远会走路的时候就已经在家帮忙做事了。他明年六岁，现在已经能自己照顾自己，晚上洗澡刷牙，除开裴昊辰告知他的注意事项，准备好需要的东西，其他的他完全可以自己来。

晚上的时候，原本属于夏朵朵的大床上，躺了一大一小两个男子汉。

小远渐渐地放松下来，他忽然一转小脑袋，在黑暗中望向裴昊辰："裴叔叔。"

裴昊辰并没有睡着，黑暗里，他很快就给出了回应："嗯？"

小远终于压制不住心里的好奇："这里是不是一个小姐姐的屋子？"

这一次，裴昊辰很久没有回答。

小远想了一下，认真地说："我刚才看到那个柜子里有好多小姐姐的裙子，屋里也有好多小姐姐的照片。小姐姐长得好看……"

裴昊辰轻笑一声，伸手摸摸小远的头："长得好看有什么用，长得再好看，没有良心也是白费。"

小远这回没说话了。

就在裴昊辰以为这样的谈话应该结束的时候，小远忽然说："裴叔叔，这个大房子都是你的啊？"

裴昊辰很有耐心："是，都是我的。"

黑暗里，小远竟然发出了一声叹息。裴昊辰觉得很好笑，可是下一刻，听到小远的话时，他笑不出来了。

小远说："裴叔叔，你一个人住这么大的房子，你不怕吗？"

裴昊辰的手放在身侧，无意识地拍着床。

"嗯，有点怕。"

男人的回答低沉而坦然:"所以我不太想回来住,今天其实也是希望有个小朋友陪陪我。"

小远似乎扭了扭头,短而坚硬的头发在枕头上摩擦出了短促的声音。他想了想,很遗憾地说:"可是我想回家陪爷爷奶奶,裴叔叔,那个小姐姐什么时候回来啊?"

裴昊辰看着漆黑的天花板,语气有些无力:"我也不知道。"

小远也不知道说什么好,夜静谧无声,一大一小两个男子汉,在满是少女风格的床上渐渐入睡。

同一时刻的另外一个地方,机敏的少女在等着大哥睡着之后,终于找到机会,给自己的老师打了一个电话!

李泽安还没睡觉,接到夏朵朵的电话,乐了一下:"哟,还不睡!让你大哥逮到了,非治你不可!"

夏朵朵却没那个闲情。夏恩华说,几个月前她出了车祸,受了很重的伤,所以她醒过来的时候,除了那时候外出出了车祸,之后的事情全都不记得了。她是好不容易捡回一条命的,现在身体的机能都十分不稳定,所以夏恩华不仅没收了她的一切电子产品,还破天荒地暂停了自己重要的工作,每天陪着她。她觉得自己像一个高位截瘫的复健病人一样,连大口呼吸夏恩华都会紧张不已!

电话是不被允许触碰的,现在她偷偷打电话,纯粹是因为出院之后夏恩华带着她去公司办理离职手续的时候意外地碰到了李泽安,而李泽安竟然告诉她,有人要查夏恩华!

这个人不是别人,正是当初害夏朵朵出车祸的那个裴昊辰!夏朵朵就奇了怪了,当初的车祸好像没那么严重,毕竟她的车都还是好好的,可她居然就这么被撞失忆,还睡了这么久,现在人都废了,连工作都不被允许,新仇旧恨加在一起,夏朵朵忍不住咬牙切齿——不管大花是什么原因惹上了裴昊辰，现在有她在这里，裴昊辰这个浑蛋休想得逞！

　　李泽安从前在刑侦队干过，后来因为意外受伤，就干脆退了出来。他有一个很厉害的本事，就是侦查，想要知道什么事情，几乎没有他查不到的。他本人也是个天才，很多仪器自己整一整，比人家正经的都厉害。有人就说过，如果李泽安去做狗仔，娱乐圈将没有秘密。

　　可是李泽安这个人，本事大，逼格也高，不屑于去做那些事情。倒是给不少的大型公司做过安保系统的维护和开发，还有不少信息科学的组织也向他伸出过橄榄枝，但是这个人性情古怪，理都不理，继续干自己的个体户。林江市不少有头有脸的人物，重金都请不动他。

　　说到夏朵朵和李泽安的关系，还要追溯到她刚刚毕业那会儿。因为夏朵朵想要做一个出色的娱记，夏恩华思索片刻，把她送到了一个自己交好的朋友那里培训了几个月。这个交好的朋友，就是李泽安。

　　据说，李泽安以前执行任务的时候和尚在读书的夏恩华有过什么奇妙的合作，别人都说李泽安是个怪脾气，其实在夏朵朵看来，就是欠虐。多少人追着他跑捧着他抬高他，他都不屑一顾，偏偏对上夏恩华这个同样脾气不好却同样优秀的男人时，呃……算是擦出了火花。

　　总之，两个人一拍即合，居然成就了一段莫名其妙的友谊。李泽安不喜欢接受什么邀请，是因为他不喜欢用一份合同、一个条约把自己捆绑起来。所以夏朵朵成了他人生中仅有的小徒弟。要说娱乐圈这点事儿，李泽安只是不想去涉水，但是现在要教小徒弟，难免要露两手，加上丰富的社会经验，夏朵朵在这里的三个月时间着实受益匪浅。

　　电话那头，李泽安告诉夏朵朵，原本他是不准备搭理裴昊辰的，但是裴昊辰要查的对象竟然是夏恩华，这才让他注意了一下，他准备接下这个委托，弄清楚缘由。夏朵朵一听，顿时来劲儿了："师父师父！带上我呀！"

　　李泽安似乎是知道夏恩华对她管得严，但是思考了一会儿，他还是严肃道:"行,看在你个小丫头这么重视你哥的份上,我帮你!"

夏朵朵千恩万谢,挂了电话之后立马蹑手蹑脚把手机放回夏恩华的房间,激动万分地回去睡觉了。

几乎是夏朵朵刚刚走,夏恩华就起来了,电话重新拨给了李泽安。李泽安在那一头感到十分无奈:"我说,你这整的是哪一出?先是故意把线索给裴昊辰,现在引他上钩又把你妹妹送出去?"

对于夏朵朵发生的事,李泽安看了节目之后就知道了,他心疼夏朵朵,能帮自然就帮了。只是按照夏恩华这个计划,未免也太迂回了点。

夏恩华没有立刻回话,而是想到了三个月前,夏朵朵在实验室病房被身体折磨得痛苦不堪时,一边流眼泪一边说的话。她求他,等她恢复了之后,他帮她一起去跟裴昊辰解释。她不是故意说走就走的,她也舍不得。那时候,夏恩华答应了,她毫不犹豫地相信了。

可是谁也不知道,她竟然失忆了。

失忆不是小事。按照常理来说,朵朵恢复之后,如果只是免疫力单方面提不上来和各个身体部位没能快速适应,那应该是呈虚弱状,而不是明显的病态状。很显然,她的各种失调和身体功能的紊乱,可能并不是恢复后的正常反应,而是药物的侵害反应。

换句话说,这个药本身就是改变身体各种功能的药,现在它像一只打不死的小蟑螂还存在于她的体内,发挥着自己的功能,那么对于朵朵的成人身体来说,自然是一直在受影响,这才是造成失忆的原因。

听到药物侵害反应,夏恩华当时就愣住了。其实他也觉得朵朵的恢复期可能太长久了一些,甚至完全不如从前的一半,他原本以为时间长了会慢慢恢复,但是这个最新的结果让他有些没办法接受。

新药的开发还没有做实验就被偷走,让朵朵误食,事情被披露之后,上面又立即停止了这种药物的继续研究,原本的提案以及报告,包括所有的资料和实验品都被销毁,所以现在没有办法用别的生物做实验。

原本最好的状态，是朵朵还在孩童模样的时候，研发出解药给她吃下去，让她彻底排出所有的药物后，正常地恢复过来。这样，恢复过来的身体器官可以正常使用，不会再有药物对其造成影响，但是因为未可知的因素，新药莫名失去效果，让她忽然恢复了过来，且看起来已经对身体造成伤害……如果持续下去，药物作用一直不消失，结果有两个。

第一，药效再次发挥重新变回小孩。这也是最好的结果，变回小孩，至少她的身体能恢复功能，至于坚持多久，就是未知之数。那时候吃下解药，就能正常地恢复过来！

第二，因为身体没有变化而持续对身体造成侵害，直至死亡。

随之而来的问题也有两个。

第一，朵朵的身体状况，其实并不稳定。

第二，作为新药开发的主要人员，他需要开始参加解药的研发。除非他想继续看着她这个样子下去，继续这样禁锢着她。

如果是这样，他宁愿把她送回到那个人身边。

握着电话良久，夏恩华终于开口：“是，想尽一切办法把她安排到裴昊辰身边，最好住在一起。我可能要出国一段时间去找父母，最终的解药研究出来之前，这事儿都不算晚。”

电话那头，李泽安叹了一口气：“好，我知道了。”

得知超级天王要查自己哥哥的时候，夏朵朵的内心是震惊的。她混了娱乐圈这么久，怎么可能知道这是祸不是福呢！首先，一个男人对另外一个男人穷追不舍……这一定有什么禁忌的原因，其次，他们家一直都是简单的科研家庭，爸爸妈妈做派都很正，要是因为裴昊辰这厮引得娱乐圈那些乌烟瘴气的黑水泼到家里来，那就真的永无宁日了！

所以，夏朵朵无论如何都不能让大花陷入这样的风波。她得在那个裴昊辰有进一步举动之前，扼杀掉他的一切行动！

也不知道是不是她太幸运,就在她思考着怎么瞒着夏恩华展开行动的时候,夏恩华居然要出国了!

其实这事儿很平常,因为父母也总是不在国内,夏恩华也忙得很,夏朵朵更多时候都是一个人。她还好奇大花怎么能放下工作,原来这段时间是在准备出国,顺便照顾她!

这真是老天保佑!于是乎,夏朵朵欢天喜地地帮着他收拾。

夏恩华看着她那个样子,神情有些凝重。这样离开,他真的不放心,却又不能不走。

"我不在的期间,不放心你一个人,我联系了你师父,你先跟着师父住一段时间。"

夏朵朵整个人都是一惊——事情也太顺利了吧!要是跟着李泽安,就可以更快解决风波了!真是有如神助啊!

夏恩华无视掉她的惊喜,连带着她的行李一起收拾了,离开的那天,先载着她去了李泽安那里。

李泽安今天起了个大早,掐着时间给裴昊辰那边打了个电话。

裴昊辰的声音有些喑哑:"您好,李先生。"

李泽安吃着早餐,愉悦道:"裴先生,打扰了,基于上次裴先生跟我说的事情,我准备接下这个单子。今天我是要和裴先生谈谈报酬。"

裴昊辰轻笑:"只要李先生能找到我要的人,报酬随便。"

李泽安微微挑眉:"哦,很好。裴先生,我有一个侄女非常喜欢您,我想要的报酬,是我在为裴先生调查的期间,让我的侄女住到裴先生家里,圆她一个偶像梦,时间最多不超过两个星期。您觉得可以,咱们就成交,您觉得唐突,就当我没说过,您请另觅他人。"

电话那头安静了好一会儿。

李泽安不是自负,是他对自己的名气和本事很有信心。

果不其然,几十秒后,裴昊辰声音低沉:"好,成交。"

李泽安愉快地挂断了电话,刚刚吃完了早饭,夏恩华就带着夏朵朵来了。见到面的那一刻,夏朵朵甩了行李箱就要扑过来抱抱,被夏恩华一把抓住:"都说了不能随便跑跳!"

夏朵朵吐吐舌头,老实地给李泽安打了招呼。两个男人相互打了招呼,夏恩华要赶飞机,言简意赅地让李泽安照顾着夏朵朵,李泽安嗤笑——反正要照顾她的也不是我啊。

夏恩华脸色一沉,李泽安赶忙道:"保证不会有问题!就算有也第一时间联系你!"

这样说着,夏恩华才放下心来。夏朵朵其实很舍不得他,依依不舍地道了别,一直目送夏恩华的车子消失在视线中,才回来。但是她现在还有更重要的事,所以,几乎夏恩华一走,夏朵朵就迫不及待地催促着李泽安赶紧处理问题,李泽安二话不说,带着她出了门!

一路上,李泽安连导航都不用,直直地往前开。夏朵朵眼看着这地方越来越熟悉,忽然扭头望向李泽安:"师父……你送我回家吗?"

李泽安笑了:"送你回什么家?你不知道裴昊辰家住在这儿吗?"

夏朵朵惊讶不已:"师父你好厉害!你居然查到他家了!?我跟你讲啊,我出车祸那天就是在跟踪他买的宅子!听说他和那个模特薇薇安有点问题!"说到这里,又忍不住感慨,"师父,是他告诉你地址的吗?他居然这么不懂得保护隐私?"

李泽安有点受不了她:"你脑子是不是脱轨了?他和那个薇薇安三个月前就闹得满城风雨了,听说是正式发了声明,撇清关系了。"不仅仅是如此,"还有那个住址,不是听说他参加了个什么真人秀活动吗,带着个小朋友,这个住址啊,我看不止我知道,他所有的粉丝都知道……"

李泽安发现夏朵朵不说话了,扭头看她:"怎么了?"

夏朵朵有点蒙。怎么她睡了一觉,居然发生了这么多事情!?

"师父，什么真人秀啊？"

李泽安呵呵："你问我？"

夏朵朵抽抽嘴角。她忘了，李泽安才不看这些鬼……

车子很快驶到了小区门口，李泽安递给保安一张名片，保安立马打了个电话，紧接着放行通过。

夏朵朵咋舌："大家明明在一个片区，为什么我有种进了皇宫的感觉，这里的安保简直比我们上了三十个台阶！"

李泽安停好车："你就没想想，物业费可能也上了三十个台阶。"

夏朵朵了然，跟着李泽安往里面走。

虽然是给了详细地址，但是要找到具体的房子，还得费费神。李泽安没那个耐心，拿手机给裴昊辰的助理打电话。

夏朵朵皱着眉头，目光环绕了一圈，忽然伸手扯扯李泽安的袖子："师父……往那边吧。"

真是不凑巧，助理的电话居然没人接。李泽安的脾气上来了："你知道路往哪边？别瞎指！"人都不记得了还记得路？

夏朵朵正色起来："我赌十根黄瓜，肯定是那边！"

李泽安哼哼，夏朵朵也哼哼，她较起劲来，自己一个人往里面走。

真的好奇怪……这条路……好像特别熟悉。

当夏朵朵莫名其妙地在一栋大宅前站定的时候，里面的门忽然开了。一个个子小小的女人神色匆匆地往外冲，差点撞上夏朵朵。

"哎哟！"小杜被这个戴着墨镜口罩的高挑女人吓了一跳，捂着胸口茫然道，"你是……"

夏朵朵立马回过神来，她见过这个女人啊，是裴昊辰的助理！

她赶紧呵呵一笑："您好您好，我是李先生的助理……"

小杜赶紧明白过来："哦哦哦！是李先生啊，对不对对不起，刚才我有点事情,没有接到电话,我也是猜你们是不是到了……"说着四处张望起来,"李先生呢?"

呵呵……李先生还在外面闹情绪呢!

夏朵朵带着满腔的得意去找李泽安:"看吧!我说得多准!"

李泽安若有深意地说:"你来过啊?"

夏朵朵立马回一个眼神:"没有啊!身为一个娱记,没有第六感怎么行!好了好了我的好师父,快走吧!"

终于抵达了裴宅,小杜弯腰为他们找拖鞋:"里面请里面请,裴先生已经在等着你们了。"

李泽安施施然换了鞋进门,夏朵朵跟在她后面,换上了一次性拖鞋。可是当她直起身子正要进门的时候,又是一愣……

她……是不是在哪个杂志报刊上看过这种房子的设计啊……

李泽安已经随着小杜进了屋,客厅的沙发上,已经有一个男人坐在那里等候。

李泽安发现身后的人不见了,扭头看了一眼,顿时有点无语。

看看看,有这么好看吗?

李泽安:"还不进来!"

夏朵朵回神:"哦哦哦!"因为一时情急,她就这么趿着拖鞋一路小跑地跑进去。

嗒嗒嗒——

砰——

一声闷响,似乎是茶杯掉在了毛毯上的声音。

小杜惊呼一声,赶紧去收拾被裴昊辰掉在地上的水杯。

沙发上的男人,目光从杂志上移开,落在刚刚进门的女孩子身上……

裴昊辰定定地看了夏朵朵一眼,可是等到他真正看清了眼前的人时,眼中仿佛有什么期待一闪而逝。他垂下眼,将手中的杂志放到一边。

小杜很快又泡了新的茶叶过来:"不好意思,外面很冷吧。"目光落在夏朵朵身上,不禁愣了一下,"这位小姐……你……"

夏朵朵戴着墨镜和口罩,在外面尚且没有那么奇怪,但是到了室内还这副打扮,就显得有些奇怪了。

夏朵朵瞅了一眼裴昊辰,轻咳几声:"我……"

还没等夏朵朵解释,李泽安已经呷了一口茶,悠悠道:"喔,她刚刚做了近视眼手术,又磕了下巴,没事儿!没事儿!姑娘家家就讲究漂亮,别理她!"然后望向裴昊辰,"裴先生,这就是我的侄女。"

夏朵朵愣了一下,什么侄女,她不是助理身份吗?夏朵朵藏在墨镜后的眼睛乜斜了他一眼,有点搞不懂李泽安在搞什么鬼。

李泽安也不理她,开始和裴昊辰谈正经事。

李泽安:"裴先生的大致意思我明白,但是我这个人也不是拿钱就做事,有些时候讲究一个原则问题,所以这件事情,我需要裴先生说得更清楚一些。"

裴昊辰看了一眼李泽安,又忍不住看一眼他身边讲一句话就跟着点一下头的小助理。裴昊辰微微靠向身后,淡淡道:"李先生的规矩,我很明白。李先生完全可以放心,我自然不会让李先生去作奸犯科,但是同时我也希望李先生有一定的职业操守,什么该说,什么不该说,李先生心里,也有一个尺度。"

夏朵朵:居然敢威胁师父!

李泽安哈哈大笑起来:"裴先生身为公众人物,有顾虑是应该的。但是我们既然选择了彼此,那就该有一定的信任程度。我李某人不喜欢说废话浪费力气,裴先生觉得可以,我们现在就可以开始谈一谈这笔生意。"

裴昊辰靠着沙发,微垂着双眸不知道在想些什么。夏朵朵偷偷打量着这个男人。

遥想好几个月以前,她为了跟踪这个男人,差点连小命都赔上了,万万没有想到，今天她居然能近距离地探听这个男人的小秘密，而且这个小秘密，居然还是跟大花有关！

李泽安轻咳两声："裴先生你要查的这个人，其实李某有一些耳闻，夏先生是从事生物科学方面的杰出人才。不知道裴先生具体想要了解一些什么问题？"

裴昊辰："我想知道这个男人的一切情况，另外，最近半年，他和什么人接触，做过什么事情，我都需要知道。"

夏朵朵心想，亏你说得这么理直气壮！

李泽安摊摊手："没问题，这些我都可以为裴先生做到。"

小杜准备了水果端出来，夏朵朵看了一眼，墨镜都忍不住滑了下来——啊！超级甜的绿宝石！可是这个季节了，外面很少能买到了！

裴昊辰目光幽深地看着夏朵朵，一直看得夏朵朵都无法直视香瓜，抬眼望向裴昊辰。

可是不知道为什么，当她对上那双眼睛的时候，心里莫名一虚，然后伸出一根手指把墨镜推了推，心虚地移开目光。

裴昊辰好像终于发现自己的目光有些唐突。他收回目光，淡淡一笑："这位小姐也喜欢吃这种水果？"

夏朵朵点点头："啊、是、是啊！我……很喜欢吃……"还没说完，就感觉到边上有两道鄙视的目光……

李泽安：呵呵……是请你来吃的是吧……

夏朵朵瞅了一眼李泽安，终于感觉到自己的注意力歪了楼！

她今天是为了大花而来的啊！

夏朵朵赶紧正色起来："不过仔细想一想……也没有那么喜欢……"拿起笔装模作样地做笔记。裴昊辰笑而不语，伸手把香瓜往她面前推了推。

夏朵朵悄悄地舔舔嘴角，是不是可以吃一块呢？可是醒过来之后大花就让她忌口，就算是最喜欢的香瓜，也一直没让她吃。现在都过了吃香瓜的季节，陡然看到香瓜中的珍品，怎么能够不心动呢！

李泽安一直在一边看着……他怎么觉得，这个裴昊辰看自己的目光和看夏朵朵的，就是不一样呢……

和裴昊辰达成了共识，李泽安还得搞定夏朵朵，所以中途，他带着夏朵朵到门口谈话。

"我要住在裴昊辰家里！？"

李泽安皱着眉头躲开了些，抬手揉揉自己的耳朵："很惊讶吗？"

夏朵朵拔高了一个调子："你说呢！"

李泽安摆摆手示意她安静一点："你冷静一点听我说完啊！这个裴昊辰啊，经过我的初步调查，我怀疑、我怀疑他是个患有恋童癖的变态！"

恋！童！癖！

夏朵朵的眼珠子瞪得更大了！早就听说越是大牌的顶级明星越是喜欢变着花样玩，想不到裴昊辰会有这种倾向！？

夏朵朵倒抽一口冷气，神秘地凑过去了一些："师父……你的意思是……"

李泽安心里在想，是夏恩华让他忽悠夏朵朵的，至于怎么忽悠，用什么方法忽悠，夏恩华说了呀，自由发挥嘛！

总而言之，他只需要达成"让夏朵朵成功住进裴家，并且受到裴昊辰照顾"的任务，就算不负所托了。

李泽安想了想，编纂了一个裴昊辰要查夏恩华的"真相"："事情是这样的，你知道裴昊辰不是上了一个亲子真人秀吗？那个孩子不是他的亲生孩子，是捡回来的！听说有一次那个孩子走丢了，刚巧被你哥路过捡到了，那个孩子哭啊……哭得惨啊，可是又不说为什么。不过，你必须知道，裴昊辰这个恶势力很强大啊，你哥还没来得及解救那个孩子，就被裴昊辰找回去了。我想你哥一定是不希望这件事情闹大，所以才私下，悄悄地把孩子救走了。但是呢，裴昊辰也不傻，所以就怀疑你哥了，最后就跑来了呗！"

胡说八道完了，李泽安长长地嘘了一口气……

撒谎也是个技术活儿啊！

可是夏朵朵已经完全陷进了这个可怕的事实，她怎么也没想到，大花居然这么正义！思索了片刻，她神情严肃得犹如一个革命女英雄："师父，为、为什么要我住进去啊……"

李泽安面不改色道："哦，因为我告诉裴昊辰，你是夏恩华的妹妹。"

夏朵朵倒抽一口冷气……

李泽安"啧"了一声："你听好了，我的计划是这样的！夏恩华他算是做了一件正义的事情，我们也不能看他被恶势力打压对不对？你想啊，要是我不查夏恩华，裴昊辰不相信我了，再派别人去怎么办！？所以现在要做的，就是牵制住裴昊辰！"

夏朵朵伸出手指头指着自己："所以，你让我去牵制住他？"

李泽安挑眉一笑："对呀！"

"对你个大叉叉啊！你这是送我入虎口啊！"夏朵朵快吓死了。

李泽安瞥了她一眼："夏朵朵，这就是你不对了，你哥都不屈服恶势力，你怎么能屈服恶势力？我不都说了裴昊辰他喜欢小女孩！你这样他看不上！你很安全！"

夏朵朵："……"

李泽安清清喉咙："你听我说啊！当务之急，是我要让裴昊辰知道，我和他是一伙儿的，所以当我知道你是夏恩华的妹妹，就毫不犹豫地把你送去他那里，让他相信我的诚意。在此期间，明面上呢我是在帮他查夏恩华和那个孩子的下落，其实呢，我是在积极地搜寻他的变态证据以及寻找能扳倒恶势力的人脉！这是一个很艰巨的任务啊！你不要小看它！我安排给你的，已经是最轻松的了！"

夏朵朵的手指头搅在一起，早已经心乱如麻："那……那我要怎么办啊？"

李泽安眼中滑过一丝诡异的笑意，道："其实很简单啊，你只要安安心心住在裴昊辰那里,相信我!你现在就跟秦国质子一样伟大!同时,你和他住在一个屋檐下,不是正好可以帮着我收集证据吗!"

夏朵朵很认真很认真地想了想,严肃道:"师父,我们报警吧。"

李泽安瞪住夏朵朵:"不能报警!"

夏朵朵泪眼潸潸:"为什么!没有武装力量怎么消灭恶势力!"

李泽安快凌乱了,急吼吼地说:"我不是说了吗!他的恶势力很大!你一定要沉住气!总而言之,一切听我的吩咐!我们要掌握十足的证据,再结合武装力量,要争取一次性让他无法翻身!你懂吗!"

夏朵朵心里已经在发抖了,这个任务……真的好艰巨!

最终,她沉重地点头:"我懂!"

李泽安欣慰地笑了笑:"总而言之,你谨记一句话——安心住下,有事就打电话!不过千万不能打110!知道吗!"

夏朵朵咬着唇,悲愤地再一点头:"我……懂!"

她一定会搜集证据,保护大哥的!

于是,就在这一天,夏朵朵接连被转手两次,带着拯救正义的大哥和消灭恶势力天王的重担,住在了裴昊辰家里。

第15章
再次同居的日子 》》

得知这位神秘的小姐要住下来,小杜震惊之余,帮着准备了一些洗漱用品和新的拖鞋。送走了李泽安,进了屋之后,让夏朵朵震惊不已的是,裴昊辰的身边……居然还有一个小孩!

那是个五六岁模样的小男孩,黑黑瘦瘦的,进来的时候,裴昊辰一身居家休闲装坐在沙发上,交叠的长腿上放着一本杂志,那个小孩子就乖乖地坐在另一张沙发上,即便没有裴昊辰那样骚包高冷的姿势,但是小腿上也摊着一本故事书。

听到响声,小男孩率先抬起头望向门口,也因为这一眼,看得夏朵朵愤怒不已!

是真的!原来都是真的!怪不得裴昊辰出道这么多年从来没听过和什么女明星有什么不正当关系,更是什么丑闻都扳不倒他,原来在他的心里,居然有着这么龌龊的心思!简直不可原谅!

再看看这个小孩,长得这个样子,之前一定过得很苦,原本以为被带到了皇宫,其实根本不知道自己被带到了一个怎样可怕的地方吧!

夏朵朵的脑子里忽然自动脑补出夏恩华像个大英雄,踩着七彩祥云救走一个深陷泥潭的可怜小姑娘的画面。

他们夏家人,就是这么正气凛然!握拳!

夏朵朵看着那个友好的小男孩,心里已经开始琢磨着自己要怎么效仿大花救走他!

夏朵朵穿拖鞋爱趿得嗒嗒直响,算得上是一个坏毛病,尤其是在这样油光锃亮的地板上,那嗒嗒的声音再一次让裴昊辰抬起头来,看了她一眼。

世界就是这么奇妙,裴昊辰作为一个连正式女朋友都没有的单身男人,家里忽然就安置了一个小男孩和一个陌生女人,莫名其妙地过上了类似一家三口的生活!

夏朵朵进屋的时候,小杜要离开了。

原本小杜也是要住下来的,但是,一来裴昊辰这段时间确实有一小段时间的清闲,二来她要结婚了。男朋友要死要活,抱着她的大腿不允许她在婚前还要天天陪着老板,所以在请示裴昊辰之后,小杜终于获释,回去欢天喜地地准备当新娘。

等到小杜一走,夏朵朵茫然地看着客厅里的一大一小,忽然有点不知所措……

烤好的蛋糕放在茶几上,小远不太习惯坐在餐桌上那样正经八百地吃东西。因为小远家里只有一个很矮的小木桌子,所以相比起来,蹲在茶几前吃东西,会更加习惯。裴昊辰有心纠正,但是看着小远那么不习惯,也就随了他。

夏朵朵看着小远跪在地毯上吃东西,对面的沙发上坐着看杂志的裴昊辰,心里忽然生出一种恶寒——

太变态了!太变态了!让小朋友吃东西都要对自己跪着吃!这简直是变态中的战斗机!

夏朵朵扯了扯自己的口罩,因为情绪波动而造成的呼吸急促差点让她透不过气。她三两步走到小远身边蹲下来,和蔼地开口:"小朋友……"

小远看了一眼忽然凑过来的人，吓了一跳……

裴昊辰的目光从杂志上抬起来看着夏朵朵，俊眉微蹙……

在家里还戴着口罩和墨镜，这个女人真变态！

夏朵朵这段时间都是这副装备，所以没有意识到当自己以这样的形象凑到一个小朋友面前的时候，"可怕"其实是大于"可爱"的……

小远咽了一口蛋糕，蹩脚的普通话还带着浓浓的乡音："阿姨……"

夏朵朵好像也意识到自己这个样子有点奇怪，她摘掉墨镜和口罩，冲着小远眨眨眼："我们到那边去吃好吗？"她抬手指了指餐桌的方向。

同一时刻，裴昊辰的目光也落在了夏朵朵的脸上……

"阿嚏！"就在裴昊辰望过去的那一瞬间，夏朵朵的鼻子一痒，直直地对着小远打了个喷嚏。

裴昊辰还来不及看清楚夏朵朵的脸，下意识的反应就是冲上前，一只手拉着小远站开到一步之外，另一只手直接扯过夏朵朵的口罩，对着她的脸就闷了上去……

夏朵朵：唔……

夏朵朵茫然地接住自己的口罩捂着脸，鼻子还有些痒痒的。

裴昊辰嫌恶地看着她："自己戴好！"

夏朵朵觉得有点委屈，但是事实上她现在身体是不好，每天还要吃药，她总不能祸害一个小孩子啊。

戴好口罩，裴昊辰指了一下一楼的一个房间："你就住那边吧。"

夏朵朵看了一眼走廊尽头的房间，乖乖地拖着自己的箱子进房间。裴昊辰并不热情，可是当他目光一瞟，就看到了夏朵朵掉在沙发上的东西——她拿笔记本假装写东西的时候手机放在了一旁。

夏朵朵有采访的时候一边记笔记一边录音的习惯，所以把手机拿了出来，但是她最近脑子不好使，进房间的时候就忘记了。

裴昊辰无奈地抓起手机走向她："小姐，你的手机。"

如果不是要找到朵朵，他绝对不会让一个陌生女人住到家里来，然而，就在夏朵朵转过身要拿手机的时候，定在手机里的闹钟忽然响起。

裴昊辰原本也是无意一扫，可就在他看清楚了因为手机亮起来而展示出来的屏保时，整个人都僵住了。

透明闹钟提示框下面，是一张照片，照片上，一个小男孩正抱着一个扎着歪辫子的小姑娘。那小姑娘憨萌憨萌的，白嫩可爱，那张脸，简直不能更熟悉！

"哦，谢谢！"夏朵朵感激地过来拿手机。

"朵朵……"裴昊辰无意识地念出了这个名字。

"啊？"夏朵朵望向裴昊辰。

裴昊辰皱起眉头，终于望向夏朵朵："朵朵？"

夏朵朵觉得莫名其妙："你叫我？"

脑子里仿佛打了一道雷，裴昊辰整个人都不好了："你……你是朵朵？夏朵朵？"

夏朵朵觉得这个眼神真可怕："是、是啊，我就是，我还没自我介绍吧……我姓夏，叫夏朵朵。"

裴昊辰忽然一把抓住夏朵朵的手腕，将手机举在她面前："照片里的人……是谁？"

男人突如其来的情绪吓坏了夏朵朵，她伸手抢回自己的手机："你什么意思啊！"

"照片里的人到底是谁！"裴昊辰的一声怒吼，不仅吓到了夏朵朵，还吓到了小远。而裴昊辰像是想到了什么似的，在夏朵朵回答以前，忽然一把拿掉了她的口罩和墨镜！

"你……神经病啊！"张牙舞爪的少女凶神恶煞的模样，仿佛和从前那个小东西的形象渐渐地重合了……

裴昊辰看看手机上的老旧照片,再看看夏朵朵,忽然有些呼吸困难……

"你……你是朵朵的母亲?"

夏朵朵气得要死,挣扎着摆脱他:"神经病啊!放手!放手你听到没!"

一番激烈的挣扎后,夏朵朵忽然间呼吸急促,一张脸都煞白煞白。裴昊辰吓坏了,他一时间都忘记了逼问,飞快扶住夏朵朵:"朵朵,你怎么了!"

夏朵朵打开他的手,抓起自己的手机,拖着小箱子跑进了房间!

"哐"的一声,门被关上了,夏朵朵难受得很,又气得很,进了房间,一头扎到床上,把裴昊辰骂了个底朝天!

裴昊辰处在某种震惊中,Aaron 则是在这个时候赶来的。小远似乎知道大人要办事,所以很自觉地回到了自己的房间。而 Aaron 在得知了裴昊辰托李泽安打探朵朵消息的事情始末之后,整个人也惊呆了:"你的意思是李泽安帮你忙的代价,是让你帮忙照顾一个粉丝,可是这个粉丝很像朵朵?"

裴昊辰现在还很乱,他脑子里全都是夏朵朵的那张脸:"我不知道,但是如果你看了她,你、你也会……"

Aaron 从来没看到裴昊辰这样慌张过,在他弄清楚了裴昊辰的意思之后,竟然想起了另外一件事情!

"你、你的意思是说,当初你查附近的走失案件,的确有一个叫夏朵朵的失踪案,可是是一个女记者?"裴昊辰震惊地看着 Aaron,在得到了 Aaron 的肯定后,陷入茫然。

得知现在人在家里,Aaron 试图让他冷静下来:"行了!你也别多想了!现在这个情况,都冷静点!估计你刚才也吓到了她,等等吧,等她出来的时候,心平气和地问清楚!"

裴昊辰心中忐忑,点头应下。

一直到晚上,夏朵朵都没有出来。裴昊辰和小远一起做了好吃的,她也不像上午那样感兴趣,甚至是叫她她都不回应。

裴昊辰有些担心，夹了些饭菜送给她。敲门，没有人应。

裴昊辰深吸一口气："夏、夏朵朵，你先开门……"喊出这个名字，他觉得十分别扭。

然而，就在裴昊辰以为要耗下去的时候，门开了。

一个小小的身影东倒西歪地靠在了门边，整个人迷迷糊糊的样子。她抬起头，几乎需要仰着头才能看到裴昊辰，一张小脸通红，眼神也不清晰。

夏朵朵："你——干什么啊……"她的头又重又痛，很难受。

"砰——"

裴昊辰的手一松，手里的东西全都掉在了地上，发出好大一声响。

夏朵朵吓了一跳，一屁股坐在地上，奇怪的视角让她需要仰起头才能看到裴昊辰的眼神，然后……她也愣了……

小杜是第一时间接到通知赶过来的，从她抵达这里开始，朵朵就一直躲在房间里，裴昊辰则是坐在客厅凹着一个忧伤蛋疼的造型，连Aaron都呆若木鸡……

事情发生得太突然，朵朵像个小疯子似的冲回房间关上门，怎么敲门都不开。裴昊辰在一片震惊中也忽然不知道该怎么办，一直从刚才愣到现在，Aaron自认为老练，这时候也震惊得没有话说。

太突然了……真的太突然了……

裴昊辰望向小杜："她在房间里，你、你去看看……"

辰哥真的被吓坏了吧，小杜担心地看了一眼裴昊辰，应了一声，走向夏朵朵的房间。

而房间里，夏朵朵已经崩溃了五百遍。

夏恩华说过，她现在的抵抗力很差，所以一直以来都把她用各种厚衣裳围巾口罩裹得好好的。她每天都要吃很多药，不能情绪激动，更不能激烈运动。今天，她情绪激动了，还和裴昊辰有激烈的争吵，最最重要的是，她刚才心情不好连药都没吃，倒头便睡觉了。

一开始是觉得身体热，渐渐地，浑身开始疼。她缩成一团想要缓解痛苦，迷迷糊糊地就昏过去了。

这种感觉她隐隐有些熟悉，好像曾经有过这种感觉。但是等她仔细去想的时候，又完全没有印象。

然后……然后就没有然后了……

站在床前，看着已经到自己胸口的床沿，她崩溃地把小脑袋埋在了被窝里……

怎么会这样！？她怎么变回了小时候的样子？

就在这时，房门被敲响，小杜的声音传了进来："朵朵？朵朵？"

夏朵朵把脑袋钻出来，听了听声音，确定了不是裴昊辰才慢吞吞地去开门。

门被打开，一颗小脑袋钻了出来，依旧是那个模样的小朵朵带着一种茫然的眼神看着小杜："有什么事吗？"

再看到朵朵，小杜也是感慨万千，即便裴昊辰已经表明，面前的这个小东西其实是那位夏小姐缩水后的产物，但是小杜依旧忍不住把她当作当初的那个小萌物，小杜对着夏朵朵笑了笑，看着她泛着红晕的脸蛋："你的脸色有点不对啊，是不是发烧了？难受吗？"

难受？

难受吗？

夏朵朵伸出肥肥的小手摸了一把脸，唔，真的热乎乎的，可是她不难受啊！

也是这个时候，夏朵朵才有了因为变小而产生的震惊之外的意识——她不难受了！

脸蛋虽然还是红红热热的，可是比起最开始醒过来的迷迷糊糊，她整个人已经清醒了很多！身上的热度更是退去了不少。不仅仅如此，从醒来到变小之前，她脆弱得就跟一破罐子似的，自己都能感觉到全身上下的异常，所以每次出门又是口罩又是墨镜的，可是此时此刻，她只觉得通体舒畅！就跟用三位真火淬炼了一般！现在的她，爽爽哒！

夏朵朵看了一眼小杜，摇摇头，依旧是那个熟悉的小软腔："我没有不舒……"

话说到一半，夏朵朵忽然浑身一震，脑袋迅速地缩了进去！

哐！咔哒！

房门关闭！反锁！紧紧地！

小杜愣了一下，下意识地往身边望去，就看到了不知道什么时候悄无声息凑过来的裴昊辰……

裴昊辰："……"

夏朵朵不愿意接触裴昊辰，成了家里的最新问题。

见到小杜和裴昊辰全都沉默，Aaron倏地站起来，直直地朝夏朵朵房间走去："我去瞅瞅。"

小杜连忙拉住他："叔叔你别添乱了！朵朵不舒服！"

Aaron凌乱了："我得问清楚啊！这到底怎么回事！？拍科幻片吗！"

一直沉默的裴昊辰忽然跟着站起来，神色严肃地迈开步子走了过去："Aaron说得对，这件事情一定要弄清楚。"

咚！

小杜："辰哥小心！"

小杜话音未落，被茶几绊了一跤的裴昊辰已经飞快扶住沙发扶手，以一个比刚才黑沉一百倍的脸色艰难地站稳了……

小杜和Aaron对视一眼，纷纷表示头疼！

裴昊辰你先冷静一下好不好！？

最终，在三个人做好准备找夏朵朵之前，门自己打开了。

嗒嗒嗒的拖鞋声第一时间吸引了三个人的注意力，一瞬间三双眼睛全都望向房门口，让好不容易鼓起勇气出来的夏朵朵差点腿软！

站在房门口，夏朵朵警惕地看着三个人，不知道过了多久，她终于鼓起勇气说出了第一句话:"我肚子饿了。"

夏朵朵也没办法,身体变小之后,她通体舒畅,好像有使不完的精力,可是与此同时,她饿得也很快。

小杜最先反应过来,她赶紧点头:"我给你做点吃的,你先过来坐,家里还有好多吃的,你想吃什么?"

夏朵朵缩在门口,偷偷瞄裴昊辰,确定了裴昊辰没有任何动作,才小心翼翼地走过来:"我想吃炒饭……"

炒饭啊,没问题!小杜爽快地应下,撸着袖子就往厨房走。夏朵朵的小眼神儿一直警惕地看着裴昊辰和Aaron,身体保持着和他们最远的距离,贴着墙壁挪动,好像只要裴昊辰稍微有异动,她就会立马做出防备措施一样。

等到挪到厨房边边的时候,夏朵朵"嗖"的一下冲进厨房,还不忘记把门给关上。

这一幕,看得Aaron有些莫名其妙。

按照常理来说,是夏朵朵隐瞒在先,之前相处的时候,她和裴昊辰的感情更是好到逆天,怎么事情真相大白了,她反倒防备起裴昊辰来了!?

这有点奇怪啊!

Aaron疑惑地望向裴昊辰:"这是什么情况?"总觉得你好像对她做了点什么。

裴昊辰紧紧地盯着厨房的大门,神色间俱是疲惫和无奈。

"什么也别问,我想静静……"

香喷喷的炒饭特意加了许多材料,餐桌上,三个大人一起盯着坐在餐桌前的夏朵朵。

可怜她人小嘴小,胃口却大,一张小嘴全都被炒饭包得满满的,小脸都快埋到饭盘子里了。

裴昊辰皱着眉头坐在她斜对面,忍不住伸手去推她的脑袋。

夏朵朵正准备再吃一口饭，脑袋忽然就被什么东西抵住了，她倏地抬起头看着斜对面伸出手的男人，小脑袋一缩，躲开了他的手。

裴昊辰成功地接收到她防备的眼神，就这么定定地看着她，淡淡道："吃慢点，谁跟你抢。"

夏朵朵咽下一口饭，拿起一杯水喝了一口，放慢了速度。

三个人就这么一直盯着她，夏朵朵吃到最后，默默地放下筷子。他们这么看着她，她吃不下……

小杜关心道："不吃了吗？"

夏朵朵还没来得及晃脑袋，裴昊辰已经起身把她面前油汪汪的炒饭端走了，转身的时候还能听到他低低的声音："大晚上的吃这么油，你也不怕被油得睡不着……"

夏朵朵转过脑袋看着裴昊辰的背影，居然没有跟他顶嘴。

裴昊辰把剩下的一点饭给扔掉，转而回到餐桌前，这一次，他直直地坐在了夏朵朵的对面，就这么盯着她。

Aaron和小杜退让到两边，还没坐下，裴昊辰已经发话了："你现在有什么要解释的吗？"

夏朵朵捧着水杯喝了一口水，感受着这种三堂会审的感觉，一口水吞也不是吐也不是。小杜看她的样子有些为难，赶紧放柔了语气，把裴昊辰的话换了一个说法表达出来："朵朵，你为什么不告诉我们你……"

夏朵朵一会儿看看小杜，一会儿看看Aaron，就是不看裴昊辰，其实她自己都不知道是怎么回事，她现在也很需要解释啊！

裴昊辰只觉得胸腔里一股火在烧，他盯着夏朵朵，忽然道："这几个月你把我们当猴耍是吗！？看着别人着急难过你很开心是吗？耍得我们团团转很有意思是不是？"

夏朵朵被裴昊辰吓了一跳，小身子明显一颤，眼神惊恐地看着他，一语不发。

裴昊辰的确是有些激动，以至于额角的青筋都有些爆出。也许，如果不是夏朵朵以这样的方式突如其来地印证了他的想法，他也不会这样失控。

小杜和Aaron赶紧拉住裴昊辰，生怕他一个激动而对朵朵怎么样。Aaron给小杜使了个眼色，小杜起身就走到夏朵朵身边，把她连人带椅子拖出来，抱着夏朵朵朝她以前的房间走去，既是安抚夏朵朵也是安抚裴昊辰："好了好了，今天都晚了，有什么事情明天再说好吗！？辰哥你也冷静一点，小远好像已经睡觉了，别吵到他。"

裴昊辰看着被小杜抱走的夏朵朵，忽然说："打电话给李泽安！我要一个合理的解释！"

夏朵朵闷不吭声地被小杜抱回她以前的那个房间，刚一进房间，她就十分不习惯地扭着小身子从小杜身上滑下来，正正经经一板一眼道："谢谢你啊，不用把我当小孩子看……"

这样的朵朵和从前的朵朵截然不同，小杜看着她情绪低落的样子，难免要为裴昊辰刚才的表现开解。

小杜蹲下来看着夏朵朵，耐心道："朵朵，你是不是因为刚才辰哥的样子生气了？"

夏朵朵没说话，瞅了一眼小杜，低着脑袋走进屋坐在了小圆桌旁的椅子上。

明明还是那个小小的模样，明明低落开心都是那个表情，可是谁能想到这个样子的夏朵朵，其实是个实实在在的大姑娘？小杜这么看了一会儿，觉得这个世界真是玄幻。但是玄幻归玄幻，有些事情还是必须要说清楚的。

她跟着坐到夏朵朵身边，耐心道："朵朵，其实辰哥是真的着急。你知不知道，你走的这三个月辰哥是怎么过来的？"

夏朵朵原本低着头抠自己衣服上的小扣子，闻言却是一怔，连手上的动作都停了下来。小杜看着她，回忆起过去的那几天，眼神里都有惋惜和心疼："叔叔常说，辰哥是个很能扛的人，他这么多年一个人打拼过来其实并不容易。大家都看得出来，他是真心对你好，真心疼你！可是你呢？说出现就出现，说离开就离开。你能想象他那个时候的表情吗？"

夏朵朵抬眼看了看小杜，眼神中都是迷茫。

小杜以为她不明白，继续道："不说别的，就说这间房。你走了之后，辰哥一直都有让人来打扫，你的东西，连一根牙刷都没动过。辰哥不是什么矫情的人，可是无论是去那种偏僻的地方拍戏还是把小远带回来，都是因为他……"

夏朵朵看着小杜的目光动了动，他……他怎么了？

小杜忽然有点难过，她伸手摸摸夏朵朵的头："因为你陪着他的这几个月，让他轻而易举地打破了这么多年独来独往的习惯，你明白吗？

"朵朵……你明不明白一个人生活的感觉？"

夏朵朵的嘴唇动了动，却没能说出话来。

小杜轻轻叹了一口气："你说你不是小孩子，那我的这番话，你应该明白是什么意思……"

夏朵朵的手不自觉地重新抠起衣服扣子，小杜这才发现她还穿着大大的衣服，赶紧起身走到衣柜边："我都忘了给你换身衣服了！"

因为衣服变大了，她把裤子袖子都卷起来了，此时此刻，夏朵朵转过头看着小杜打开的衣柜，发现里面有满满一柜子的衣服。小杜给她挑了一件棉衣，忍不住又叹了一口气："自从你来了之后，辰哥给你买东西全都是一年四季一起买，估计你要是再多待一阵子，这柜子的衣裳都放不下了。"拿着衣服递给夏朵朵，"快，换上。"

夏朵朵看着小杜手里的小衣服，终于小声地开口："我……我没有要耍谁……"

"你说什么！？"裴昊辰切梨子的手猛地一顿，有些不可置信地望向从夏朵朵房间里出来的小杜，"你说她不记得？不记得是什么意思？"

小杜也很难相信，但是事实就是这样："意思就是，从她醒过来到现在，她根本就不知道三个月以前到底发生过什么。她全都忘了，她这三个月来，其实都待在实验室临时的观察病房，自己都不知道发生了什么……"说到这里，小杜又加了一句，"辰哥……朵朵的样子不像是在骗人，如果你不信，也许可以去问问李先生……"

裴昊辰当然要问！李泽安似乎一直在等着这通电话似的，接到电话的时候全然不意外，也是在这个时候，裴昊辰才真正地接触到了夏恩华这号人物。

裴昊辰终于证实，夏朵朵是真的忘记了所有的事情。不仅仅是这些。从现在的状况来看，朵朵之所以会有这种变化，应该是残留在身体里的药物重新发挥了作用，让她再一次变小。并且，在她变小以后身体恢复健康，应该是在药物发挥作用之后就停止了对她成人身体的各种侵蚀。现在是最好的状态，只要她吃下解药，就能以一个正常的状态恢复原样，彻底变成正常人。

说到最后，夏恩华第一次平心静气地对裴昊辰做出了请求。他希望在这段时间之内，裴昊辰能代为照顾朵朵。

没有立刻听到裴昊辰的回答，夏恩华忽然道："裴昊辰，你以为我为什么要把朵朵重新送来你这里？"

裴昊辰的目光动了动，握着手机却没有回答。

夏恩华轻叹一声："如果不是当初朵朵告诉我，一定要带她回到你身边，你以为你真的还有机会见到她吗？我原本以为回到你身边，也许对她恢复记忆会有帮助，可是我没有想到你们的相处会这么糟糕。既然是这样，我对你说声抱歉，如果你实在不愿意代为照顾朵朵，可以把她重新送回李泽安那里。我也知道之前裴先生曾经和真人秀的节目签订合约，之后有一定的损失，你的损失，我愿意补偿。这件事情，我们就让它过去。"

电话挂断后，裴昊辰沉默了很久，时间悄悄溜走，直到厨房的水都煮开翻滚起来才回过神。

雪梨汤是给她煮的，她有点感冒，刚才好像也咳了几声。

……

夜已经有些深了，夏朵朵躺在床上，轻轻地咳了几声。

叩叩叩，房门被敲响。

夏朵朵懒洋洋地从床上坐起来，抱着被子盯着房门口的方向："谁、谁啊？"

片刻之后，是一个低沉的男声："我。"

你……

你谁啊你！

夏朵朵对着门板乜斜了一眼，原本不想理会，但是脑子里忽然就想起了小杜刚才说的话，最终还是滑下床跑去开门。

房间门被打开，夏朵朵钻出小脑袋，眼神略带怯意，看着门口站着的男人："干什么啊？"

裴昊辰看着她，淡淡道："没睡？"

夏朵朵摇摇头。

裴昊辰的反应是直接推开她的房门走了进去："让你吃那么多油泡饭……"

夏朵朵跟着房门一起被推开，对着裴昊辰做了个鬼脸，人倒还是乖乖地跟在他后面，坐到了小圆桌边。

裴昊辰把手里的雪梨汤递给她："喝吧。"

夏朵朵晃着一双小脚盯着这碗东西，动动鼻子嗅了嗅，瞅了裴昊辰一眼。

裴昊辰也看了她一眼，夏朵朵就像是被踩到脚的猫："看什么看！"

裴昊辰："……"

意识到自己的反应好像有些过激，夏朵朵也说不上为什么，就是觉得……心跳得有点快，她握住小汤匙，喝了一口。

唔，热乎乎的，淡淡的甘甜。最细心的，莫过于切得格外小的雪梨。

是个好东西。

夏朵朵豪迈地丢掉了汤匙，捧着小碗一口闷！

裴昊辰定定地看着她，一句"慢点喝"始终没能说出来。现在面对她，他有些不清楚自己要把她当作以前那个小东西，还是之后仅仅只有几面之缘的夏小姐。

放下碗，夏朵朵舔舔嘴角，瞅了裴昊辰一眼，憋了好半天才憋了一句："谢谢啊。"

裴昊辰回过神来："嗯？"

夏朵朵深吸一口气，中气十足地重述："谢谢你啊！"

裴昊辰："……哦……不、不用谢。"他垂下眼，伸手收回碗就要起身，结果一不小心撞了膝盖，倒抽一口冷气。

夏朵朵滑下椅子，看白痴一样地看了他一眼。

裴昊辰没有再多留一刻，他收了碗，连膝盖都顾不上，大步出了房门，轻轻为她关上了房门。

夏朵朵喝得肚子暖暖的，舒服得不得了，拍着肚皮爬上床，想起裴昊辰刚才神经质的反应，忍不住又嘀咕了一句："什么毛病……"

夏恩华还要好一阵子才能回来，裴昊辰睡觉之前再一次联系上了夏恩华，表示他会代为照顾朵朵。

夏恩华没有多说什么，简单地应了一声，当作明白。

不得不说，这间房可比刚才的房间要舒服，床舒服，温度也舒适。夏朵朵经过这么一天的又惊又险，很快就睡过去了。

第二天一早，夏朵朵是自然醒过来的。

可是真是奇怪，睁开眼第一眼看见的是不一样的房间，不一样的布置，她却一点不觉得陌生，想着这以前是她的房间，她第一次对以前的记忆有了极大的好奇——这么说，她以前真的和裴昊辰相处得极好！？

夏朵朵撇撇嘴，滑下床，揉着眼睛去梳洗。

她昨天又累睡得又晚，起来已经快十点钟了。身体虽然变小了，但是明显比以前要好多了，她打开窗户呼吸，空气冰凉凉的，再也不会觉得哪里不舒服了！

这种感觉真是棒棒哒！

出了房门，最热闹的就是厨房了。

夏朵朵趿着拖鞋走出去，刚好碰到兴高采烈地跑出来的小远。

见到夏朵朵，小远先是一愣，然后马上反应过来："小姐姐！"

夏朵朵吸吸鼻子，没有说话。她的脸色有种被"小姐姐"这种称呼雷到的感觉……

"早……早啊小远。"夏朵朵挤出一个笑，挥挥手。

小远突然又想起了一件事，咧着嘴高兴地看着夏朵朵，问："对了小姐姐！你要看我和裴叔叔钓的鱼吗！"

钓鱼！？

夏朵朵望向厨房，就看到从厨房里端着早餐出来的裴昊辰，眨眨眼传递着疑惑的意思——钓什么鱼？

小远继续兴致勃勃地道："裴叔叔一大早就带我出去钓鱼了！我们钓了好多好多小鱼！"

裴昊辰手里端着早饭，看着夏朵朵："吃东西吧。"

夏朵朵摸摸肚子，是有点饿。

裴昊辰看着她一路爬上餐桌，把准备好的东西推到她面前："吃吧。"

夏朵朵抬手随意地擦了一下鼻子，拿起刀叉就开干。

刀叉刚刚切开了一块火腿，她好像想到了什么，抬眼望向裴昊辰："谢谢啊。"

裴昊辰哭笑不得地看着她："唔，不用谢……"

裴昊辰的早餐做得很不错，夏朵朵吃得一干二净，以至于她根本没吃饱，她舔着嘴唇偷偷看了裴昊辰好几眼，有点不好意思续盘……

裴昊辰收盘的时候看着连果酱都舔得干干净净的盘子，不免一怔："还……还要吗？"

　　人家都诚心诚意地问了，她当然要大大方方地承认！夏朵朵抹了一把嘴："再来一盘！"又想起什么似的，"哦，谢谢啊！"

　　裴昊辰脑袋朝向另一边，无声地舒了一口气："不用谢——"

第16章
我不会忘记你 >>>

裴昊辰第一次知道，原来一个人对你客气，也并不是一件愉快的事情。如果说今天和昨天有什么不一样的地方，那大概就是夏朵朵不再气呼呼地对着他，也不会躲着他，在温泉馆的时候，她甚至还心平气和地找他聊了一聊。

沙发上，夏朵朵依旧荡着两条小腿儿，抱着一杯大酸奶，一勺一勺地吃得满嘴，偏偏语气老气横秋："啊，你真的那么早就怀疑我了啊。"

裴昊辰陪着坐在一边，腿上放着一本杂志，杂志刚刚好翻到了当初做专访的那一篇文章。照片上的夏朵朵温顺可爱，趴在他的背上笑容灿烂。再抬眼，眼前的夏朵朵……吃成了小花猫。

现在，每说一句话都是需要极大勇气。

裴昊辰沉默片刻，点点头："嗯。"

夏朵朵眼珠子转了一圈，低头掰着自己的大腿瞅了瞅，唔，真的有一块不大不小的胎记。

小勺子挖起了最后一勺酸奶，她一口吞掉，心满意足地放下杯子，抬手摸摸自己的肚子，平和地说："好吧，既然是误会，就让我们潇洒地忘掉吧！我大哥回来以前，就先麻烦你了！"

裴昊辰拍过很多戏，不乏失忆这样的桥段，可是当这样的桥段发生在生活中时，他才终于明白自己从前的演技是有多么肤浅。原来面对一个失忆的人，会是这样的感觉。

"不麻烦。"他望向窗边，声音略显低沉沙哑。

小远只知道，夏阿姨已经回家了，朵朵小姐姐意外地又找到了。可是他有点疑惑，不是说裴叔叔很想念小姐姐吗？为什么小姐姐回来了，裴叔叔反而没有那么高兴？

然而，小远并没有过多的时间来疑惑，因为就在第二天，剧组将最终确定好的剧本送来了裴宅，这让小远忽然想起，自己还是一个小演员。

洞悉了裴昊辰和小远其实是电影的搭档而非李泽安说的那种不靠谱的关系，夏朵朵明显对他们的对手戏产生了极大的兴趣。

客厅里，裴昊辰直接盘腿坐在地毯上，背靠着沙发。这大概也是这位天王影帝有生以来第一次看剧本看得这么不走心……

另外一边，是小朋友组合。小远现在的学习程度连小学程度都不够，剧本上很多的字他都不认识，原本这都是裴昊辰的工作，他也的确准备了很多的方法来帮助小远，但是此时此刻，他明显是多余的。

小远指着一个字愁眉苦脸的时候，另外一颗小脑袋就十分积极地凑了过来，字正腔圆的声调听得人通体舒畅："啊，这个字念厦，高楼大厦的厦。不过这是一个多音字哦！它还有一个读音叫 xia，第四声，来，跟我念一遍！厦！"

小远迷茫地看着面前这个香香软软的小姐姐，操着一口不标准的普通话跟着学，夏朵朵听完，满意地点点头："非常好！你继续看吧！"然后，她心满意足地趴在地毯上，面前垫着一个小抱枕，小脚翘起，白白嫩嫩的小脚趾不安分地动来动去。

忽地，夏朵朵眉头一皱，抬眼对上那道已经望向这边很久的目光："怎么了？你也有不认识的字吗？"

裴昊辰："……"他默默地看了夏朵朵一眼，低头继续看剧本。

夏朵朵和小远对视一眼，表示不懂，夏朵朵还催促小远："专心一点！来来来！继续！"

裴昊辰盯着剧本，半个字都看不进去，看了一会儿，又忍不住抬头望向一旁的两只小东西……不，确切来说……他是看着夏朵朵，对从前那些相处中许多的惊叹和意外都有了更深刻的理解，脑子里全都是"那个时候竟然会那样，原来是因为这样"的感悟！

可是不知道为什么，他心里一点也不反感现在的相处。相反的，哪怕他心不在焉，也清楚感觉到，自己是多么地希望现在的时间再过得慢一点，再慢一点……

岁月静好——裴昊辰觉得自己好像重新理解了这个词，这几个月心里的天翻地覆，好像都在这时候平静了下来，心里的那种充盈和温暖，几乎可以用一个叫作"满足"的词来形容。

他的朵朵……真的回来了吗？

一天的相处很快过去，夏朵朵已经彻底地和小远混熟了，小远在夏朵朵的帮助下，对剧本熟悉得更快。到了晚上，裴昊辰亲自下厨做了晚饭，两个小朋友吃得很香，吃完饭后，裴昊辰帮小远洗澡，哄他睡觉。

他的动作娴熟而温柔，正在掖被角的时候，双手忽然一顿，转过头望向门口，果然又看到那个往里面探头的小东西。裴昊辰收回目光，轻叹一声，把房间的温度设定好了，出门带上了房门。

出来的时候，夏朵朵已经在沙发上坐好，装模作样地翻着一本杂志。

所以……她是觉得自己刚才跑得有多轻盈！？偷看就偷看，装什么装！？

裴昊辰看了看时间，已经快十点了，夏朵朵还在认真地翻着杂志。只是那个余光总是偷偷瞟裴昊辰，注意着他的一举一动。裴昊辰看着她这个好笑的样子，忽然很好奇她以前做记者的时候是不是也这么……这么蠢！

他蛋疼地伸手抹了一把脸，走到夏朵朵身边，目光望向一边，伸手推了推她的肩膀，淡淡道："喂，去洗澡睡觉。"

夏朵朵偷偷乜斜了他一眼，比着口型怪模怪样地学了一句"喂，去洗澡睡觉"，"啪"的一声合上杂志，滑下沙发，趿着拖鞋自觉地回到了她一楼的房间。裴昊辰看着她小小的身影，好像跟消失前完全没有区别，他抿着唇想了一会儿，忽然迈步跟着进了房间。

夏朵朵熟门熟路地进了浴室，然后才发现一个问题……

身体这么小……洗澡会不会很危险啊！都不能坐在浴缸里，要不要把水放少一点！？要是洗个澡淹死了怎么办！？

她正在纠结洗澡方法时，门口忽然传来了三声敲门声。

夏朵朵回过头，就看到高大的男人双手环胸倚在浴室门边："要帮忙吗？"

帮……帮忙！？

夏朵朵的眼神变得警惕起来，双手拽住自己的衣领把自己缩起来："帮……帮什么帮！我又不是不会洗澡！出……出去！"

裴昊辰总算知道那时候她为什么会那么反感身体接触，他甚至觉得最初被扇的一巴掌又重新刺痛起来，看着这位小夏小姐一脸防备的样子，裴昊辰不知不觉地就……恶向胆边生。

他嘴角翘起，扬起一个冷冷的笑容，直接迈步走到浴缸边，指了指一边的毛巾："这条洗澡，这条擦头发，这条是浴巾。"又随手拧开了水龙头，"你身上也不脏，直接泡一泡就好了，天气冷，速战速决。"

裴昊辰驾轻就熟地指导着洗澡的流程，却让夏朵朵越听越蒙……

他……在教她洗澡吗？

"停！"夏朵朵的小手一把抓住裴昊辰的手，脸蛋忽然变得红红的，"那个……谢谢啊……我知道了，要不然……你先出去吧……"

裴昊辰闻言，淡淡一笑，起身摸摸她的头，和煦而温柔："跟我客气什么，以前天天帮你洗你也没这么客气……好了，我先出去了。你慢慢洗。"正要转身，又像是想起什么似的，加了一句，"水不要放太多，不然就该淹死了……"

夏朵朵手里的毛巾无声地掉在了地上,裴昊辰只当作没看见,转身出门了……

他刚才说什么?

小手扶上了浴缸的边沿。

呵呵,他一定是开玩笑的。

夏朵朵干巴巴地傻笑了两下,觉得一只手好像不够,另一只手也扶上了浴缸……她想静静。

假的……一定是假的……她怎么可能允许那么羞耻的事情发生!?她、她怎么会让别人帮她洗澡!

呵呵……

"你在干吗?"去而复返的男人重新出现在门口,看着那明显一僵的小身子,俊脸上竟然浮起了一丝可以称之为解气的笑容……

对!解气!

夏朵朵咽了咽口水,忽然双手紧紧抓住浴缸边沿,小身子一前一后地动起来:"天、天气太热,我热个身再洗澡!对!热身!"然后小小的声音开始富有了节奏感,"一二三四……二二三四……三二三四……"

天气太热……还热个身……

裴昊辰得意的笑容渐渐地转为了嘴角的抽搐。

真是够了!

"行,您慢慢热,有事叫我。"裴昊辰难得开始反思自己是不是玩过头了,看着那个小东西连看都不敢看自己一眼,他轻叹一声,离开了浴室。只是所有的注意力依旧留在这里,注意着这里的风吹草动。

夏朵朵半个小时之后才从浴室出来,耷拉着脑袋拱上床,被子一盖。裴昊辰再进来的时候,就只能看到床上鼓起的一个小山包。

这个晚上,夏朵朵思考人生的主题只有一个。

她被看光了!

裴昊辰呢？

明明一开始是他故意为之，明明应该是一件很解气的事情！可是看到她真的被震惊得郁郁寡欢一言不发，他又开始反思自己。他的房间还有几个洋娃娃，都是粉丝送给夏朵朵的，他为了练习给夏朵朵梳头，把洋娃娃的脑袋都拽得乱七八糟。

裴昊辰在房间里走来走去，忽然一转身对着一个洋娃娃指着它道："你不要这个样子我告诉你！我不会同情你！骗人好玩吗？失忆了不起吗？对，还失忆！你居然失忆！？好……很好！"

他自己估计都不知道自己在说什么，收回手又走了两圈，目光又盯向了那个无辜的洋娃娃："看什么看！？看什么看！？你以为谁天天看你来着！？你那个眼光防谁呢？我疯了吗！我能对你做什么！"

他越来越焦躁，最后一次望向那个无辜的娃娃，他的脸上甚至带上了几分笑意："变小……你以为你是变形金刚吗！我告诉你！你要是再用那种防变态的眼神看我，我就……"裴昊辰说到动气的地方，忽然抬起拳头对向那个洋娃娃，一副要揍人的样子。

就在这个时候，房间门口传来一个弱弱的声音——

"就……要揍我吗？"

这一次轮到裴昊辰一僵！

和刚才在浴室里的夏朵朵如出一辙，他机械地转过头，看向门边露出一颗小脑袋的小女孩。

居然忘记关门了！

气氛略尴尬。

裴昊辰难得的呆萌："你什么时候来的？"

夏朵朵冲他笑了笑："从'你不要这个样子我告诉你'的时候就来了……"

客厅里，裴昊辰拿来了一杯酒和一杯酸奶。

夏朵朵坐在沙发上，接过自己的饮品，插上吸管嘬了一口，看了一眼身边的男人，裴昊辰刚好也望向她。

两个人同时一怔，一大一小两个脑袋同时望向另一边！

气氛更尴尬！

裴昊辰觉得十分头疼，以至于他已经完全不知道该怎么打破这种气氛！

夏朵朵的脑子也乱乱的，今天的信息量好大！该从哪里说起呢！

"咳咳！"夏朵朵最终还是清了清喉咙，打开了话匣子，"裴昊辰啊，关于我失忆以前你对我的照顾，其实还是应该谢谢你，谢谢啊！"天哪，她在说什么啊！

裴昊辰："不用谢。"

这到底是什么跟什么！？

夏朵朵深呼吸一下，转过头望向裴昊辰，极大程度地绽出一个笑容："其实我仔细想了一下。你以前也不知道我是谁，那我就是一个小孩子嘛！所以对一个小孩子认真照顾！很正常嘛！哈哈！很正常！很正常！"

裴昊辰也终于重新望向她，眼中的神色很深沉。

夏朵朵挠挠自己的脑袋，又咬咬唇："既然都已经发生了，大家都是成年人！就要勇敢地面对对不对！来吧！"她忽然举起了自己手里的酸奶杯，"干了这杯！让我们潇洒地把之前的事情都忘记吧！"然后，生怕裴昊辰不答应似的，她伸出小手拉住裴昊辰握着酒杯的手，把自己的酸奶杯子凑了上去。

"砰。"

干杯！

"我先干为敬！"她把酸奶的纸盒子撕开一个大口子，丢掉了吸管，咕咚咕咚就喝了起来！

裴昊辰自始至终都一直看着她。

不知道为什么。

从前面对夏小姐的时候，因为那张神似的脸，他总会从那张成熟的女人脸上看到朵朵的影子。可是此时此刻，面前坐着的就是他牵肠挂肚了几个月的小东西。可是就这样看着她的侧脸，裴昊辰眼中的，却是那个其实才相处了一天的夏小姐……

也是在这个时候，有关于当初那个想法再一次萌生。

夏朵朵豪放地喝完了酸奶，上唇多了两撇小胡子，她看着裴昊辰，眼珠子亮晶晶的，抬起小手招呼他："你也喝呀，喝呀！"

裴昊辰定定地看了看她，忽然笑了出来。那种笑，像是一种释然的笑，一种明了的笑，也是一种让夏朵朵莫名其妙的笑……

"好，以前所有的事情，我们都潇洒地忘记。从这一刻起，重新开始！"裴昊辰举起自己的酒杯，对着她已经空空如也的酸奶杯子轻轻一碰，仰头喝完了所有的酒。

夏朵朵忽然一愣，脑袋里面好像有什么画面一闪而逝……

气氛奇妙地发生了变化。

两个人待在一起，少了尴尬，多了几分融洽。裴昊辰拿出手机，笑着跟她说起了她以前的粉丝。

夏朵朵安静地坐在裴昊辰身边，越听越惊讶。

她还有粉丝呀！

夏朵朵的笑容一僵，然后扭捏地捏着自己的小指头："那……那以前要工作嘛！"又猛地举起自己的手露出三根小指头，"可是我夏朵朵从来不写虚假消息！我发誓！"

裴昊辰笑出声来，望向一边。

真是服了她。

夏朵朵生怕他不信，小脑袋追着他的表情看："真的！真的！"

裴昊辰伸手把她的脑袋推了回去，话匣子也这样打开："以前工作，做得开心吗?"

有时候,谈话也需要一个融洽的氛围,一个合适的时机。

这场原本尴尬的谈话,因为两位主角自动自发地选择性遗忘一些尴尬的东西,话题才能无休无止地进行下去。

夏朵朵开始跟他说起自己以前跟踪其他明星发现猛料的故事,一直追溯到在李泽安那里学会的东西,甚至说到了自己读书时候的兴趣。

裴昊辰渐渐地靠在沙发上,夏朵朵说着说着,小身子也靠在了裴昊辰身上。她说话的时候不仅表情生动,有时候还有丰富的肢体语言。裴昊辰静静地听着,等她说累中场休息的时候,就自己说起以前还没有成名的故事。

夏朵朵对这个实在是太感兴趣了!

她亮闪闪的眼睛盯着裴昊辰,好像完全被他的故事吸引进去,也第一次走进这个男人,明白他这些年所有的艰辛和努力。

最后,她两只手托着下巴趴在沙发上,由衷地感叹:"真厉害,都能出一本自传了!"

裴昊辰已经不知道续了几杯酒,他最后抿了一口酒,望向夏朵朵的眼神也带上了几分迷蒙,声音低沉而温柔:"别的笔者……我信不过,写出来的东西一定不会是我想要的。"

夏朵朵歪歪脑袋:"不一定啊!"

裴昊辰笑了笑:"有些人不是说自己从来不写假东西吗。怎么样,要不你来写?"

"我!?"夏朵朵瞪大眼睛,小指头指向自己。

裴昊辰笑容不减:"怎么样,要不要试试?"

也许是聊得太开心,也许是真的有这个念头,夏朵朵想了一会儿,爽快一笑:"好呀!"

夜渐渐深了。

凌晨三点的时候,裴昊辰轻轻地抱起沙发上的夏朵朵,把她放回了房间。

她的睡相还是像以前那样四仰八叉，裴昊辰伸手摸摸她的额头，无声地笑了出来。

第二天，朵粉们疯狂了！

裴昊辰的微博里，有了一条最新的消息。

一大一小两只，夏朵朵手里拿着酸奶杯，扮着一个醉汉的表情，裴昊辰修长漂亮的手举着红酒杯，笑容清浅，眼神迷蒙，上面还配有一行字——

【重逢时刻，今夜不醉不归。】

朵粉们：嗷嗷嗷！我朵神回来啦！

知道了一切的真相，裴昊辰现在也有一个头疼的问题——夏朵朵的身份，必须好好处理，至少要让小朵朵安全地退离大众的视野。

然而，朵朵重新出现在广大粉丝的眼中，还是以这样一个搞笑的姿态从天而降，无疑让粉丝们纷纷雀跃起来，同一时间，坊间各种有关于裴昊辰将携朵朵参加特别节目的不实消息也不胫而走，原本失去了一部分粉丝的节目忽然因为这个消息又重新被冲上了话题榜第一名，而对大家来说，更好奇的是朵朵到底是谁家的孩子。只可惜，官方的消息做得实在是太保密，几乎是不得而知的。

夏朵朵变小之后，身体已经完全好了，整天都生龙活虎的。裴昊辰带着小远熟悉台词的时候，她就跟身上长虱子似的，一刻不停，嗒嗒嗒地跑来跑去。最后，裴昊辰忍不住停下来盯着她看了好一会儿，她才做出一个了然的表情，伸出食指抵在自己的嘴唇上，弓着身子，踮着小脚，蹑手蹑脚地回到自己的房间……

裴昊辰不知道好气还是好笑。他也没说她吵了啊……

夏朵朵的小日子过得实在是悠闲，现在腰不疼了，胃不酸了，连玩手机都有劲儿了！她兴致勃勃地刷着微博，终于证实了裴昊辰说的话都是真的！

捧脸！原来她真的有好多粉丝呀！

就这么刷着刷着，夏朵朵忽然发现了一个神秘的东西……

她的微博ID不知道什么时候改名字了，叫朵朵桃花开！

这是什么情况……

外面，裴昊辰还在和小远读剧本，夏朵朵抱着手机，偷偷地探头往外瞅。哪知道她才刚刚冒出一个脑袋，裴昊辰就已经望了过来。她瞪大眼睛缩回脑袋，那样子跟做了什么亏心事似的。

裴昊辰看着她，忍不住蹙眉：她在搞什么鬼……

夏朵朵已经打电话给夏恩华，对从前的事情，即便夏恩华不说，她从播出的节目就已经能明白得差不多了，至少从现在来说，她知道裴昊辰对自己没有恶意，也隐约感觉到自己好像忘记了一些很重要的东西。

到了下午的时候，小杜和Aaron过来了，没想到不仅人来了，还带了一堆礼物！这些礼物全都是粉丝寄过来的，指名要送给朵朵。夏朵朵一张小脸满是惊讶，裴昊辰看着她，眼神里全都是温柔。最后，他让小杜带着夏朵朵回房慢慢拆礼物，自己则是和Aaron商量夏朵朵的处理问题。

Aaron混了这么多年，很多事情都处理得很完美。裴昊辰的意思是，希望夏朵朵能够以"家人低调上门，现已归家"的理由，退出大众视野。而夏朵朵要是变回去了，有关于小朵朵的事情，大家也无从查起，所以现在只要做好保密工作，让她回家变回以前的样子，就不会有什么问题了。

Aaron认真地听了好一会儿，最后不确定地问道："你真的想让朵朵就这么回去？你想好了，小朵朵是小朵朵，夏小姐是夏小姐，虽然的确是一个人没错，但是你自己更清楚，你对待她们的感情真的一样吗？朵朵这一次回去，小朵朵就真的不再存于这个世上……"

裴昊辰觉得心里有些堵，他喝了一口酒，忽然苦笑一下："我想得很清楚，Aaron，我不至于糊涂到这个地步，就这么办吧。"

Aaron和他碰了一杯："好，这件事情我会处理。"

……

　　Aaron是个行动派，这件事情交给他，会被他处理得很好，大家原本以为裴昊辰发出这个消息是因为朵朵要回归，很多小道消息也在煽风点火，但是Aaron站在了朵朵的角度上，以家人的心情表达了朵朵回家的必要性。Aaron还表示，朵朵不是演员，她原本有自己的生活，所以她迟早要回家。加上朵朵的家人似乎并不喜欢她参与这样的娱乐节目，也不希望她涉足娱乐圈，但是裴昊辰已经认下朵朵为干女儿，以后也会经常去看她。

　　粉丝们十分心痛，最后竟然全都表示理解，而那些指出裴昊辰根本就是随便找了个小姑娘给自己炒作的黑子们，瞬间被朵粉们喷得无力回击！

　　夏恩华安顿好了夏朵朵，可以全身心地投入到解药的研发，而这一次明显顺利了很多，没过多久，他就联系上了裴昊辰，表示朵朵很快就可以回家。

　　在知道对方身份之后的这段时间里，裴昊辰很少外出。多半时候都是留在家里照顾朵朵，虽然朵朵并不需要他的照顾。

　　她很会给自己找乐子，什么都能玩得风生水起。裴昊辰每每看到她歪着脑袋跷着脚丫窝在沙发里玩手机的时候，必然上前没收，然后搬出夏恩华的指令。夏朵朵身体太小，拗不过他，回回都被管得服服帖帖。

　　不过，夏朵朵心里很清楚，就算是以往的大花，她还能冲上去顶撞几句，可是裴昊辰的这些照顾，竟然让她丝毫不反感！也正是因为这样，她才心甘情愿地被管着。

　　两人的相处十分和谐，偶尔还发个自拍到微博抚慰粉丝，裴昊辰到了最后，几乎已经可以忽略掉她小孩的外貌，两个人的交谈和正常男女无异。也许是因为这些日子过得太开心，夏朵朵越发精神活跃，等到夏恩华来的那一天，她更像这个家的小主人一样，把他迎了进来，亲切招待。

　　裴昊辰知道夏恩华过来是要接走夏朵朵，看着活蹦乱跳的夏朵朵，他抱着手臂坐在一边沉默不语。夏朵朵乐呵呵地招呼了大半天，看到夏恩华严肃的神情时，才猛然想起来，大哥来了，就代表自己该离开了。

其实，离别又有多复杂？

多数时候，在脑海里想象的画面，也许到了真正的那一刻，一样都没有发生。就像现在这样。

小区的安保很严格，夏恩华的车不方便开进来，所以他饭也没吃，和裴昊辰交代了几句，抱着夏朵朵离开。

夏朵朵的眼神有些复杂，频频去看裴昊辰，对夏恩华说："不……不收拾东西了吗？"裴昊辰这几天又给她准备了好多好多的冬装，她其实是想带走的。

夏恩华注意着脚下，淡淡道："你还想当小孩子？"

夏朵朵被噎得说不出话来。

也是啊……这一回去，就该恢复原状了。那些小朋友的东西，她拿着又有什么用呢？

可是这个离别来得太突然了。

要不要好好道别一下？

可是回去了……要说什么呢？

呆愣间，夏朵朵被放到车里，绑好了安全带。夏恩华看着她有些走神的样子，淡淡道："又不是生离死别，你现在的身体状况是异常的，等你真正恢复正常，还是可以来这里的。"

夏朵朵看着夏恩华发动车子，忽然想到什么似的："大哥，我有个问题想要问你！"

夏恩华发动了车子，目不斜视："什么事？"

夏朵朵眼神有些犹豫飘忽："那个，我这次变回去，会不会又把这段时间的事情忘记啊？"

夏恩华看了她一眼，良久，才回道："我也不确定。"

不、不确定是什么意思？

很快,夏恩华又笑着追加了一句:"你们都很在意这个问题吗?"

你们?

夏朵朵皱起小眉头。还有谁!?

夏恩华认真地开车,坦言道:"裴昊辰也问过我同样的问题。"

那一瞬间,夏朵朵有些发愣。

人被接走了,宽敞明亮的屋子,明明前一刻还温馨有生机,这一刻却有些死气沉沉。裴昊辰沉默地将大门关上,有些不知道自己该做什么好。就在这时候,他的手机响了。

是一个陌生的电话号码传来了一条短信。

【辰辰,我不会忘记你哒!】

裴昊辰看着手机,握着手机的手指骨节渐渐发白。他忽然觉得眼睛有些涩涩的。脑海里忽然浮现出了第一次见到她,她额头带伤,坐在家里沙发上的样子。

时间过得……真的很快。

这一次,是真的再见了。

第 17 章
真的再见了 »

这一年的冬天，比往年还要冷。一场戏拍下来，裴昊辰回到家的时候，已经开春了。家里一直都有人定期打扫，因为要回来，小杜早就提前几天把家里需要的东西都准备好了。

拍了好几个月的戏，裴昊辰一个帅得惨绝人寰的天王影帝也免不了被恶劣的天气整得又黑又沧桑。回到家里泡了个澡，裴昊辰长长地舒了一口气。小杜自然是一刻不停忙前忙后，帮他把一切打理得妥妥帖帖。

其实真正进入到工作状态中，每天都是来回忙碌，对于裴昊辰这样严于律人更严于律己的人来说，更是没有理由让自己停下来。何况，自从朵朵被接走的那一天起，他就更加拼命地工作拍戏。有时候他的戏过了，就去指导别人的戏，身为一个天王影帝，毫不吝啬地与所有的同行交流着自己的心得，在整个剧组中获得好口碑的同时，也直接造成了他每天回去倒头就睡的结果。

五个多月的忙碌，裴昊辰几乎都没有怎么碰过手机，期间好几次拿过手机看一看，无论是来电记录还是未读短信，甚至是微博私信，全都没有一点动静。

那个说不会忘记他的人，好像连基本的联系都忘记了。

小杜收拾完了所有的行李，又把家里的基本设备检查过了，路过朵朵房间的时候，小杜也愣了一下。

已经好几个月了。

真的一点消息都没有。

裴昊辰从来没有主动联系过，可是他忍不住去看手机的那几次她都看到了，小杜结婚的时候，裴昊辰那么忙都没有忘记送上大礼，甚至给她批了一整个月的带薪假期。小杜隐隐约约觉得，裴昊辰变了。

朵朵的房间依旧有人定期打扫，房间里的东西也完全没有变化过。只是她当初的那些衣服，走的时候并没有拿走，后来裴昊辰做主，把那些东西送给了小远的一个好朋友。那些衣服鞋子，等到她变回来，其实也穿不了了……

小杜收回目光，去请示裴昊辰："辰哥，东西都已经收拾好了，你是准备订地方吃饭还是随便在家里弄一下？"

裴昊辰抬手捂着眼睛，疲惫地叹了一口气，道："不用麻烦了，我想好好休息几天。"

小杜闻言，点点头表示明白了。这也对，电影刚刚结束了拍摄，但是在上映之前，还有很多的宣传活动，到时候裴昊辰无疑是要出席，要忙的事情还有很多。趁现在还有时间，能休息还是多休息吧。

家里存货不多，小杜要出去买点东西回来，她刚要出门的时候，裴昊辰的手机忽然响了。那一刻，小杜清楚地看到裴昊辰猛地坐起来拿过手机看了一眼，那眼中的失望和黯然，再明显不过。

小杜假装没看到，出门买东西。

该不该主动联系一下夏先生他们呢？小杜开车到最近的超市购物，心里也在琢磨着这件事情。可就在她拿过一盒牛肉的时候，忽然一愣，望向一旁。

旁边也是鲜肉的货柜，来来往往的人，没什么特别的……

小杜皱着眉嘀咕了两句，选好了东西打道回府。

一旁的海鲜柜,导购小姐面带微笑地说:"这位小姐,我们的龙虾是最新运到,很新鲜的!"

用龙虾挡脸的少女干笑两声,缓缓放下手里的龙虾,还不忘记拍拍那只可爱的龙虾:"真、真的好新鲜呢!"

导购小姐将夏朵朵从头到脚打量个遍,伸手摆弄起自己柜台的龙虾。

夏朵朵转身离开,她看着小杜结了账出了超市,耷拉着脑袋也去拿车。

回到家的时候,爸爸妈妈在看最新的科学杂志,就一个最新的问题争执不休,夏恩华正围着围裙举着菜刀从厨房里出来,看到进门的夏朵朵,他丢下一句:"过来帮忙。"然后就继续去忙。

夏朵朵点点头,乖巧地跟到厨房帮着洗菜。

夏爸爸夏妈妈的厨艺就不指望了,好在夏恩华的厨艺虽然也不怎么样,但是这几个月,他几乎没怎么工作,所有的重心都放在夏朵朵身体的恢复上,因此厨艺也有很大的进步。

夏朵朵抱着一颗包菜一片一片地摘叶子,夏恩华转头看了她一眼,淡淡道:"你出门买的菜呢?"

糟糕!忘记了!夏朵朵张了张嘴,心虚地狂掰包菜:"好、好像不是很新鲜……"就没有买……

夏恩华"嗯"了一声:"所以你顺便开车兜了个风?"

夏朵朵背脊一僵,偷偷转过头去看夏恩华。

原来你都知道啦……

夏恩华一刀下去,白萝卜一分为二。他顿了顿,转而望向夏朵朵:"朵朵,你……"

他的话没说完,但是并不代表这个问题他不想去问。

上一次异常恢复之后,她忘记了所有的事情。可是这一次的恢复周期长达五个月之久,她的身体逐渐恢复,按理来说,这样温和的恢复方式,对记忆……

"啊、啊！对了大哥！我好像把手机掉在车上了！我下去拿啊！"夏朵朵把包菜丢到水盆子里，转身就出去了。

夏恩华看着她匆匆跑掉的身影，轻轻叹了一口气。

之前是不愿意去问她，可是现在，好像都不用去问，就知道结果了。

她……大概是全都想起来了吧，看着她从回来之后就抱着手机电脑刷新闻，好在她的身体是真的恢复了，到现在也没有任何的不良反应，反倒更加活蹦乱跳，夏恩华也就由着她了。

夏朵朵跑出去，夏恩华把一道凉菜先端了出来。

这一头，夏朵朵借口跑掉，却又没什么东西落在车里，在外面晃悠一会儿，还没想到合适的理由，倒是先接到了夏恩华吃饭的电话……

夏朵朵心里一暖，乖乖地回家吃饭。

这一次，她真的用了将近五个月才完全恢复过来，从那么一个小小的身体长到现在，真是一个漫长而痛苦的过程……

不仅仅身体变回来了，连记忆也全都回来了。

和裴昊辰相处的点点滴滴，那些不为人知的小心思，她全都想起来了。

五天前她才正式走出那个病房，完完全全地变回了以前的夏朵朵。这么久的时间，她曾经无数次想要联系裴昊辰，至少要告诉他，这一次她真的健健康康，谁都没有忘记。但是等到她真的正常了，有机会了，却又犹豫了。

这一次的心思还挺复杂。她少女心初动，更加没有什么恋爱经验，对于和裴昊辰之间，她最大的心结大概就是裴昊辰对她的看法吧……

从一开始她就知道，她对他而言有特殊的意义，只在于那个一去不复返的小朵朵。正是因为他对小朵朵太过关切，面对现在的自己，真的会把她当成一个普通的女孩子去喜欢吗？她不是不敢去追，不敢去喜欢，她只是怕裴昊辰根本没把她当女人……

那样……很难过啊……

要么忘记得干干净净，要么记得清清楚楚……

她的人生为什么这么悲催……

回到家，已经开饭了。夏朵朵最近的食量也很好，可是她的工作都辞掉了，也没有再找工作，吃完后缺少运动又基本不外出的结果……是腰上的那二两肥膘……

夏朵朵看着自己的肥膘，忧愁了很久。

吃完饭，夏爸爸夏妈妈外出散步。夏恩华看着帮忙收拾的夏朵朵，忽然道："如果太无聊，可以去找工作。"

夏朵朵倏地抬起头，眼睛亮晶晶的："真的吗！"

夏恩华低头笑了笑："想做什么工作？"

这个意思是要帮她找工作！？

好羞愧啊！她大学毕业后的第一份工作，也是夏恩华找关系进去的，之后也是一路顺风顺水……

夏朵朵想了想，摇头："不用担心我啊大哥！其实我还没想好，要不然我先出去溜达溜达，看看现在行情怎么样！"

夏恩华把盘子上的水擦干净，动作从容而沉稳："嗯，随你。"

夏朵朵忽然瞅了一眼夏恩华，放下手里的盘子凑到夏恩华面前，歪着脑袋看他。夏恩华目不斜视地盯着盘子，淡淡道："干什么？"

夏朵朵嘿嘿一笑："大哥，谢谢你啊。"

夏恩华放好盘子，转头望向她："无事献殷勤。"

夏朵朵正色道："不许这么说我！我这是真诚的感谢！"

夏恩华又看了她一眼："想去找他吗？"

气氛仿佛在一瞬间凝结，夏朵朵的笑容僵了僵。她自己很纠结，但是不知道大花能不能理解她的纠结……

夏恩华比她更直接："人家照顾了你这么久，总不能真的一句谢谢就好了。我听说他最近忙完了，抽个时间，上门拜访一下吧。"

夏朵朵：上、上门拜访！好、好突然！

当天晚上，裴昊辰就接到了夏恩华的电话。

"你好。"

裴昊辰：……

夏恩华："我们已经回来了，很感谢裴先生这么久的照顾，不知道裴先生最近有没有空？"

裴昊辰：……

小杜在一边看着裴昊辰，觉得有点奇怪："辰哥。"

裴昊辰没搭理。小杜走过去，艰难地把他手里的遥控器拿了过来……

好可怜，这个塑料键都要被抠坏了呢……

一个阳光灿烂的日子里，夏恩华载着夏朵朵来到了裴昊辰这边。

下车之前，夏恩华最后一次看向夏朵朵："你确定？"

夏朵朵想了好久好久，坚定地对着夏恩华重重点头，非常确定！

夏恩华用一种无语的眼神看了她一眼，带着她进去了。

小杜一大早就赶了过来，可她到的时候，裴昊辰早就起来了。肉食已经腌好，青菜已经洗净。厨房一片热火朝天，裴大厨身穿围裙，手拿菜刀，"哐哐哐"的声响闹出了一番动静。

小杜咽了咽口水："辰哥，要帮忙吗？"

裴昊辰正在片鱼，闻言随意地丢过来一句："唔，你去把拖鞋准备好。"

小杜："……"

好巧不巧，小杜刚到门口的时候，夏恩华就领着人过来了。小杜眼前一亮："夏先生，朵……"

"你好，打扰了。"小杜的招呼还没打完，夏恩华已经率先打了招呼。小杜忙着望向身后一脸得体笑容的夏朵朵，忽然就觉得，好像有什么地方不对劲。

"先进来吧。"小杜弯腰拿出拖鞋，忽然发现裴昊辰一早就把夏朵朵后来寄住在裴宅的拖鞋都拿了出来，那些小孩子的东西早就被收到小朵朵以前的房间，再也没有拿出来过。

夏朵朵看到自己的拖鞋时，心里也是一酸。曾几何时，她进这里就跟进自己家似的，现在好了，回家变成串门子了……

裴昊辰已经开炒，夏朵朵和夏恩华被领进来，小杜手脚麻利地上菜。夏朵朵悄悄瞅了瞅，发现裴昊辰一直很执着地驻扎在厨房，连端菜都是小杜去的。

兄妹两个就这么端端正正地坐了一会儿，裴昊辰那边也妥当了。当高大的男人穿着一身小碎花围裙出来的时候，夏朵朵的手背到身后紧紧地抓在一起，可是一张清纯的脸蛋上却是波澜不惊的模样。裴昊辰看着夏朵朵这样，心里就是一咯噔。

夏恩华和裴昊辰经过几次接触，现在见面反倒自然而然起来，他冲裴昊辰一点头，裴昊辰从夏朵朵身上收回目光，同样是对着夏恩华微一点头："来了。"

夏朵朵：你们两个什么时候变得那么熟了！

裴昊辰顺手把围裙脱掉，对着两个人道："饭已经好了，先吃饭吧。"

夏恩华碰了碰夏朵朵的肩膀："吃饭吧。"

夏朵朵乖乖地跟在夏恩华身后去了饭厅。餐桌上已经摆满了饭菜。这些饭菜全都是夏朵朵喜欢吃的。四个人入座，裴昊辰状似无意地看了几眼夏朵朵，却意外地从夏朵朵的眼神里看到了茫然无措。

裴昊辰微微蹙眉，有一种不好的预感。

小杜帮忙盛了饭，一顿饭就这样开餐了。

原本饭桌上是不该说话的，可是沉默着吃饭气氛反而更加奇怪，裴昊辰盯着自己面前的一碗饭，忽然道："其实你们不用太客气，只是一个小忙而已。"

夏恩华打着来道谢的名号，裴昊辰自然也就顺着这个话讲下去。

夏恩华想了想,放下碗筷:"既然不用客气,我就真的不客气了,其实今天过来,还有一个忙想要请你帮一帮。"他抬手一指夏朵朵,"这位是我妹妹。"

"之前的事情我的确很感谢你,不过朵朵最近接到一个采访的工作,希望能对你做一个专访,我知道你一直以来都很少接受媒体的采访,所以这一次这个忙,我只是希望你能够帮一帮。当然,你觉得为难,我们也不勉强。"

夏恩华从容地说明了来意,自然而然地把夏朵朵推到人前:"朵朵前段时间不舒服,这两天才刚刚恢复过来,她闲不住,所以找了一份工作,只是没想到刚接到的任务就是这个。"

裴昊辰觉得有点蒙,为什么从夏恩华的语气来看,朵朵还没有恢复记忆?她还是不记得他们?

夏朵朵一直处于高度准备中,以一个标准的小学生坐姿僵硬地杵在那里。裴昊辰盯着她看了两眼,有些想要问的话,一直没有问出口。

小杜的心情和裴昊辰一样混乱,盯着夏朵朵,好像这样看着就能看出她是不是恢复了记忆。

夏朵朵纯真地看着裴昊辰和小杜,礼貌地笑了笑:"如果可以的话,真的麻烦你们了。"

结果显而易见,裴昊辰轻松地答应下了这个要求。

即便夏朵朵根本没有什么工作,她还是撒了这个谎。为了让自己看起来更加自然,她还专门弄了个假证明,想要让自己"出任务"这个理由看起来更加靠谱,可是也不知道是不是因为太紧张了,以至于都没意识到裴昊辰为什么提都没提看一看她的证件再决定这件事情。

太好了!以成年女性身份接近心上人的第一步,成功!

夏朵朵沉浸在一种得逞的兴奋之中,默默地开始计划自己的下一步。而裴昊辰则是目光幽深地看了她好几眼,直到他终于找到机会请夏恩华借一步说话，问起了这个问题。

他显得有些忐忑："朵朵她是不是又不记得了？"

夏恩华的表情一派淡定，一番话说得半真半假："我也不知道该怎么说。"

裴昊辰的眼中终于多了几分失落的味道，连带着声音都变得低沉："你为什么带她来这里？"他到现在都还记得，她自己说过，如果忘记了，就不要提醒她，哪怕最后她说绝对不会忘记他，可是过了这么久，她好像连一个电话都不曾打过。许了承诺，就是这样子践行吗？

夏恩华目光沉静，不紧不慢道："如果你觉得麻烦，我自然会把她带回去，其实这五个多月，她也一直在接受治疗，因为顾及到她的身体，所以恢复的周期被人为拉长，她也的确是几天前才回到家里，不过万幸的是，她现在已经完全没有问题。至于记忆……我倒是认为，该来的总会来，该记住的也不会忘记。还是说……"夏恩华目光如炬地看着裴昊辰，问出了夏朵朵最关心的一个问题，"裴先生还是舍不得从前那个朵朵，所以对现在的朵朵有些介怀？"

裴昊辰的脸色显然不那么好看，他抿着唇，摇摇头："不是这样。"

夏恩华目光动了动："那是？"

"既然是她的工作需要，我会配合。她有时间都可以过来，不过这段时间我可能会有点忙，如果我不在，我也会提前通知她。"裴昊辰直接打断了夏恩华的追问，开启了一个新的话题。

夏恩华笑了笑，没有说什么。

有时候事情就是这么奇妙。大半年以前，她之所以会出车祸，就是在去追查裴昊辰的路上。如果没有他的一通电话，没有那个车祸，他也不会紧张兮兮地赶回来，还让她误食了药物，有了后面的一连串事情。

一年的时间不到，这一次，夏朵朵再一次出现，依旧是为了采访到裴昊辰。好像什么都没有变，变了的，是眼前这个男人，还有那颗心。

夏恩华转身出了厨房："那是她的工作，你需要交涉，就和她慢慢交涉吧。

我就不在你们这些事情上凑热闹了。"

看到夏恩华要走,夏朵朵赶紧三两口吃完苹果,一边擦嘴一边跟在夏恩华身后,紧张到连看一眼裴昊辰都不敢。

裴昊辰把他们一路送到了门口,他看着垂眼擦嘴以及努力咀嚼的夏朵朵,淡淡道:"如果需要过来,随时和小杜联系,只要我有时间,采访的事情都没有任何问题。"

夏朵朵努力咽下水果,连连点头:"谢、谢谢裴先生的配合!"

裴昊辰扬了扬嘴角,目光却不怎么明亮:"不用客气。"

夏朵朵一声不吭地跟着走了。裴昊辰双手放在裤袋里跟着出来,看着她跟在夏恩华身边的背影,久久沉默。

可是看着看着,他忽然笑了出来。

记忆回到某个晚上,他和一个小朋友夜聊的时候。

其实,一切重新来过也没什么不好。她是朵朵的时候,他想营造一个适合她成长的环境,和她相互陪伴。她是夏朵朵的时候,他依旧想要有一个家,有她陪着。不管是谁,在一起的感觉都没有变化过。既然他不能改变这个事实,那么为这个事实改变自己的心态,又有什么不可以呢?

而且……似乎这个样子看她,要更舒心一些。

她早就不是以前的那个小朵朵,那么她到底记不记得那些记忆又有什么关系?他此刻想要的,不过一个她而已。

可是,裴昊辰显然低估了夏朵朵的脑洞。

就在他们离开之后,裴昊辰的微博私信意外地接到了一条 ID 名为"朵朵桃花开"的私信。该粉丝的态度极其狂热,她发了一个红星闪闪的表情私信:"裴昊辰!我真的超级超级喜欢你和朵朵!我是你和朵朵的忠实粉丝!我可以和你还有朵朵做朋友吗!"

"朵朵桃花开"这个 ID 是她在裴昊辰家里寄住的时候因为微访谈节目悄

悄改的，那时候她就对裴昊辰产生了邪念，但是又因为不确定裴昊辰对自己到底是个什么样的定位，还想用这个账号和他来一次成年人之间的交流……

然后……没有然后了……

虽然说现在有机会靠近了裴昊辰，可是面对面时，有些话好像有点说不出口……所以这个账号就起到了极大的作用！她原本还以为这应该是一场艰难的持久战，但是意外的是，裴昊辰居然关注了她！

捧脸！这真的是世上最美的关注！

夏朵朵乐颠颠地看着这个账号，忽然就很纠结自己要怎么开始发言！可是裴昊辰好像不太爱玩手机啊，要怎么样凸显一个特别的身份，让他不会把这个账号当作路人呢！？

托腮……

有一件事情，夏朵朵怎么都没想到。当初她偷偷用裴昊辰的手机登录了自己的微博，还改了ID，借此去微访谈刷存在感。可是她忘记了在退出账号的时候删除缓存。以至于裴昊辰偶然一次打开的时候，看到了一个叫作"朵朵桃花开"的ID……

夏朵朵第二天一大早就开车出门了，她熟门熟路地开车来到了裴昊辰的小区。裴昊辰在二楼的落地窗边往下看到夏朵朵的车时，不免愣了一下。

拜他惊人的记忆力所赐，这个车牌号，他居然还记得！看到这辆车的那天，也是他遇到朵朵的那一天。

所以……那天那个跟踪他的记者，就是夏朵朵？

夏朵朵已经可以在门卫那里凭借刷脸畅通无阻了，为了方便，她直接把车停在裴昊辰的大门口，抓着小包包进屋了。

小杜新婚燕尔，裴昊辰电影拍摄结束正在休息期间，所以夏朵朵来的时候，家里只有裴昊辰一个人。他双手插兜看着某个心虚的人装模作样地问："请问拖鞋在哪里？"他转身就往屋里走："随意，家里很少来人，你喜欢哪双穿哪双。"

咦……好冷淡。

夏朵朵嘀咕一声,并没有被这个问题困惑到——当然是穿她自己的拖鞋啊!

和夏朵朵想的一样,裴昊辰根本没把她的拖鞋丢掉。可问题是,成人拖鞋还在,萌货拖鞋也在啊!

你到底是迎接大的还是迎接小的呢!

难道说……我来你家,你还是把我当成那只小豆丁!不然为什么小拖鞋还在呢!

夏朵朵成功地开启了胡思乱想模式,以至于没有看到玄关拐角投来的两道阴森森的目光。

呵呵!果然是选择困难症了吗?还真没有枉费他大晚上把以前的拖鞋全都扒拉出来,放了一堆在柜子里!

你还认得哪双是自己的拖鞋,就认不得给你买拖鞋的人?

裴昊辰目光阴寒,默默地缩了回去,脸色臭臭的。

要玩是吧,好啊,陪你玩!

夏朵朵忧伤地换了拖鞋,耷拉着脑袋进门,心里面有一个小人拿着玫瑰在扯花瓣儿,同时默默地说着:"他当我是小孩,他没有当我是小孩!他当我是小孩……"

"夏小姐。"裴昊辰淡淡的声音传过来,夏朵朵猛地抬起头:"啊?有、有事吗?"

裴昊辰悠然地坐到沙发上,扬了扬唇:"我们是现在开始,还是先吃饭?"

开始……开始什么!?

脑子转了半个弯儿,才想起来她是来工作的!要采访啊!

哎呀!包包忘在车上了!

看着转身逃窜出去的夏朵朵，裴昊辰的目光从阴森变成阴险。

等到拿了作案工具回来，夏朵朵正色地表示以工作为主，还是先把采访任务完成，吃饭什么的……她还没准备好呢！

裴昊辰点点头，忽然道："如果夏小姐要谈工作，我这里正好有一件事情想要麻烦夏小姐，不知道夏小姐愿不愿意。"

夏朵朵的眼神变得狐疑。什么事情能让她帮忙！？

裴昊辰也不客气，淡淡笑道："因为工作需要，我的经纪人建议我可以适时地出版一本个人的自传，但是也由于工作原因，我自己来执笔是不现实的，所以希望请一个颇有经验也有一定职业素养的笔者，由我口述，她执笔。我听夏先生说夏小姐从事新闻传媒这个行业已经好几年，无论是见闻还是文笔，或者说是行业内的业务素养都是首屈一指，这一次贵公司请夏小姐来采访我，我想是不是可以借此机会，把这件事情一并给办了。"写书什么的纯属扯淡，老子现在很不爽不要管我想怎么样！

写、写自传！

她记得！她记得啊！

又是他和小朵朵的约定！咬手绢！夏朵朵的内心，产生了一种奇怪的醋意，大概就是大的自己和小的自己的一场无声较量！？

他所有的记忆都是和小朵朵之间的……

裴昊辰一直从容地看着她从复杂的心理斗争中溢出的奇怪表情。而夏朵朵呢？从激烈的思想斗争中，她虽然知道裴昊辰还是把她当成小朵朵，但是从另一个角度来说，她不是有更多的机会来接近他，让他睁大眼睛看清楚其实自己是货真价实的妙龄少女吗？

握拳！其实这是个好机会啊！

然后，夏朵朵在裴昊辰看来十分暗（纠）爽（结）的表情中，认真地点了点头："我很荣幸！"

裴昊辰轻笑一声："另外我听说夏小姐在摄影方面也颇有造诣，所以我希望在这本书中加入图片,以前的我都有,但是现在的,可能要麻烦夏小姐了。"随时跟拍,你不是很喜欢拍吗,给你拍个够!

夏朵朵的心情很复杂,所以也没工夫去思考这个事情,她点点头:"没问题。"

裴昊辰的舌尖舔了舔牙齿,不慌不忙地将这次的谈话抬升到了一个关键地点:"既然夏小姐答应了,我会在我的微博发布这件事情……"

哦,微博发布……发布吧……等等!夏朵朵眼神一亮,忽然道:"哎呀!说到微博发布,我有件事情,也想麻烦一下裴先生!"

呵呵……裴昊辰面色淡定:"请说。"

夏朵朵舔舔嘴唇:"我有个同事,她说她刚刚关注了您的微博,她还是您和之前参加节目的小朋友的粉丝呢!她知道我要来执行任务,所以当了我的副手,希望裴先生注意一下这个 ID 号。我们有时候也可以用这个来沟通!"

裴昊辰漫不经心地拿出手机:"哦?有这种事?不知道是哪一个?"

夏朵朵探着头看他的手机:"叫朵朵桃花开!"

裴昊辰盯了她一眼。夏朵朵心里一虚,马上假兮兮地捂着嘴笑道:"哎呀她真的很无聊是不是!?这个名字可能有点低俗,不过我们是正经地办公!"马上变回严肃脸认真地解释。

你也知道低俗?

朵朵桃花开。你那个时候就想桃花开是吗?

裴昊辰随意地翻了翻:"哦,就是这个,好的,我记得。"

对于这个一戳就破的烂骗局,裴昊辰居然产生了那么一点点的兴趣。他忽然很想知道她到底想干什么。

夏朵朵没有让他失望,因为等到她在这里随便打了打酱油问了几个无关痛痒的问题后就回家了,到了晚上,裴昊辰成功地接收到了私信内容。

"您好!我是朵朵的同事,我叫华秋秋!"

华秋秋……夏朵朵……花球球。

裴昊辰修长的手指轻轻点着屏幕,礼貌回应:"你好。"

夏朵朵狂喜着和裴昊辰沟通一番,然后丢出了第一个问题:"请问一下朵朵现在应该已经离开了吧?那您觉得朵朵离开之后,您的第一个感觉是怎样的呢?"说无所谓!说无所谓!小朵朵只是浮云呀!你要看到活生生的大朵朵!

裴昊辰想了想,又起身跑到书房上网查了查最近新一代伤感说说,郑重地回复:"离去的,也许是挽回不了的悲伤,而曾经点点滴滴的美好,也许会蚀骨一般侵蚀我们脆弱的心。也许,会流泪悲伤、无所适从、不知所措。但是我们要告诉自己,悲伤只是暂时的,拥有当初的美好,浪漫的情怀,经历过的一朝一夕以及那些回忆,还是会保留最原始的美好与纯真。爱过,无悔。"

夏朵朵傻了,这是什么意思啊。

第18章
最美的情话 》》》

疯了！真的疯了！

夏朵朵看着裴昊辰的回答，一个晚上都郁郁寡欢！裴昊辰对小朵朵的执念真的太深了！

夏朵朵从这个忧伤而又富有柔美的回答中看到了一个深情守望默默回忆的男人形象，这简直是个悲伤的故事！

裴昊辰呢？那一段儿发过去，对方再没了回应，他想了想自己是不是玩得太过了，所以转而给夏朵朵打了个电话。

电话很快就通了。

"喂——"电话那头的人有气无力，隐隐透着悲伤。

裴昊辰："明天早上五点过来。"

"哦……五点……五点！？"夏朵朵所有的悲伤都被震飞了！她是采访又不是当助理！这么早去干什么？

夏朵朵："这、这么早啊。"

裴昊辰"嗯"了一声："因为需要。"

需要……需要个屁啊！夏朵朵嘀咕了一句，脑子一转忽然又觉得不是这样。现在她是大朵朵啊！近水楼台先得月，多和裴昊辰相处了，他就会慢慢习惯她现在这个形象！这才是正经事啊！

"好！好的！"她猛然兴奋起来的声音，也让裴昊辰皱起了眉头。

你精分吗？

夏朵朵重新建立了任务目标，再一次振作了起来。不过五点钟就要过去，真的太早了，要是她还住在那边，那就没问题了……夏朵朵脑子一转，忽然灵光一闪——对啊！要不要想办法重新住进去！？裴昊辰知道她是谁，他还会不会邀请她继续住下去呢！

确定了追求策略，把原来的战略方向略一调整，对夏朵朵来说，裴昊辰现在对小朵朵的留恋是不正确的！所以她必须把他的审美概念校正一下！

裴昊辰刚挂了电话，私信来了。

桃花朵朵开：其实想念朵朵是人之常情，可是你完全可以和一个喜欢的女孩子生一个那样的小萌货哟！

如果夏朵朵看得到，就会知道这一头的裴昊辰忽然愣住的神色。

和一个喜欢的女孩子……

裴昊辰回到房间里躺下，嘴角噙着笑意开始打太极：谢谢。虽然我的确舍不得朵朵，但是生活应该向前看。这个我知道。不过话说回来，我还没有见过华小姐。既然华小姐要和夏小姐一起完成这次的采访，不知道有没有机会见一次面呢？

夏朵朵内心：当然不行！

夏朵朵：可以是可以，不过我最近还有别的工作，可能没时间，所以才是副手嘛……哈哈哈……

裴昊辰运指如飞：方便的话，照片也是可以的。

照、照片！照片！？夏朵朵忽然觉得今天的裴昊辰话好多！说好的高冷男神呢喂！可是作为心虚一方的夏朵朵，本身就站在暗处，裴昊辰忽然提出这个要求，她都来不及思考别的，胡乱地打开网页搜寻照片。

到底要找什么样子的照片才能骗过裴昊辰呢！

唔——朴素！一定要朴素！路人！一定要路人！夏朵朵找来找去，终于找到了一个标准路人甲的照片给裴昊辰发过去。

夏朵朵：【图片】我长得不好看……

收到这条私信，裴昊辰也真是醉了……

真的演上瘾了是吧！？

裴昊辰抬手揉了揉额角：不好意思，已经有些累了，我先睡了。

夏朵朵看到这个消息，忽然就觉得有点不开心。你怎么是个以貌取人的人呢！

第二天一大早，夏朵朵就跟着过来了。家里依旧只有裴昊辰一个人，夏朵朵已经全副武装，可怎么也没想到打开门的时候，见到的居然是睡眼惺忪完全没睡醒的裴昊辰！

高大帅气的男人伸手挠挠头，一脸迷惑地看着她，微微挑眉："嗯？你怎么来了？"

夏朵朵一瞪眼："不是你叫我来的吗！"

裴昊辰瞬间回神，好像真的是他叫她来的。不过其实也没什么事情……

夏朵朵抿着唇打量了一下裴昊辰这一身，没有说话。人是裴昊辰叫来的，打着办正事儿的名义把人弄来了，却晾在一边。

如果这真的是一份工作，夏朵朵可能就暴走了。但是现在，她隐隐约约觉得，裴昊辰醉翁之意不在酒，像是故意将她喊过来一样。夏朵朵忽然间就变得十分乖觉，也不追问裴昊辰到底要干什么，嘿嘿嘿，能这样静静地相处也不错。

裴昊辰梳洗了一番，直接往厨房走，路过客厅的时候还不忘记问候一声："吃了吗？"

夏朵朵摇摇头："没……没啊。"

裴昊辰人进了厨房，声音却飘了出来："要吃什么？"

这是要共进早餐吗！？夏朵朵心里一乐，屁颠颠地跟着跑过去，嗒嗒嗒一阵小跑，欢天喜地："啊？要吃早饭吗！？我想吃培根！"

裴昊辰看了一眼跑进来帮忙的人，转身到冰箱边上取食材。夏朵朵坐在高脚凳上，托着腮看着裴昊辰拿食材的背影——真是帅帅哒！

裴昊辰取了食材转过身，立马就对上了某人亮晶晶的眼睛。裴昊辰愣了一下："你想吃……"

夏朵朵连忙接口："我吃什么都行！"

裴昊辰默了一下，把没说完的话说完："想吃不用动手吗？"

夏朵朵：没关系，我愿意……

夏朵朵变得出奇配合："好呀好呀！"

裴昊辰就这么看着她凑过来帮忙，居然渐渐地退到后面，一直到双手环胸靠着冰箱边上看着夏朵朵忙前忙后，时不时还能提醒两句"锅热了"又或者是"切太厚了"。

夏朵朵完全被影帝角色代入。这里的东西她原本就熟悉得不得了，锅碗瓢盆用得简直不能更顺手，忙活了将近半个小时，等到"叮"的一声，吐司也热好了！夏朵朵欢快转身，整个人都被愣住了。

夏朵朵：糟……糟了！好像……做得有点过了。

裴昊辰只是盯着她看了一会儿，下一秒就收回了目光，神色自然地抬了抬下巴："装盘。"

夏朵朵的心跳了一下，看着裴昊辰动作自然地准备早餐，她又忍不住开始琢磨。

以前他们俩也会一起在这里做早餐，不过更多的时候，都是她坐在一边的高脚凳上晃着脚。以前觉得那样坐着看裴昊辰忙忙碌碌，简直幸福得不行，现在才觉得，其实更幸福的事情是一起做早饭丫！

裴昊辰哭笑不得。

你真的不知道你的表情已经完全忘记要掩饰什么了吗？

可是不知道为什么，裴昊辰一点也不想揭穿。如果她自己能反应过来，省得他跟她一对一说清楚，可要是她一直跟他这么装傻下去，他也很乐意看看她到底是为了什么。

只是一个简单的早饭，夏朵朵做了清粥切了酱瓜还包了火腿三明治培根卷，几乎是裴昊辰拿出什么她就做什么，最后的结果是——

"是不是……做得有点多？"夏朵朵咬着筷子，略显忐忑地看着坐在对面的裴昊辰。

哎呀……明明是来做事的，怎么一起吃起饭来了……

裴昊辰面不改色地看着这一桌子的早餐。他之前就知道她会两下子，没想到居然这么能干，而且看她动起手来的样子好像还蛮开心的。那以前当甩手掌柜是要闹哪样！？

夏朵朵笑了笑，轻轻地摆了摆筷子："吃呀吃呀！"

裴昊辰眼中滑过一丝笑意，不紧不慢地动筷子。夏朵朵的脸蛋微微有些红，裴昊辰又看了她一眼："吃啊。"

夏朵朵连连点头。

裴昊辰是真的饿了，吃得也很快。夏朵朵先是看裴昊辰吃，看着看着，就落后了。等到裴昊辰放了筷子，夏朵朵才恍然大悟，赶紧猛扒了两口。

就在这时候，夏朵朵的手机忽然响了起来。

夏朵朵一愣，转过头望向重新走过来坐下的裴昊辰，不一样的是，他的手里也拿着手机……

夏朵朵：不会吧！

裴昊辰抬眼看了看她："怎么了？"

夏朵朵猛摇头："没有没有……"

裴昊辰点点头，又发了一条私信。

又是一声响。

夏朵朵的脑门淌下一颗无形的汗……

裴昊辰在……发私信！

裴昊辰："对了，你和我介绍过的那个同事，我已经和她联系上了。"

夏朵朵：你应该没有听见声音吧……

她干笑："是吗？嘿嘿嘿嘿嘿……"

再一声响。

裴昊辰忽然蹙眉望向夏朵朵，看她一眼，然后又循声望向客厅的方向。

她的手机放在茶几上啊……

裴昊辰："你的手机好像响了。"

夏朵朵咽了一口粥："哦。"

一声响，还来！

夏朵朵忽然就觉得不对劲。你为什么老是发私信！？不对！重点是……你当着我的面，老是跟另外一个女孩子发私信！？

夏朵朵忽然感觉到了一种危机感。她飞快地扒拉两口，笑呵呵地冲出去："我去看看手机，可能是我大哥……"

看着那个逃窜出去的人，裴昊辰冷笑着收起了手机。

夏朵朵抱着手机，第一时间设置了静音模式，然后才查看了一下裴昊辰发的消息——

【不知道华小姐有没有从事过有关著书方面的工作？】

夏朵朵顿时就蒙了：你不是找了我吗！为什么还要找别人！

下一句，没别的，但是！他居然把自己住址发过来了！还表示一旦"华小姐"有时间，随时可以和"夏小姐"一起过来！

夏朵朵：当着我的面你在干什么！

第三条消息……

居然是《救赎》电影的官房预售票！外加一句——

"希望华小姐赏脸。"

夏朵朵倒抽一口冷气：赏你个毛线啊！你这个浑蛋！

她明明只是随便发了张照片，两个人根本也没有交集。为什么裴昊辰会发这些！？难道他喜欢这一型！？还是说……

夏朵朵咽了咽口水，小心翼翼地望向身后。

裴昊辰正在收拾餐桌，完全没有任何发现真相的表现。

一顿早餐吃得算是和谐。但是裴昊辰对"华秋秋"的过分关注，让夏朵朵有了危机感。于是，她直接从和"小时候的自己成为情敌"直接过渡到"和小时候的自己"以及"自己的马甲"成为情敌！

夏朵朵：她真的在花式作死！！！

"好了，出去吧。"裴昊辰收拾完了东西，上楼换了衣服。舒适简单的深色衬衫长裤，让他整个人看起来舒适又爽朗。

夏朵朵被晃了一下眼睛："我……我们不采访吗？要去什么地方？"

裴昊辰笑了笑，修长的手指已经钩起钥匙："一个有助于夏小姐工作的地方。"

有助于她工作！？

夏朵朵将信将疑，跟着裴昊辰出门上车。

只是，她万万没有想到的是，裴昊辰居然带她到了一个大果园！

这个大果园像是私人的，进出还有门卫看管，沿着小路进去，道路两边都是大片大片的果园。夏朵朵狐疑地瞅了裴昊辰一眼，但是在她发现可疑的地方以前，裴昊辰已经率先开始解释："这边打电话给我，有点事情要处理。"

夏朵朵蚊香眼："那……这里有什么可写的吗？"

裴昊辰眼睛都不眨："我在这儿买了块儿地，因为给了我优惠，所以你写的时候注意一下广告植入。"

广告……植入……

夏朵朵没想到的是，这篇需要植入的"广告"，居然是一片种满了绿宝石珍品香瓜的果园地。

果园的管理员带着他们参观裴昊辰买下的一整块儿地的时候，还不忘记介绍一下整个果园以及自从裴昊辰买下这块地开始到现在他们的播种工作。现在这个时间，已经种下了，等到五月份之后，差不多就有果实会打包送到裴昊辰那边验收。

裴昊辰一直走在夏朵朵身边，偶尔提醒她"站过来一点有太阳"又或者是"你是准备撞到那棵树上吗"之类的话。夏朵朵被这样打乱了几次思绪，干脆乖乖地走在裴昊辰身边，细细思索。

买下地的时间是她还在裴昊辰家里的时候，是她还没有离开的时候。所以说，他一早就买下了，真的给她种了好多好多好吃的小香瓜？

心跳忽然就此加速，连带着脸蛋都变得火辣辣的。除此之外，还有一点心酸和愧疚。

一只好看的手忽然伸到面前。

夏朵朵转过头，就看到裴昊辰定定地站在自己面前，朝她伸出手。

夏朵朵："干什么？"

裴昊辰："上山看看。"想了想，又加了句，"前面的路不太好走。"目光望向她脚上一寸高的鞋跟。

夏朵朵伸出手，放在了那只大手上面。

裴昊辰的目光动了动，伸手握住她的手，就这么牵着往前走。

前面的人还在滔滔不绝地介绍着这里是怎么在他们英明神武的当家人手底下，从一块无人问津的荒山野岭变成今天这样的果园大国！可是身后的两个人，早已经停留在不同的四维空间，各自感受着这一刻，来自手上的触感。

是第一次牵手吗？

当然不是！

去古城的时候，去红滩的时候，去每一个地方的时候，裴昊辰都会牵她的手。一开始也许的确是在摄影机面前作秀，可是渐渐地，夏朵朵就觉得牵着自己的那只手格外舒服，格外让她安心，闭着眼睛走都没问题。

"砰！"

一声闷响，夏朵朵噉呜一声，抬手摸摸自己撞到他肩膀的鼻子……

裴昊辰忽然止步，让"过分安心"的夏朵朵直接撞上了他，疼得龇牙咧嘴。

电光石火间，好多好多同样的场景浮现在脑海中。

只是那时候，她是撞在他的腿上。

"怎么还是这样……"不知道是不是因为撞到鼻子有点眩晕，夏朵朵隐隐间好像听到了裴昊辰低低的一声笑语。那一瞬间，她忽然不敢去看裴昊辰的眼睛，一个不可思议的想法瞬间在心里萌芽生长。所谓的"不太好走"的路，只是一条人工铺就的上山石子路。夏朵朵慌乱中想要抽回自己的手，可是她才刚刚有一点抽回手的力道，就被一道更强大的力道给握住，不容分说地拖着她继续往前走。

"别闹。"男人低沉的声音在夏朵朵听来仿佛在训斥一个闹别扭的小孩子。

夏朵朵心里一沉，人依旧跟着走，可是嘴上却忍不住严肃道："我不是小孩子。"

这句话，她老早就想跟他说清楚了。她也不知道自己怎么就喜欢上他，可是现在要让她继续以"小朵朵"的形象活在他的记忆里，她宁愿自己从来没有认识过他，什么独家报道，什么天王秘辛，谁爱来谁来！

裴昊辰的步子也止住了。这一次，他很小心翼翼，目光望向她垂着的脑袋，忽然笑了笑，收回目光继续拖着她往前走："我知道。"

我知道……

不管裴昊辰此刻的一句"我知道"到底是"知道个什么"，言者不知道有没有心，但是听着是绝对有意！夏朵朵就像是一只偷藏了咸鱼的猫儿被踩到尾巴，猛地一瞪眼："你……你知道！？"

她的这个反应太大了，大到裴昊辰如果不看她一眼都显得不正常。所以，两道含笑的目光投过来的时候，夏朵朵的心，"咚"的一下，沉了。

他真的知道了！？

"你知道什么了？"身体和意识，达成了高度一致，夏朵朵呆愣着，到这一刻为止，所有的伪装和装傻行为都结束了。此刻的夏朵朵，执着地想要知道答案，不知道这个答案是不是她心中想的那一个。

青山绿水，果香满园。英俊的男人握着女孩的手站在一条倾斜的小路上，眼中的温柔从来没有减少过，他只是淡淡地笑着望向她，问了一句："演够了吗？"

演够了吗！

真的……够了！

据说被拆穿谎言的那一刻，会难堪、慌张、心虚、害怕。可是当夏朵朵的这个谎言被裴昊辰轻轻松松拆穿的时候，她愣了一下，就开始酝酿，酝酿，酝酿，酝酿……哭！

不是号啕大哭，也不是什么浮夸的表演，她就是吧嗒吧嗒地掉眼泪，咬着唇不说话，看着像是受了什么莫大的委屈一般。裴昊辰被吓了一跳，凑近了一些："你……什么情况！？"

夏朵朵吸吸鼻子，摇摇头，抬手一把抹掉眼泪："没……没什么。"

什么心情呢？其实她自己也说不清楚。唯一清楚的，是她真的喜欢面前这个男人，想和他像以前，又不像以前那样生活在一起。变成小朵朵和他一起的生活是萌生这种感情的诱因，却也成了让她摸不透他究竟怎么看待自己，以至于不敢贸然表达自己的想法。她其实不想说这个谎话，但是也想不到更好的委婉方法。

现在好了，他一句话，谎言就戳穿了。

裴昊辰看着她一脸"我的情绪很复杂"的表情，忽然望向一旁，嘴角带笑地说道："多大个人了，动不动就哭是怎么回事儿？又不是小孩子……"

夏朵朵瞅了他一眼，咕哝道："你不是一直把我当成那个小孩儿看吗……"

裴昊辰轻笑出声，直接道："嗯，对待你的智商，我的确是一直把你当小孩儿。至于其他地方……"他忽然用一种不可思议的目光看着夏朵朵，"你以前居然还那么能卖萌，你都不会羞耻吗？"

夏朵朵成功地破涕而笑，又称——知耻而后笑。

那一段日子……真的好羞耻！

忽然间，夏朵朵的脑子瞬间清明！

她的手还被裴昊辰拉着，他的目光还在她身上黏着。谎话已经戳穿了，他知道她没有失忆，现在他们之间，没有任何的人为阻隔！从一开始到现在，就只剩他们两个这样面对面站在一起！

裴昊辰刚才的话还犹言在耳，夏朵朵忽然间不知道哪里来的勇气，直直地望向裴昊辰，那明亮而坚定的目光让裴昊辰都意外了一下，就听到她说："如果……我不是小朵朵……我……还能和你住到一起吗？"

很久很久以后，当裴昊辰带着小女儿晨练的时候，小小朵说："爸爸，什么叫情话啊？"

那时候，已经名利双收成功登上人生赢家的裴影帝发挥了一个演员的超高修养，抱着女儿看日出，淡定道："曾经，你妈妈把爸爸带到一个很美的地方，把爸爸堵在一棵大树旁，问爸爸——'我可以和你住在一起吗？'，这就是爸爸听过的，最美的情话。"

小小朵歪着脑袋："是因为喜欢才会说情话给他们听吗？"

裴昊辰想了想，呜呜自得地摇摇手指："不，是因为爱！"

周围好像都安静了下来。管理员的介绍词，晨间的虫鸣鸟叫，甚至是呼吸声，好像都在这个唯美的地方，变得悄无声息……

第19章
香瓜形戒指 >>>

　　夏朵朵搬到裴昊辰家里的那一天，是一个晴空万里的好天气。她前脚捏着小手绢挥别了父母兄长，后脚就被当红影帝以八人大轿……哦不，是一辆R8载入了那个充满回忆又熟悉无比的大房子。

　　裴昊辰已经见过夏朵朵那辆红色的小车车。但是听说她就是因为这辆车出了车祸间接导致了身体变小，他就明令禁止，她不许再开她的小车车，出行要去的地方，他有空他来载，他没空……也得载！

　　说到两个人现在的关系，就不得不从那天的"晨间视察工作"继续。

　　据悉，裴影帝也是在那一瞬间，忽然不想再这样玩下去了，好像有什么话在那一刻，非说不可。可是当他把那个用汗毛都能戳破的谎言泡泡戳破，听到夏朵朵红着眼睛问出那句话之后，就不知道说什么好了。

　　在那之后，裴昊辰其实并没有给出一个明确的回应，两个人甚至完全没有一诉衷肠惺惺相惜互按手印再对着日出高山许下什么诺言。

　　裴昊辰只是想了一下，问她："中午想吃什么？"

　　听到那句话，夏朵朵其实也想得蛮多的。

　　为什么不回答她的问题呢？"中午想吃什么"这究竟是为了岔开话题，

还是一种……新时代的暗示！？难道他在暗示她——事不宜迟中午我们就互相吃了对方吧！？

啊！！夏朵朵你怎么这么邪恶！

为了得到一个明确的态度，夏朵朵也学着他的样子，伸手握住他的手，再没有畏畏缩缩，就像以前一样泰然自若，甚至还多了那么一点点的……不一样的亲昵。

她说："先回家！我知道冰箱里藏了好多吃的！"早上他拿食材的时候她都看到啦！

那一刻，裴昊辰的笑容如沐春风，看一眼就能化成一汪水。他转过头对还要继续往上爬的管理员说："不好意思，今天就先看到这里，等到第一批果实熟的时候，请寄到我那边。"

上头的人连连点头，一副要送他们的样子。裴昊辰却礼貌地抬手止住了，他就这样牵着夏朵朵，从来时路，慢慢地走回去。

谁说还没有去到最高处看到最美的风景是一种遗憾，最美的风景，不就在身边吗？

于是乎，因为夏朵朵这逆转性的一句发问，两个人之间的氛围就这样悄悄地转变了。

夏朵朵回家，向夏恩华坦白了这一切，并且经过再三审视夏恩华的神色之后，表达了一下自己是不是可以和裴昊辰有进一步的发展，而如果她和裴昊辰有进一步发展，爸爸妈妈会不会介意他的工作性质之类的想法。

那个时候，夏恩华已经接到了一个新的研究项目，这一次的研发工作周期很长，按照夏恩华的性格，只要工作没有完全结束告一段落，就算是休息也不会踏实，所以综合来说，又是长长的分离。

夏恩华想了很久，然后很认真地问她，是不是真的想好了。

夏朵朵双手合十对着唯一的大哥拜托："大哥，我是认真的！我保证！

我不会犯傻！就、就算住在一起！我也有分寸啊，而且……我和他住了很久了，他的为人我能肯定的！"

然后，夏朵朵原本以为要和父母来一次语重心长的谈话，却变成夏恩华和父母单方面的谈话。

再然后，就是夏朵朵亲自开车送他们离开……

机场里面，夏爸爸和夏妈妈去办手续，夏恩华的手上搭着一件薄薄的风衣，转过头看着挨在自己身边的夏朵朵，忽然道："这一次是真的要自己照顾自己了，别下一次我回来，你又变成这个样子了。"他说这话的时候，手比了一个小萌货的身高。夏朵朵抿着唇，用肩膀撞了他一下。

夏恩华轻笑出声。

相处了这么多年，他太清楚她的情绪。

他伸手把夏朵朵抱住，夏朵朵也顺势窝进夏恩华的怀里，她的脸埋在他穿着衬衫的肩头，小声地说："要吃饭，要休息好。工作做不完……"

就算声音再小，也能听到哽咽的声音。

夏恩华正准备发话，远远地忽然传来了尖叫的声音。

夏朵朵和夏恩华循声望去，就看到了被大批粉丝拥簇而来的高大男人。Aaron 和苦逼的小杜正在拼命拦截疯狂的粉丝，心里不忘腹诽裴昊辰越来越任性的行为！

裴昊辰走到这边，目光落在夏朵朵身上，然后才是夏恩华身上。

没多久，夏爸爸和夏妈妈也来了。

说起来，这实在是一个十分微妙的时刻。眼前的这一家人是夏朵朵的亲人，却不是血亲。裴昊辰和夏朵朵不是血亲也不是名义上的亲人，却在她变成小孩子时成为了名副其实的监护人。而这历史性的会晤中，名副其实的监护人隐隐有朝着准女婿的方向发展，而原本就是为了给闷蛋儿子养小媳妇的夏家父母也只能无奈地做起岳父岳母，看着自己的儿子连连惋惜。

裴昊辰站定，不得不说，他在长辈面前，还是不由得有点紧张。

"和朵朵相处了这么久,也经常听到她提起父母和兄长,夏先生我见过了,但是二老回来这么久,这一次更是要把朵朵交给我,我想如果再不见上一面,实在是有些不合理。今天这一面实在是仓促,等到你们回来的时候,我一定好好再接待一次为二老还有大哥接风洗尘。"

夏恩华抽抽嘴角。

谁是你大哥!

夏朵朵:在机场……见家长!?

就算是不同行,这段时间夏家二老为了弥补自己对朵朵这么多年的疏忽,也恶补了好一阵子的节目,对裴昊辰,并不算陌生。

介于自己的儿子已经把自己的立场表达得十分清楚,二老更是开明的人,没有必要为了这件事情让儿子和朵朵以及这个颇有诚意的年轻人难堪,所以,气氛居然异常地和谐了起来。

裴昊辰说来送,是真的来送,连"到了之后请联系我们报个平安"这样贴心的小棉袄专用话语都说得自然而然。就这样,好像是因为多了一个裴昊辰,夏朵朵的情绪渐渐地好转起来,挥着小手绢告别了爸爸妈妈还有大哥。

然后……

然后她就搬家了……

但是,事情并没有完!

有时候,有些事情的确不需要说得明明白白。好像那天早晨,一个坚定的问句,一个模棱两可的回答,再加上一路的手牵手,好像就说明了某一种态度,可这也是"好像"啊!等到正式搬进裴宅,住回了自己的房间,夏朵朵终于从各种情绪中清明过来……

就这么住进来了!?

还是没有一个明确的态度啊!

其实是某个太过幸福的人公主病忽然发作,想要听到一个明确的告白!

然后，夏朵朵就开始苦思冥想，要营造一个怎样的环境，正式确定关系！共同携手走向美好明天！

但是！

她显然想漏了一点。

因为裴昊辰忽然问她："既然住进来了，工作就辞掉吧。除了我这边的工作，你还有其他的工作需要交接吗？"

工作！？她自从恢复过来就堂堂正正地当起了社会的米虫，哪里来的什么工作！？

可是，在裴昊辰特别真诚的眼神下，夏朵朵幡然醒悟……

是啊，她身上还担着个"工作"呢……

然而问题来了。

裴昊辰是从什么时候开始发现她在骗他。

裴昊辰瞥了她一眼，用一种"裴爸爸"的口吻点点她的额头："你眉毛翘一翘我就知道你在想什么。"

夏朵朵抿着唇，忽然上上下下地扭动自己的眉毛，还很不怕死地说："来啊！来啊！猜猜我正在想什么啊！"话说既然你不知道，是不是就代表我的那只小马甲成功地存活下来了！？

裴昊辰盯了她一眼，淡淡道："在想……还有什么是瞒着我的……"

夏朵朵：爸爸妈妈你们应该带我一起走的！

幸好裴昊辰没有再追问下去，反倒像是结束一个玩笑一般结束了这段对话，伸手扫扫她的额头，去帮她收拾行李。

唔，两个人，是分房睡的。

夏朵朵看着裴昊辰忙碌的身影，在凑过去帮忙之前，率先庆祝了一下——

还好！还留了一个根据地存活着！

就这样，夏朵朵再一次成功落居。至于第二天，媒体写"天王忽至机场，拥神秘女子似送别"的新闻，夏朵朵也轻松地无视掉了!

是他任性！问他！

外界有传闻，裴昊辰是因为参加了活动，被朵朵激发了父爱，开始正正经经地想要谈一场恋爱，结婚生子了！对此，当事人没有任何的回应，依旧该干什么干什么。而夏朵朵还特地跑去了胡驰家串门子，和胡太太做了伴儿，同时深得小酷狗的喜欢！

不过夏朵朵虽然住进来了，裴昊辰却忙起来了。

因为电影要宣传，他还有很多的后续工作要配合完成。所以一开始设想的二人世界完全就不是那么一回事儿。夏朵朵不太想曝光，所以都是老老实实地待在家里。

裴昊辰居然也开始有应酬，回家的时候竟然还带着酒气！

这让夏朵朵感觉到了一种空前的危机！

他是谁啊！裴昊辰啊！那么多女人喜欢他，要是真的还没正式开始就嗝屁了，她真的会呕死啊啊啊啊！

不仅仅是这样，让她最呕血的是，裴昊辰这么晚回家，要么是一脸疲倦地说想要休息，要么是一脑袋扎进书房说是"阅读新剧本"，既然这么忙，可是某一天晚上，夏朵朵居然在"朵朵桃花开"的微博私信上看到了裴昊辰发来的一个"晚安"。

夏朵朵：安个毛球啊！

一连一个星期，裴昊辰都是早出晚归。夏朵朵觉得心理落差有点大，但是又不想用不和谐的谈话方式让好不容易和谐的氛围变了味道。虽然她很不愿意，但是她觉得，务必先掌握证据再判断自己是不是具有发言权！

原本一心把自己雪藏的夏朵朵，就这样惊醒了！她照着镜子，摸出了自己的手表，握拳……

夏躲躲，要重出江湖了！

叮咚。

朵朵桃花开发来了私信。

【裴先生最近在忙什么啊?】

裴昊辰笑了笑。

【工作。】

叮咚。

夏朵朵的嘴角抽了抽。

秒回!你居然秒回!吃自己马甲醋的人已经疯了……

【什么工作?听说裴先生最近好事近了,难道是真的?】

裴昊辰嗤笑一声:"什么鬼……"

【外界以讹传讹,都是假的。】

夏朵朵:你不准备给我名分吗!

还没等快要气疯的夏朵朵回应,裴昊辰居然率先发来了消息。

【很久没有和华小姐联系了,不知道夏小姐有没有和华小姐说过工作的事情。】

夏朵朵气得鼻子都能喷出气了。

【什么事情?】

裴昊辰觉得自己都能想象某人的表情了。他忍着笑回复——

【因为夏小姐有些事情缠身,所以可能没办法进行工作,后面的工作,可能就需要华小姐来跟进完成了。另外,我今晚有一个活动出席,如果华小姐方便的话,我希望和华小姐见上一面。】

她没谈过什么恋爱,可是这个时候,她觉得一颗心像是被人踩躏着,疼痛不已。

偏偏她还要回复:可以,裴先生定时间吧!

【不介意的话,到时候我通知华小姐。】

夏朵朵已经丢了手机。

晚上，裴昊辰西装革履地从楼上下来。夏朵朵手里抱着一盒冰激凌，用小勺子戳成了冰激糊……

裴昊辰甚至还打了个领带！这么正式！你要去结婚吗！

夏朵朵悄悄忆斜了他一眼。

裴昊辰走到门口，这才忽然想起来沙发上还坐着个人，他又走回来，伸手摸摸夏朵朵的头："早点睡。"

夏朵朵点点头："哦。"

什么嘛……

等到裴昊辰前脚刚走，夏朵朵立马飞快地抓起自己藏好的车钥匙跟着溜了出去。

前两天，她已经以"工作交接"为由自己跑出去，把自己的爱车开了过来。此刻，她就这么跟着裴昊辰一路往前走。

她的手表亮起了城市俯瞰图，两个小红点分布在不同的位置。

夏朵朵一面看着手表里代表裴昊辰的车移动的小点，一面开车追了过去。

裴昊辰这个浑蛋！如果让她抓到他真的做了什么不好的事情，她就……她就喂他吃药！把他变成小朋友！然后倒提起来挂到树上！

夏朵朵越想越生气，偏偏这个时候，手机又来了私信，居然是裴昊辰发的，问她到了没有！

呵呵，到了，你的死期，马上就到了！

夏朵朵这一次不再回复了，她丢了手机，气愤地踩下油门，飞快地追了上去！

这一次，她一定追踪得到他！

手表地图上的两颗小红点渐渐靠近。等到两颗小红点越来越靠近的时候，在夜色中行车已经丧失一半理智的夏朵朵才猛然回过神。

为什么转了一圈又回来了？

她的甲壳虫停在小区的门口。

那一瞬间，夏朵朵脑子一蒙。

因为，她看到了站在门口的裴昊辰正双手环胸靠着背后的墙壁，笑看着她这边。

夏朵朵下了车，有点呆呆地走了过去。

裴昊辰的手上，把玩着一个小小的器件。那是她手表上的追踪零件。

裴昊辰挑着嘴角，竟然带着点儿邪气："小记者，跟踪我？"

夏朵朵的嘴唇抖了抖，却没能说出话来。

裴昊辰挑眉："想爆我的料？挖我的底？"他修长的手指转了转手里的东西，摇摇头，"靠这个，可能还不够。"

夏朵朵嗫嚅两句，依旧是听不清的。

裴昊辰笑了笑，把那个小零件还给她："我这里有个差不多的，你用这个，比较有戏。"

然后，他变魔术一般，真的摸出了一个"小零件"。哪怕光线这么暗，这颗小零件还是闪闪的……

让夏朵朵忍不住憋笑的是，这颗小零件……做成了小香瓜的形状……

哪有把戒指做得像香瓜蔓的……

裴昊辰把东西递到她面前。

那一瞬间，原本异常漆黑的小区轰然间亮了起来！

"嗷嗷嗷嗷——"一群小朋友们的欢呼声。

酷狗、Kitty、果果，所有所有人，居然都出现在这里。

裴昊辰握住夏朵朵的手，轻轻地为她戴上那颗独一无二的钻戒，眼中的笑意更甚："我该叫你华小姐，还是夏小姐，还是……小记者？"他伸手摸摸她的头，"不过没关系，只要有你陪着，我不介意叫你什么。"

夏朵朵忽然抡着拳头揍了他一下："老婆都不会叫，谁要挖你的料！？"

裴昊辰定定地看了她一眼，上前拥住她，在她耳边低声温柔道："老婆，随便挖。"

"下次要跟踪，不如你就坐在我边上吧，这样我比较放心。"帮夏朵朵擦着眼泪，裴昊辰忍不住调侃她。

她居然真的不相信他？

夏朵朵抱着他："不挖了……"

裴昊辰伸手抱着她："你……开心就好。"

第一次你跟踪我，结果却被我捡回了家。

只是，那不是最好的时候。

现在，既然跟来了，就别走了吧。

——完——